A VINGANÇA DOS DEUSES

CAÇA
AO HOMEM

Do Autor:

As Egípcias
A Rainha Sol
A Sabedoria Viva do Antigo Egito
Mundo Mágico do Antigo Egito
Nefertiti e Akhenaton
O Egito dos Grandes Faraós
Filae — O Último Templo Pagão
Tutancâmon — O Último Segredo
O Faraó Negro

Séries

RAMSÉS

O Filho da Luz (Vol. 1)
O Templo de Milhões de Anos (Vol. 2)
A Batalha de Kadesh (Vol. 3)
A Dama de Abu-Simbel (Vol. 4)
Sob a Acácia do Ocidente (Vol. 5)

A PEDRA DA LUZ

Nefer, o Silencioso (Vol. 1)
A Mulher Sábia (Vol. 2)
Paneb, o Ardoroso (Vol. 3)
O Lugar da Verdade (Vol. 4)

A RAINHA LIBERDADE

O Império das Trevas (Vol. 1)
A Guerra das Coroas (Vol. 2)
A Espada Flamejante (Vol. 3)

MOZART

O Grande Mago (Vol. 1)
O Filho da Luz (Vol. 2)
O Irmão do Fogo (Vol. 3)
O Amado de Ísis (Vol. 4)

OS MISTÉRIOS DE OSÍRIS

A Árvore da Vida (Vol. 1)
A Conspiração do Mal (Vol. 2)
O Caminho de Fogo (Vol. 3)
O Grande Segredo (Vol. 4)

A VINGANÇA DOS DEUSES

Caça ao Homem (Vol. 1)
A Divina Adoradora (Vol. 2)

CHRISTIAN JACQ

A VINGANÇA DOS DEUSES

CAÇA AO HOMEM

Tradução
Jorge Bastos

Rio de Janeiro | 2014

Copyright © XO Editions 2006. Todos os direitos reservados.

Título original: La Vengeance des Dieux — Volume 1: Chasse à l'Homme.

Capa: Raul Fernandes

Imagem de capa: Rei Ramsés II (1304-1237 a.C.) esmaga e assassina um líbio, cópia de uma pintura de parede do grande salão do grande templo em Abu Simbel, Núbia (aquarela no papel). English School, (século 20) / Kingston Lacy, Dorset, UK / National Trust Photographic Library / Derrick E. Witty / The Bridgeman Art Library.

Editoração: FA Studio

Texto revisado segundo o novo
Acordo Ortográfico da Língua Portuguesa
2014

Impresso no Brasil
Printed in Brazil

Cip-Brasil. Catalogação na publicação.
Sindicato Nacional dos Editores de Livros, RJ.

J13c	Jacq, Christian, 1947- Caça ao homem / Christian Jacq; tradução Jorge Bastos. - 1. ed. - Rio de Janeiro: Bertrand Brasil, 2014. 392 p.; 23 cm. (A Vingança dos Deuses; 1) Tradução de: Chasse à l'Homme Continua com: A Divina Adoradora ISBN 978-85-286-1825-9 1. Ficção francesa. I. Bastos, Jorge. II. Título. III. Série. CDD: 843
14-09643	CDU: 821.133.1-3

Todos os direitos reservados pela:
EDITORA BERTRAND BRASIL LTDA.
Rua Argentina, 171 — 2º andar — São Cristóvão
20921-380 — Rio de Janeiro — RJ
Tel.: (0xx21) 2585-2070 — Fax: (0xx21) 2585-2087

Não é permitida a reprodução total ou parcial desta obra, por quaisquer meios, sem a prévia autorização por escrito da Editora.

Atendimento e venda direta ao leitor:
mdireto@record.com.br ou (0xx21) 2585-2002

PRÓLOGO

Os humanos, mais uma vez, haviam traído.

Em geral, o sol poente originava um momento de paz e serenidade. Mas o ocaso se apresentava vermelho como o sangue, e a Divina Adoradora sentiu o coração aflito.

Reinando na cidade santa de Karnak, a sacerdotisa cumpria a ritualística real, fundava edifícios e administrava uma área restrita e respeitada pelo faraó Amásis, um apaixonado pela cultura grega. Desde a fundação da dinastia saíta,* o Baixo Egito se voltava para o mundo exterior e progressivamente aceitava a degradação dos ideais e dos costumes.

Consciente da gravidade da situação, a Divina Adoradora tentava salvar os valores herdados dos fundadores. Apenas o estrito respeito pelo ritual ainda preservava o país do caos, e o menor descuido nesse sentido podia ter consequências catastróficas. Por isso ela exigia total seriedade dos ritualistas e do seu pessoal, dedicados à esposa terrestre do Deus Oculto, Amon.

---

* Em 672 a.C., pelo rei Nekao I, que escolheu como capital a cidade de Saís, no Delta.

O frágil equilíbrio mantido por Tebas podia estar prestes a ruir, pois a violência do sol anunciava um período crítico.

Não suportando a cegueira e a mediocridade dos seres humanos, os deuses não demorariam a se vingar. No olho do furacão, a Divina Adoradora estaria firme até o último instante.

Sem alterar nada em seus hábitos e aguardando exatamente a celebração das festas e dos ritos, ela seria paciente. O vento de tempestade traria pessoas dispostas a lutar contra a adversidade, afastando a desgraça. Se porventura se mostrassem merecedoras, a sacerdotisa lhes ofereceria os tesouros de Karnak.

Graças a ela, eles conseguiriam escapar da vingança dos deuses?

1.

O escriba Kel acordou assustado e correu até a janela do quarto.

Pela posição do sol, a manhã já estava bem avançada.

Ele, um brilhante jovem considerado superdotado em inteligência e de bela carreira pela frente, seria acusado e culpado de algo bem grave: ter se atrasado de forma absurda e indesculpável para o expediente no escritório de intérpretes!

Recrutado seis meses antes por seus dons excepcionais com línguas estrangeiras, Kel diariamente devia dar provas de seu talento e suportar a inveja de alguns colegas. Feliz por ter conseguido uma posição muito disputada, jamais reclamava, trabalhando com tanto entusiasmo e competência que gozava da estima do diretor, um severo e rigoroso velho erudito.

E, logo agora que o chefe lhe confiara um trabalho bastante delicado, Kel perdia a hora!

Suas têmporas latejavam, pressionadas por fortíssima enxaqueca.

Um pesadelo havia perturbado o seu sono: era reprovado no exame para escriba real, sem conseguir traduzir em egípcio um texto grego e redigir corretamente uma carta administrativa! As autoridades suspendiam sua bolsa de estudos e o mandavam de volta ao vilarejo natal, onde os camponeses, de propósito, lhe davam as tarefas mais ingratas. Era algo que perfeitamente podia acontecer.

Suando na testa só de pensar em semelhante desastre, Kel rapidamente se lavou, mal se barbeou e se vestiu correndo.

Será que o pesadelo se tornaria realidade? Suas desculpas seriam aceitas e o chefe do escritório de intérpretes se limitaria a uma simples censura? Era pouco provável. Apegado à disciplina e à pontualidade, muitos colaboradores que ele considerava pouco aplicados já haviam sido dispensados. Com o comportamento que agora demonstrava, Kel não se enquadraria na mesma categoria?

Como isso podia ter acontecido? No final do dia anterior, não pudera recusar um surpreendente convite para um banquete organizado pelo ministro das Finanças. Estariam presentes pessoas importantes, como por exemplo o organizador das festividades em homenagem a Neit, a deusa maior da cidade de Saís. O alto funcionário em questão solicitava uma tradução grega de documentos oficiais dirigidos a oficiais superiores, sob o comando de um general estrangeiro, Fanés de Halicarnasso.

Saís, uma maravilhosa cidade na parte oeste do Delta e que passara a ser a capital dos faraós da Dinastia XXVI. Saís do rei Amásis, aliado e protetor dos gregos, responsável por incessantes melhorias nos templos. Saís, cidade de grande expressão cultural e científica, com sua famosa escola de medicina. Saís, onde o escriba Kel esperava trabalhar a serviço do Estado até alcançar uma feliz aposentadoria. Um belo projeto, agora bastante comprometido!

No entanto, ao longo do jantar, ele havia tomado todo o cuidado, comendo e bebendo pouco. A presença de altas personalidades o intimidara, e mais ainda a de Nitis, uma encantadora sacerdotisa de Neit, discípula do sumo sacerdote, com expectativas de grandes responsabilidades.

Em determinado momento, por um breve instante, os olhares dos dois jovens tinham se cruzado.

Bem que gostaria de ter falado com ela, mas como se aproximar? E quais ridículas palavras não sairiam da boca de um imaturo escriba e intérprete, limitado por segredos profissionais? Nitis era um sonho ambicioso demais, uma aparição inabordável.

Logo depois do banquete, vertigens.

Forçado a se deitar, Kel mergulhou num sono agitado, várias vezes atravessado por aquele pesadelo exaustivo que o fez acordar atrasado.

Ao sair de casa às pressas, percebeu estar esquecendo seu bem mais precioso, a paleta de escriba! Em madeira de tamargueira, comportava divisões para os pincéis e para os copinhos redondos de tinta que ele mesmo preparava, com uma qualidade de dar inveja aos colegas. Prendeu o objeto leve e fino na cinta do saiote e amarrou com um barbante outro recipiente cheio de água de goma e arrolhado.

Seguindo a tendência da época, o escriba não usava peruca e mantinha os cabelos curtos. Já o perfume era um detalhe de bom gosto. Sem muito tempo para retoques, Kel tomou a direção do escritório de intérpretes de Saís, no fundo de uma ruela sem saída do centro da cidade, não distante dos prédios oficiais.

O serviço de Estado cuidava de importantes funções: traduzir documentos que vinham de países estrangeiros, sobretudo da Grécia e da Pérsia, redigir sinopses para o faraó Amásis e divulgar em diversas línguas textos egípcios produzidos pela administração. Dado o número de mercenários gregos e líbios no Egito que formava a maioria do exército, era uma tarefa essencial.

Problemas espinhosos às vezes apareciam. Uma semana antes, justamente, o chefe do escritório havia confiado a Kel um estranho papiro em código que ninguém conseguira decifrar. Misturando vários idiomas, o documento resistia aos métodos habituais de decriptação. Com o intuito de obter um bom resultado e provar seu valor, o novato esbarrou numa muralha intransponível. Obstinado e paciente, ainda não se dava por vencido. Caso tivesse o tempo necessário, desvendaria o mistério.

Nenhum guarda à entrada da ruela.

Em geral, cada intérprete devia se identificar, registrando sua presença. Provavelmente Kel chegara no momento de troca da guarda.

Apertando o passo, pensava na melhor desculpa a dar.

A porta do edifício estava **entreaberta**. Outro guarda deveria estar ali, controlando o acesso.

Kel entrou e quase tropeçou num corpo.

Encolhido, com as mãos na barriga, o soldado tinha vomitado. Um cheiro de leite azedo pairava no vestíbulo.

O jovem escriba sacudiu-o pelo ombro.

O homem permanecia imóvel.

— Vou procurar um médico — disse Kel em voz baixa.

Por que os colegas não haviam ajudado o infeliz?

Seguindo em frente, ele penetrou na espaçosa sala em que trabalhava com outros três intérpretes.

E ficou paralisado por uma visão de horror.

2.

Três cadáveres, dois homens e uma mulher.

Três intérpretes de alto nível que não facilitavam a vida do novato, sem no entanto serem injustos. Kel apreciava a qualidade profissional deles e diariamente tirava proveito disso.

Também haviam vomitado, e as expressões dos rostos faziam crer que tinham passado por grande sofrimento.

Sem querer aceitar as evidências, o escriba se debruçou sobre os corpos.

— Por favor, acordem!

Ao lado da mulher havia cacos de uma jarra de leite.

Era o leite que o mais novo dos funcionários, Kel, servia aos colegas, depois de recebê-lo do entregador! Era uma generosidade do Estado muito apreciada por todos.

Chocado, achando talvez estar sendo vítima de um novo pesadelo, ele continuou a investigação, movimentando-se com dificuldade, pé ante pé.

Na sala ao lado, mais quatro cadáveres.

Depois três outros, e mais cinco... O serviço inteiro!

Faltava ir à sala do chefe.

Tremendo da cabeça aos pés, Kel o descobriu sentado, com a cabeça caída para a frente.

Por um momento achou que estava vivo!

Mas rapidamente viu que não. Apesar de não ter vomitado, o chefe do escritório de intérpretes também bebera o leite mortal, como levava a crer a tigela ali perto.

Com uma caligrafia hesitante, ele havia escrito algumas palavras num pedaço de papiro:

Decifre o documento codificado e...

A quem se dirigia a ordem, senão a Kel, cuja ausência o alto funcionário forçosamente havia percebido? E caso conseguisse, o que fazer?

Vacilante, o escriba se dirigiu à sala dos arquivos.

Prateleiras devastadas, papiros desenrolados e rasgados, tabuinhas quebradas! Da bela e estrita organização a que eram tão apegados os intérpretes, só restavam ruínas. Canto nenhum ficara a salvo.

Evidentemente, os saqueadores procuravam um documento. Teriam encontrado ou ido embora frustrados?

E se fosse o estranho texto codificado que o chefe do serviço entregara a Kel? De início, ele afastou a ideia. Depois, ficou em dúvida. Agindo daquela forma, o dirigente desrespeitara a via hierárquica e a rotina de praxe. Teria desconfiado das autoridades? Temia uma intervenção externa?

Quantas questões absurdas! Mesmo assim... O serviço de intérpretes tinha sido exterminado, sem sobreviventes!

Não exatamente.

Kel, por ter acordado tarde, escapara do envenenamento com leite. Além disso... seu amigo, o grego Demos, não estava entre as vítimas! Sobressaltado, o jovem examinou de novo os cadáveres.

Demos não se encontrava entre eles.

Como explicar essa feliz ausência? Duas possibilidades: o grego não pudera ir ao trabalho ou havia fugido. A segunda parecia improvável. Kel imaginou algum problema de saúde, quem sabe uma noite de bebedeira!

Em estado febril, foi até a sala de águas. Pelo regulamento interno, os escribas deviam lavar as mãos com frequência.

Por baixo da reserva de sabão vegetal de agradável perfume, Kel tinha um esconderijo. Somente o chefe e ele o conheciam.

Nervoso, retirou a lajota.

O documento codificado estava intacto, enrolado e amarrado.

Devia deixá-lo ali mesmo ou levá-lo para a polícia?

Barulho de passos o assustaram. Pessoas entravam no prédio.

Ele pegou o papiro e colocou a lajota no lugar. Em seguida, tomou o corredor que levava a uma porta e depois para um pequeno jardim. O telhado de folhas de palmeira que protegia a área garantia uma sombra agradável aos intérpretes. Nas horas de descanso, vinham ali conversar e beber cerveja fresca. Foi onde Demos insistira para que Kel não desse ouvidos ao falatório dos invejosos e simplesmente trabalhasse ao máximo. Um intérprete acima da média como ele podia se tornar escriba real e entrar, mais cedo ou mais tarde, para a esfera governamental.

Kel pensava sobretudo em servir ao Egito, a terra dileta dos deuses. Afinal, a ciência da linguagem não era o domínio de Thot, o padroeiro dos escribas? Aprofundando-a diariamente, o rapaz esperava chegar à sabedoria ensinada por Imhotep, o criador da pirâmide em degraus. Escrever era obra de extrema gravidade. Não se tratava de detalhar emoções nem preferências pessoais, mas sim de traçar hieróglifos, as "palavras dos deuses", e encarná-los no cotidiano, praticando a regra de Maat, a deusa da retidão.

Naquele momento, porém, devia escapar dos assassinos, que estavam de volta!

Frustrados, provavelmente tinham resolvido revistar de novo o local, atrás do documento que ele escondera numa dobra do saiote.

Tomando impulso, Kel conseguiu se agarrar ao topo de um muro e, com a força dos braços, se içar.

Do outro lado, estava salvo!

3.

Engano seu.

Não eram os assassinos nem saqueadores que penetravam no escritório, e sim soldados aos quais a ausência do colega à entrada da ruela havia intrigado. Após rápida averiguação, tinham descoberto seu cadáver escondido sob folhas de palmeira.

A extensão da carnificina os apavorou.

Um deles, finalmente, resolveu avisar um superior.

Menos de uma hora depois, um destacamento fechou o bairro e quatro altos personagens, por sua vez, tomaram ciência da dimensão da tragédia.

— Incrível! — exclamou o juiz Gem,* funcionário já de certa idade que o faraó havia nomeado para o topo da hierarquia judiciária. — É abominável! Conduzirei pessoalmente a investigação.

— Era o que eu ia sugerir — disse o imponente Udja,** governador de Saís, chanceler real, inspetor dos escribas do tribunal,

---

* O nome completo era *Gem-nef-Hor-bak*, que o situava como servidor de Hórus, capaz de "encontrar, desvendar" (*gem*).

** O nome completo, *Udja-Hor-resnet*, significa "Hórus da capela do Sul (em Saís) está florescente, em boa saúde".

chefe dos escribas da prisão e almirante da marinha real. Era também médico-chefe da prestigiosa escola de Saís, mas não dava consultas, limitando-se ao controle da biblioteca, do material para tratamentos e da nomeação de novos médicos. Próximo ao rei Amásis, exercia funções de primeiro-ministro. Nenhum caso importante deixava de passar por suas mãos.

— O que acha, caro colega? — perguntou ele a Horkheb, médico-chefe do palácio, que já havia examinado sumariamente as vítimas.

— A causa da morte é evidente: envenenamento fulminante. Uma pequena quantidade de leite bastou; ninguém teve como escapar.

Belo homem, elegante, excelente especialista, Horkheb se gabava de ser o médico da família real. Dono de boa fortuna, evitava qualquer confronto com Udja e não se metia em política.

— Tem como identificar o veneno? — perguntou o juiz Gem.

— Vou tentar, sem grandes esperanças.

— Devemos queimar os cadáveres? — preocupou-se Udja.

— Não há risco de epidemia, mas é melhor enterrar rapidamente os infelizes.

O juiz deu permissão.

De cabelos muito pretos, olhar inquisidor e modos tão discretos que o faziam frequentemente passar despercebido, o quarto dignitário, Henat, era oficialmente chefe ritualista, servidor do deus Thot e administrador do palácio. Mas sua principal função era a de "ouvido do rei", isto é, era o responsável pelo serviço secreto.

Sua presença deixava Gem pouco à vontade.

— Teria informações a comunicar, Henat?

— Nenhuma.

— O serviço de intérpretes não depende diretamente de você?

— De fato.

— A causa do massacre seria algum... segredo de Estado?
— Não sei dizer.
— Posso contar com sua plena e total colaboração?
— Dentro dos limites que Sua Majestade me impõe, é claro.
— Sua presença aqui me intriga.
— Como você mesmo observou: o serviço de intérpretes está sob a minha autoridade.

O médico-chefe Horkheb achou melhor desaparecer.

— Já que não precisam de mim, volto ao palácio. Sua Majestade padece de forte enxaqueca.
— Trate-a da melhor maneira — recomendou Udja.

O governador de Saís, o chefe do serviço secreto e o juiz contemplaram o cadáver do diretor dos intérpretes.

— Um homem notável, excepcionalmente competente — resumiu Udja. — Será difícil substituí-lo.
— Você que o nomeou para o cargo? — perguntou Gem a Henat.
— Exatamente.
— Imagino que estivesse em contato permanente com ele?
— Enviava-me um relatório mensal.
— Chegou a observar algo de anormal nos últimos tempos?

Henat pensou.

— Nada de extraordinário.
— O escritório não tratava de assuntos mais delicados?
— A mala diplomática é levada a Sua Majestade. É quem ordena as modificações necessárias, cumpridas pelos intérpretes.
— Falando francamente, Henat, tem alguma ideia, mesmo que hipotética, do motivo desse massacre?
— Nenhuma.

Um pedaço de papiro chamou a atenção do juiz.

— *Decifre o documento codificado e...* O que isso significa?

— Uma ordem banal do chefe do serviço. Todo mês, o escritório examina e decifra dezenas de mensagens codificadas. Vêm de nossas embaixadas ou de agentes com funções no exterior.

— Infelizmente — lamentou Gem —, o defunto não teve tempo de explicar melhor nem de indicar o destinatário. Essas últimas palavras não nos servem para grandes coisas. Imagino que tenha a lista dos escribas desse serviço?

— Aqui está — murmurou Henat, passando o documento ao juiz.

Ele contou os funcionários: dezoito.

— Mas temos apenas dezesseis cadáveres! Quero uma busca detalhada do local.

As investigações policiais foram inócuas.

Dois homens tinham sido poupados.

— Não teriam fugido? — arriscou Udja.

— Não creio — respondeu Gem. — Já que não beberam o leite envenenado, vejo-os mais como suspeitos.

— Podemos imaginar que não gostem ou que, por outro motivo qualquer, não o tenham ingerido. E, quando viram chegar o agressor, ou os agressores, ficaram com medo.

— Por que se refere a agressores?

— Os arquivos foram destroçados e talvez saqueados! Primeiro envenenaram os funcionários e depois roubaram documentos. Mas quais?

— Espiões estrangeiros?

— Impossível — afirmou Henat. — Conhecemos todos. Nenhum deles se atreveria a tanto.

— Caso de força maior!

— Não vejo qual, juiz Gem. O Egito vive um período de paz, e há pena de morte para todo crime premeditado. A meu ver, apenas um louco furioso pode ter cometido ato tão bárbaro.

— E se for o leiteiro? — arriscou Udja.

— De um jeito ou de outro, é a primeira pista a seguir — reconheceu Gem. — A polícia vai começar imediatamente uma investigação na vizinhança para descobrir o nome e o endereço dele.

— Talvez baste consultar a contabilidade, caso não tenha sido destruída — sugeriu Henat.

— Farei isso. Segunda pista: os dois ausentes. Como identificá-los?

— Conhece alguns dos escribas, além do chefe do serviço? — perguntou Udja a Henat.

— Seis deles.

À medida que os nomes eram ditos, Gem os eliminava da lista, assim como o da mulher.

— Interrogue os guardas que tiveram a sorte de estar de folga hoje — recomendou o chefe do serviço secreto. — Provavelmente conseguirão identificar as vítimas, e com isso saberemos quem são os dois ausentes.

4.

Depois de correr até perder o fôlego, Kel parou para respirar.

Homens faziam fila, esperando a vez para serem atendidos por um barbeiro ambulante; camponeses levavam seus burros carregados de cestos de legumes à feira; mulheres conversavam na frente de casa; um velho comia pão fresco, protegido do sol... A vida continuava, ignorando a ocorrência daquela tragédia.

Kel não conseguia se livrar da imagem dos cadáveres.

Premeditar e executar semelhante massacre implicava perfeita organização. Era evidente que não se tratava apenas da ação de um louco. Várias pessoas deviam estar envolvidas. Não podendo ele próprio investigar, devia ir com Demos à polícia, para talvez obter melhores informações sobre o caso.

O amigo grego provavelmente estaria em casa, doente ou sem poder sair. A menos que tivesse visto os criminosos! Nesse caso, teria se escondido.

Querendo resolver logo a questão, Kel apertou o passo, indo até a casinha branca em que Demos morava, num bairro popular. Graças a uma recente promoção no trabalho, o grego esperava se mudar em breve. Com o apreço do patrão e dos colegas mais experientes, eles já ocupava um importante cargo e logo estaria dirigindo uma seção do serviço de intérpretes. Grande admirador de literatura antiga, gostava dos encantos de Saís e, sobretudo, da qualidade dos vinhos. Às vezes, se deixava levar pela imoderação e ficava bastante alto. Se o chefe soubesse disso, o expulsaria imediatamente.

Kel atravessou o pequeno pátio interno. À esquerda, a cozinha, metade dela ao ar livre. Como quase sempre comia na taberna, Demos pouco a utilizava. O lugar se mantinha perfeitamente limpo. À direita, a entrada da moradia propriamente.

O jovem escriba bateu à porta.

Nenhuma resposta.

Insistiu.

— Sou eu, Kel. Pode abrir.

Um longo minuto se passou.

Kel empurrou a porta. A tranca de madeira não tinha sido colocada.

De repente, ele imaginou o pior. E se os assassinos tivessem seguido Demos até ali?

A pequena sala de estar encontrava-se vazia, sem desordem aparente. Somente um pesado silêncio.

O rapaz avançou até o quarto. Cama arrumada, um baú de guardar panos, roupas dobradas em cima de uma mesinha, duas lamparinas a óleo, um papiro de *As aventuras de Sinué*. Demos gostava de ler antes de dormir.

Kel abriu o baú e olhou debaixo da cama.

Nada.

Faltava apenas explorar a adega, onde o grego guardava jarras de vinho de qualidade.

Intactas, pareciam esperar a volta dele.

Decepcionado, Kel voltou a inspecionar os cômodos, esperando encontrar algum indício que permitisse localizar Demos. Inutilmente.

Quando já ia embora, um homem forte barrou a saída.

Kel se assustou e tentou trancar a porta, mas a mão vigorosa dele o segurou pelo punho.

— O que está fazendo aqui, meu caro?

— Vim... Vim procurar meu amigo Demos.

— Por acaso não seria um ladrão?

— Juro que não!

— Se Demos é seu amigo, deve saber a profissão dele.

— É escriba, como eu!

— Escriba é bem... vago! Tem milhares de escribas por aí. Seja mais preciso.

— Não posso.

— Por quê?

— Temos que manter segredo.

O homem fez uma careta.

— Vá entrando, vamos ver se está tudo em ordem e se você não roubou nada.

Kel pensou duas vezes. O desconhecido truculento não o mataria, já que ninguém estava vendo?

Foi empurrado para dentro com violência.

— Não é de briga, pelo que vejo! Um verdadeiro escriba, que vive só com a cabeça e se esquece dos punhos.

— A violência só gera injustiça.

— Sabe, esse tipo de conversa, para mim...

Com olhar experiente, o homem averiguou os dois cômodos.

— Não falta nada. Vou revistá-lo, então.

Kel mostrou a paleta de escriba e o papiro em código.

Era o instante da verdade.

Se o sujeito fosse um criminoso, o mataria para ficar com o documento.

— Guarde o seu tesouro, escriba. Só sei ler algumas palavras e nunca escrevo.

— E quem é você?

— O responsável pela lavanderia dessa área. As mulheres não fazem esse trabalho chato aqui no Egito. Nem sempre é agradável, mas tenho boa reputação e ganho minha vida bem. Demos deixa sua roupa comigo. É exigente e paga corretamente. Uma pena perder um cliente assim!

— Perder... Por que está dizendo isso?

— Porque ele se foi ontem à noite.

— Ontem à noite... Sabe para onde?

— Não, mas imagino.

— Diga, por favor!

— Na semana passada, quando vim entregar a roupa, ele me ofereceu um copo de vinho. De gosto estranho, meio doce demais. "Gosto muito dele, vem de Náucratis", explicou. Acho que Demos foi visitar os amigos por lá, querendo esvaziar umas jarras. Náucratis é a cidade dos gregos.

5.

Enquanto os policiais procuravam os documentos de contabilidade no bolo de arquivos espalhados, o chefe dos guardas, ausente na manhã do crime, examinava os cadáveres.

Com o coração batendo forte, ele mal escondia a emoção:

— Eu conhecia todos eles... Quem pode ter cometido um horror desses?

— Procure se controlar — recomendou o juiz. — Faltam dois escribas, quero saber como se chamam.

— Dois sobreviventes... É verdade, Demos e Kel.

— Fale deles.

— Demos é grego, tem 25 anos. Todos o apreciam, trabalha aqui há três anos, sob a direção do especialista da diplomacia. É educado, amável e elegante. Vai rapidamente subir na hierarquia.

— Casado?

— Não, solteiro.

— O que sabe mais sobre sua vida privada?

— Nada. Talvez o chefe do serviço tivesse uma pasta.

Gem se virou para Henat.

— É o costume?

— Certamente.
— Recebia uma cópia?
— É exigência do regulamento.
— Gostaria de consultá-la.
— Com uma derrogação do palácio.
— Concedida — apressou-se a dizer Udja.
O chefe do serviço secreto chamou seu assistente.
— Entregue ao juiz todas as pastas sobre os intérpretes.
Gem estranhou.
— Já havia previsto meu pedido?
— Quando o governador de Saís exigiu a minha presença por causa de várias mortes no escritório dos intérpretes, imediatamente achei que o investigador, por sua vez, exigiria esses documentos.
O juiz consultou a pasta de Demos.
O retrato do funcionário-modelo.
— E esse outro, Kel? — perguntou ao chefe da guarda.
— Um rapaz brilhante, ou até superdotado, o último a entrar para o serviço. Suas capacidades excepcionais causavam inveja, mas se dedicava tanto ao trabalho que mesmo os mais implicantes se limitavam a comentários. E Demos dava força para que se mantivesse alheio às observações maldosas de alguns colegas.
— Demos e Kel, então, eram amigos?
— Conversavam com frequência.
— Cúmplices — resmungou o juiz, olhando o dossiê de Kel.
Filho de camponês, 19 anos, algum figurão se interessou por ele e conseguiu uma bolsa de estudos na escola de escribas de Saís. Resultados notáveis, progressos extraordinariamente rápidos, dom para línguas, integração imediata no serviço. Rigoroso, corajoso, com sentido do dever. E, em breve, pelas anotações do chefe,

seria promovido. Ou seja, um futuro escriba real, digno de participar do governo do Egito.

— Já ouviu falar desse Kel? — perguntou ele a Henat.

— Não.

— No entanto, o chefe do serviço não parava de elogiá-lo!

— Raramente se enganava, mas se mantinha extremamente prudente. É provável que esperasse as intuições se confirmarem para me assinalar o caso do rapaz.

Infelizmente, o juiz não dispunha da descrição de dois criminosos capazes de cometer semelhante matança! Mesmo assim, continuavam suspeitos.

As pastas mencionavam os endereços, e foi dada ordem para que os policiais os procurassem imediatamente.

— Pode ser que estejam de cama — arriscou Udja.

— Nesse caso, serão interrogados com toda a consideração.

— E se tentarem fugir? — perguntou Henat.

— Serão interrogados sem consideração alguma!

— Juiz Gem, precisamos desses homens vivos! Estando ou não envolvidos nessas mortes, precisamos do testemunho deles.

— O que você acha que eu sou? Não estamos num país de bárbaros, e eu respeito a lei de Maat!

— Ninguém duvida disso.

Gem lançou um olhar furioso ao chefe do serviço secreto, que às vezes tinha atitudes um tanto obscuras.

— Encontrei os documentos contábeis — anunciou um policial, satisfeito com o achado.

Todas as despesas estavam meticulosamente anotadas, desde a compra de papiros de diversas qualidades até as jarras diárias de leite.

— Temos o nome do leiteiro — constatou o juiz. — Le Buté.*

---

* Em francês, "o obstinado, o teimoso". (N. T.)

— Eu o conheço — disse o policial. — E merece o nome que tem, mas fornece excelentes produtos, pelo melhor preço Ele possui uma propriedade perto do templo da deusa Neit.

— Traga-me esse sujeito o mais rápido possível — ordenou Gem.

6.

Desamparado, Kel se sentia sem rumo. Nem mesmo Thot, padroeiro dos escribas, conseguia dissipar as trevas em que se via mergulhado. Já chegara até a desconfiar do colega Demos, seu melhor amigo!

Não vamos exagerar... Seu melhor amigo era o companheiro de infância, o ator Bébon, que percorria o Egito contando lendas. Aldeãos e moradores da cidade apreciavam seu talento de contador de histórias, e Bébon, ao apresentar certos mistérios acessíveis aos profanos, usava as máscaras de Hórus, Seth ou outras forças divinas.

Muito mulherengo, já haviam se tornado incontáveis suas conquistas, e ele gozava a vida com ótimo apetite. Sempre disposto a pôr em risco no jogo os seus ganhos, ou seja, a se arruinar, nunca perdia o bom humor nem se deixava abater.

Bébon poderia utilmente aconselhá-lo... caso ele se encontrasse em Saís!

Não tendo casa para evitar problemas domésticos, o ator se hospedava em geral com a namorada do momento, sempre tomando o cuidado de esclarecer que, contrariando os costumes, o fato de morar por algum tempo sob o mesmo teto não significava estar casado. Como toda egípcia acabava querendo laços mais firmes, Bébon era obrigado a partir e encontrar um novo abrigo e uma cama menos exigente.

Último domicílio conhecido: o de uma cantora que oficiava no templo de Neit. Herdeira de razoável fortuna, dava-se ao luxo de apreciar o humor e os entusiasmos do novo companheiro. Ampla e confortável, sua casa tinha um jardim em volta, onde os amantes gostavam de espairecer.

Kel se apresentou ao porteiro.

— Gostaria de falar com Bébon.

— Seu nome?

Ele hesitou.

— O nadador. E diga que é urgente.

— Vou ver se ele pode atender.

Quando eram meninos, Bébon e Kel faziam acirradas competições de natação. E Kel frequentemente ganhava; donde o apelido.

O escriba teve que esperar bastante até que finalmente Bébon surgiu, desarrumado, visivelmente irritado.

— Só mesmo você! Estou bem ocupado...

— Preciso contar uma coisa. Algo muito grave, muito grave mesmo.

— Você está parecendo preocupado! Já que é assim, entre.

— Não, prefiro caminhar.

— Está bem, vamos. De qualquer maneira, estava pensando em ir embora daqui hoje mesmo. A proprietária está ficando muito possessiva.

— Suas coisas...

— Já estão com a minha nova amiga, do outro lado da cidade. Um curto mês de descanso e parto para o sul. E então, o tal negócio grave?

— Todos os membros do serviço de intérpretes foram assassinados.

Bébon parou.

— Como?

— Envenenados com leite. Se eu não tivesse chegado atrasado, também estaria morto.

— Em matéria de brincadeiras, Kel, seu talento é nulo.

— Mas é verdade. Além disso, o local foi revirado de cima a baixo. Os assassinos estão procurando um documento e não sei se o encontraram. Mas tenho comigo um papiro codificado que o chefe do serviço deixou aos meus cuidados.

— Seria o tesouro procurado? Para cometerem tantos assassinatos...

— Não sei. Quando os assassinos voltaram, consegui fugir.

— Por que não foi à polícia?

— Porque não vi entre as vítimas o meu colega Demos, um grego. Achei que podia estar doente e fui procurá-lo. Só que ele desapareceu.

— Minha cabeça está dando voltas! — exclamou Bébon.

— Será que o papiro em código é a causa do massacre? E Demos, é vítima ou cúmplice?... Estou perdido.

Os dois amigos percorreram uma rua movimentada, perto de uma feira.

— Um detalhe me intriga — anunciou Bébon. — Você estava atrasado! Por quê?

— Para minha surpresa, fui convidado a um banquete com várias pessoas importantes. Não me sentia muito à vontade, pois nada justificava a minha presença. Quando cheguei em casa, tive vertigens e precisei me deitar. O sono foi cheio de pesadelos e acordei assustado, já em plena manhã.

— Tinha bebido muito?

— Bastante.
— Não ficou com um gosto estranho na boca?
— Um pouco... Em que está pensando?
— Numa espécie de sonífero.
— Quem me drogaria? Não tem sentido!
— As tais pessoas importantes... Quem eram?
— Não sei.
— Algum outro convidado poderia ajudá-lo a identificá-las?

O admirável rosto de Nitis apareceu diante de Kel.

— Pode ser... Não, é impossível.
— Como se chama?
— Nitis, uma sacerdotisa de Neit, mas...
— Perguntando a conhecidos meus, posso facilmente encontrá-la. É provável que o tenham feito dormir demais, Kel. Resta saber por quê. Venha para a casa da minha amiga, ela só volta na lua nova. Enquanto isso, procuro Nédi, um dos únicos policiais totalmente honestos de Saís. Ele dirá a quem você deve dar seu testemunho para não ter problemas e rapidamente se livrar desse caso horrível. Por enquanto, trate de descansar.

7.

O faraó Amásis reinava há 41 anos.* Ultrapassara amplamente os 60 anos, sem mais lembrar o orgulhoso e temível general que, levado pelo entusiasmo de seus comandados, tomara o trono do Egito de Apriés, aliado do príncipe líbio de Cirene e em luta contra os gregos.

Nascido em Siuph, na província de Saís, o general gozava de imensa popularidade. Diariamente, ele se lembrava do momento incrível em que o exército, amotinado contra Apriés, o escolhera como novo faraó, coroando-o com um capacete religiosamente conservado no palácio.

Devia aceitar e dar início a uma guerra civil? Não se podia, porém, dizer que Amásis tivesse sido cruel demais com o rival derrotado: morto nas proximidades de Mênfis, Apriés teve direito a funerais reais.

---

* Subiu ao poder em 570 a.C. Seus dois nomes principais eram *Iâh-messa-Nt*, "Nascido da lua, filho de Neit", e *Khenem-ib-Rá*, "Aquele que se uniu ao coração de Rá". Encarnava então as duas fontes de luz, dispondo da força conjunta do dia e da noite.

Do terrível conflito sobreveio paz e prosperidade. No entanto, como usurpador de origem popular, Amásis por muito tempo foi desprezado pelas classes dirigentes. Como submetê-las, senão pelo ridículo? Era sempre rindo que o rei se lembrava da estátua divina, de ouro, diante da qual todos se curvavam em reverência. Satisfeito, ele revelou sua origem: restos de um tanque para lavar os pés! E dizia: "Da mesma maneira que esse objeto, também fui transformado. Antes, era um homem como qualquer outro, até me tornar rei. Então, respeitem-me!"

Respeitado ou até venerado, Amásis soberanamente reinava num país poderoso, de três milhões de habitantes.* Sacerdotes, escribas, artesãos, camponeses e soldados não se preocupavam mais com as origens do monarca nem com o golpe de Estado.

Alguns altos funcionários continuavam não apreciando sua maneira de governar, mas, com a idade que tinha, ele não mudaria mais. De manhã cedo, no momento em que as feiras se animavam, o rei rapidamente examinava os diferentes assuntos, tomava as decisões necessárias e, em seguida, se juntava a seus convidados em torno de farta refeição bem regada. Esquecendo as preocupações do poder, dedicava o máximo de tempo possível ao lazer. A quem qualificava de inconveniente seu comportamento, criticando suas maneiras, ele respondia: "Quando se utiliza um arco, deve-se retesá-lo e depois relaxá-lo. O tempo todo tenso, ele se quebra. Da mesma maneira, se o rei trabalhar incessantemente, se imbeciliza. Por isso divido o meu tempo entre o Estado e os prazeres."

E o método dava excelentes resultados. Nada faltava ao povo egípcio e, graças à política internacional do soberano, gozava-se de

---

* Há especialistas que chegam a dizer sete milhões.

uma paz duradoura. Para evitar qualquer nova invasão,* Amásis se apoiava em sólidas alianças com os gregos e sempre que podia se mostrava solidário. Por exemplo, por ocasião do incêndio do templo de Delfos,** o faraó foi o primeiro a oferecer ajuda substancial para a reconstituição do santuário. Rodes, Samos, Esparta e outras cidades apreciavam a generosidade do soberano do Egito, cujo exército se compunha basicamente de mercenários gregos, bem-alojados e bem-pagos. E o faraó se casara com uma princesa da família real de Cirene, inspiradora de um notável projeto: o desenvolvimento da cidade litorânea de Náucratis, em que se concentravam as atividades comerciais com a Grécia.

No momento em que o rei se preparava para desfrutar de um tranquilo passeio de barco no canal próximo à sua residência, o chefe do serviço secreto, Henat, solicitou uma audiência urgente. Amásis detestava esse tipo de contratempo.

— O que há dessa vez?

— Duas notícias importantes, Majestade.

— Boas ou más?

— Digamos... inquietantes.

Estava arruinado o passeio. Já cansado com a ideia de ter que resolver problemas espinhosos, Amásis pesadamente se jogou numa poltrona de braços.

— Ciro, imperador da Pérsia,*** morreu — declarou Henat, gravemente. — Seu filho, Cambises, o sucedeu.

---

* Em 661 a.C., os assírios chegaram a Tebas, no Egito, destruíram monumentos e realizaram massacres.

** Em 548 a.C.

*** Atual Irã.

O faraó ficou chocado.

Depois de vencer Creso, aliado dos egípcios, Ciro fundara um imenso império cujos limites chegavam ao Indo, ao mar Cáspio, ao mar Negro, ao Mediterrâneo, ao mar Vermelho e ao golfo Pérsico. Ele sempre continuara a desenvolver sua marinha de guerra, infantaria e cavalaria, mas nunca se atrevera a atacar diretamente o Egito, fortemente armado. Como Amásis havia previsto, Ciro se contentou com o vasto território que tinha, dando fim ao tempo das conquistas.

— O que se sabe de Cambises?

— Governou a Babilônia com mão de ferro e promete seguir os passos do pai.

— Nesse caso, estamos tranquilos!

— Talvez seja apenas o discurso oficial, Majestade.

— Cambises manteve nosso grande amigo Creso à frente da diplomacia persa?

— Manteve.

— Isso significa que o novo imperador quer a paz!

Era singular o destino do rei da Lídia, Creso. Autor de uma reforma monetária que o enriqueceu muito, se revelara generoso protetor de templos, filósofos e artistas, acreditando, até o ataque persa, que desfrutaria para sempre da existência tranquila de um déspota afortunado.

Babilônia, no entanto, que tinha um tratado de aliança com ele, nada fez e as tropas egípcias chegaram tarde demais. Para surpresa geral, Ciro poupou o rico Creso e até deu a ele um pequeno território. Além disso, tornou-o chefe da diplomacia! Transformando-se em fiel servidor de quem o havia vencido, Creso não parava de elogiar a grandeza da Pérsia e garantia ao Egito uma eterna coexistência pacífica.

— Devo lembrar, Majestade, que Creso se casou com Mitetis, filha de Apriés, que o precedeu no trono.

— Fatos distantes e já esquecidos!

— Será que o jovem Cambises não se revelará mais ambicioso e conquistador?

— Creso o acalmará. Ele conhece minha rede de alianças e sabe que os gregos sempre defenderão o Egito contra a Pérsia. Atacar-nos seria suicídio.

— Majestade, insisto, mesmo assim, que é um perigo...

— Caso resolvido, Henat. E a segunda notícia?

— Um horrível massacre acaba de acontecer.

O rei se assustou:

— Uma insurreição?

— Não, o assassinato de todos os membros do escritório de intérpretes. Isto é, quase todos. Dois deles não morreram. Estão sendo intensamente procurados.

— O chefe do serviço está entre as vítimas?

— Infelizmente, sim.

Amásis pareceu realmente lamentar:

— Gostava muito dele. Um homem incorruptível, capaz de selecionar os melhores escribas e apresentar um trabalho impecável. Perdemos alguém precioso, preciosíssimo. Quem cometeu o crime, e por quê?

— O juiz Gem está se ocupando pessoalmente da investigação.

Amásis mostrou-se contrariado:

— Coloquei-o à frente da magistratura por ser íntegro, mas está velho e tem raciocínio lento. Um caso tão importante não ultrapassa suas capacidades?

— Cabe a Vossa Majestade decidir.

— Não seja escorregadio, Henat! O que acha?

— Nunca tivemos que enfrentar uma tragédia dessa dimensão. Trata-se do ato de um louco, uma vingança ou um ataque à segurança do Estado? Por enquanto, nada sabemos. O juiz Gem pode seguir as investigações à maneira dele, e eu à minha. Vamos fazer de tudo para descobrir a verdade.

8.

Contrariado, Amásis esvaziou duas taças de vinho licoroso antes de se dirigir aos aposentos da rainha, uma mulher esplendorosa e mais nova do que ele. Anteriormente chamava-se Ladike de Cirene, mas havia assumido o nome de Tanit,* para lembrar sua origem estrangeira. Com um caráter amável, elegante e forte, ela desculpava as infidelidades passageiras do marido e organizava os prazeres da corte com inegável talento.

— Ciro morreu — anunciou o rei.
— Um tirano a menos! Quem é o sucessor?
— O filho, Cambises.
— Má notícia.
— Por que tanto pessimismo, Tanit?
— Juventude, ambição, ânimo guerreiro... Será que não vai querer nos invadir?
— Ele conhece nosso poderio militar e não se atreverá.
— Tem certeza de que podemos confiar no nosso sistema de defesa?

---

* *Ta-net-Kheti*, "Aquela dos hititas", povo já há muito tempo desaparecido.

— Fanés de Halicarnasso é um excelente general. E conheço o assunto! Já a nossa marinha é superior à dos persas e os impediria de alcançar nosso litoral.

— E por terra?

— Nossas melhores tropas, de mercenários gregos experientes, impedem a entrada. Fique tranquila, nenhum persa entrará no Delta! E as alianças com reinos e principados gregos estão mais sólidas do que nunca. O Egito não corre riscos e Cambises irá se contentar em administrar seu vasto império. Os conflitos internos vão lhe tomar toda disponibilidade. E temos nosso caro Creso, que o tempo todo defende a nossa causa e vai aconselhar ao imperador uma política de moderação, semelhante à minha! A guerra arruína e a paz é lucrativa para todos. Não tornei o país próspero e feliz?

— Todos lhe são agradecidos, Amásis, e ninguém quer perder essa felicidade. Mas se não teme os persas, por que parece preocupado?

— Assassinaram os escribas do serviço de intérpretes.

Tanit achou não ter ouvido bem.

— Assassinatos aqui? Em Saís?

— Um verdadeiro massacre. O velho Gem está conduzindo as investigações.

— Acha que ele está à altura?

— Henat provavelmente seria mais eficaz. Temo que tenha a ver com espionagem. Eliminar nossos melhores intérpretes desorganiza em parte a atividade diplomática. Muitos documentos importantes passavam pelas mãos do chefe do serviço, um funcionário competente e dedicado. Preciso encontrar um novo responsável, o que é cansativo para mim.

— Deixe para amanhã e vamos aproveitar os encantos do campo. Podemos almoçar numa pérgola, longe da agitação do palácio.

Amásis abraçou a esposa.

— Só você me entende.

Satisfeito, o rei se dirigiu à adega e escolheu pessoalmente alguns bons vinhos. A escapada lhe permitiria esquecer as preocupações.

* *

— Nome? — perguntou o juiz Gem.
— Le Buté.
— Profissão?
— Leiteiro.
— Situação familiar?
— Divorciado, com dois filhos e uma filha.
— É você mesmo que entrega o leite no escritório de intérpretes?
— Ao amanhecer de cada dia de trabalho. São meus clientes mais prestigiosos, então faço pessoalmente a entrega. Le Buté é garantia do melhor laticínio, pelo melhor preço.
— Na manhã de hoje, entregou normalmente o leite?
— Evidentemente! Com Le Buté não há atrasos nem incidentes. Já meus concorrentes não podem dizer o mesmo.
— Não houve nada de anormal, então?
— Nada... Por que essas perguntas? Alguém teria se queixado do meu serviço? Se for o caso, quero saber imediatamente e vamos poder nos explicar!
— Calma — exigiu o juiz. — A quem você entrega as jarras de leite?
— Sempre ao mesmo escriba, desde que chegou ao serviço. Um jovem bem-educado, encarregado de servir os colegas. Segundo ele diz, todos apreciam o meu leite! É o melhor de Saís. Com todo respeito, o senhor deveria provar e confirmar que não minto.

— Sabe o nome desse jovem escriba?

Le Buté pareceu ficar sem graça.

— Bom... não deveria. Mas um guarda me disse: chama-se Kel. É superdotado em inteligência, pelo que me disseram.

— Foi a ele que entregou as jarras, hoje de manhã?

— Ao próprio, como sempre!

Gem chamou um desenhista e mandou que Le Buté fizesse a descrição do assassino. Meia hora depois, o juiz dispunha de uma descrição bem parecida.

9.

Havia tanta agitação no posto policial que Bébon precisou esperar por muito tempo até conseguir ver seu amigo Nédi.

Atarracado, com o rosto marcado por rugas e de aparência triste, o tenente de polícia era reticente e correto. Apegado às suas fichas, não era muito diplomático e sua hierarquia tinha pouca simpatia por ele, apesar de obrigada a reconhecer suas competências.

Bébon era sempre divertido, e, como viajava frequentemente, Nédi às vezes o encarregava de pequenas tarefas de informação. Um policial nunca se considera suficientemente informado.

Enfim, o tenente saiu do escritório.

— Vamos tomar uma cerveja — disse ele a Bébon.

Ao sol poente, sentaram-se do lado de fora de uma taberna.

— Problemas?

— Comigo não. Com um amigo.

— Cometeu algum delito?

— De jeito nenhum!

— Nesse caso, tem medo de quê?

— De nada — garantiu Bébon. — Mas vai precisar testemunhar.

— Ele deve se dirigir à delegacia de polícia mais próxima de seu domicílio e registrarão o que tem a dizer.

— Meu amigo em questão não é qualquer um. E o caso em que se meteu involuntariamente deve dar muito o que falar, muito mesmo. Por isso seria bom se encontrasse um policial de alto nível e perfeitamente íntegro.

— Está me deixando intrigado! — reconheceu o tenente. — De que se trata?

— Do assassinato dos intérpretes.

Nédi quase se engasgou.

— Como sabe disso?

— Meu amigo escapou do massacre.

— Como ele se chama?

— Kel. Um rapaz formidável.

— Formidável... E acusado de vários assassinatos.

Bébon perdeu a cor.

— Deve haver um erro... Repito que ele escapou por pouco do massacre!

— Segundo o juiz Gem, a maior autoridade judiciária do país, seu amigo é um assassino monstruoso.

— Isso é absurdo!

— Onde ele se encontra?

— Não sei — disse Bébon. — Desapareceu e estou muito preocupado. O verdadeiro assassino deve estar atrás dele!

— Não se meta em enrascada. Seu amigo foi descrito como uma besta selvagem e os policiais estão atrás dele. Quem o ajudar será acusado como cúmplice de assassinato.

O ator baixou a cabeça.

— Kel mentiu para mim... Como fui ingênuo!

— Sua sorte lhe fez evitar o pior. Onde está morando agora?

43

— Num bairro importante, na casa de uma cantora de Neit.
— Não se ausente de Saís. Seu depoimento pode ser necessário.

★
★

O apartamento da nova namorada de Bébon era agradável. Ocupando o segundo andar de uma construção recente, tinha a seu favor um terraço com guarda-sol e esteiras. Indócil, Kel assistiu ao pôr do sol, um espetáculo mágico que, pela magnificência, o fez esquecer por uns momentos a tragédia.

Por que o seu universo, tão tranquilo e promissor, com um futuro tão bem delineado, era sacudido daquele jeito? A amizade de Bébon, felizmente, o arrancava do pesadelo. No dia seguinte, ele já se apresentaria ao juiz e estaria livre de qualquer suspeita.

Mais tranquilo, conseguiu cochilar.

O barulho de uma porta batendo, porém, o acordou com um susto.

— Sou eu, Bébon!

Kel desceu correndo a pequena escada do terraço ao apartamento.

— Encontrou seu amigo?
— Você está sendo acusado dos crimes — disse o ator.

Kel ficou paralisado.

— Não pode estar falando sério!
— Infelizmente, sim! O juiz Gem tem provas irrefutáveis.

O escriba pegou o amigo pelo ombro.

— É mentira! Sou inocente, juro!
— Não tenho a menor dúvida, mas não é o que acham as autoridades.

Kel sentiu as pernas fraquejarem.

— O que está acontecendo?...

— O principal é não nos descontrolarmos.

— Vou me apresentar, ser preso e explicar tudo. Vão reconhecer a minha inocência.

— Não se iluda — recomendou Bébon.

— Não confia na justiça?

— O caso é tão grave que precisam de um culpado rapidamente. E você corre o risco de ser esmagado.

— Sou inocente! — voltou a dizer Kel.

— Sua palavra não basta.

— O que faço, então?

— Encontre o verdadeiro assassino.

Controlando a emoção, o escriba tentou pensar.

— O leiteiro! Ou ele envenenou as jarras ou é cúmplice.

— Sabe onde encontrá-lo?

— O estábulo é perto do templo de Neit.

— Aquele sujeito vai ter que falar — concluiu Bébon.

10.

Graças à precisão do trabalho do desenhista, o juiz Gem dispunha de uns trinta retratos do escriba Kel, que logo seriam distribuídos pelas delegacias de Saís.

Atropelado pelos diversos deveres que impunham suas múltiplas funções, o governador da cidade, Udja, cancelou uma extensa lista de compromissos para receber o magistrado.

Toda vez que se encontravam, a estatura e os ombros largos de Udja impressionavam o juiz. O dignitário dispunha de rara energia e ninguém questionava sua autoridade. A idade não o afetava, e embora tenha conhecido o rei Apriés, que antecedeu a Amásis, o governador da cidade e chanceler real parecia desfrutar de uma juventude inalterável.

— Boas notícias, juiz Gem?

— Excelentes! Temos a identidade do assassino. Trata-se do jovem escriba Kel. Infelizmente, não se encontrava em casa. Mas está sendo intensamente procurado pela polícia.

— Tem provas concretas?

— A palavra do leiteiro Le Buté, devidamente registrada diante de duas testemunhas, é determinante. Ontem de manhã, ele entregou as jarras a Kel. Segundo o costume, era quem servia o leite ao chefe e aos colegas de escritório. Antes disso, o envenenou.

Udja não parecia totalmente convencido.

— Reconstituição plausível... Mas por que teria cometido um ato tão horrível?

— Uma provável crise de loucura assassina. Se houver outro motivo, virá à tona no interrogatório.

— Aja com toda a discrição possível — recomendou o governador. — Não podemos ainda excluir a hipótese de um complô visando a destruição do serviço de intérpretes. Kel, nesse caso, seria o braço armado.

— O massacre causaria um golpe mais grave ao Estado? — preocupou-se Gem.

— "Golpe" é um termo exagerado, mas é preciso reconstruir rapidamente o serviço com profissionais de confiança e competentes. Não é uma tarefa fácil.

— Mesmo que se trate de um caso de espionagem, descobri o culpado. Ele será preso e julgado dentro dos trâmites legais. Em outras palavras: que o chefe do serviço secreto não me crie dificuldades!

— E o segundo suspeito? — quis saber Udja.

— Demos, igualmente, deixou seu domicílio. O depoimento dos moradores do bairro não deu em nada. Outra vez, a situação me parece perfeitamente clara: Kel e Demos eram amigos e, com isso, cúmplices. De um jeito ou de outro, o grego ajudou o egípcio. Talvez tenham fugido juntos. Graças ao retrato falado de Kel, logo descobriremos.

— E se procurasse fazer também o retrato de Demos?

— Boa ideia. A cumplicidade em assassinato é severamente punida. O grego provavelmente contará a verdade para evitar um castigo maior.

⁎ ⁎
⁎

Kel conhecia bem Le Buté. Todo dia, pela manhã, pouco depois do amanhecer, ele trazia as apreciadas jarras de leite para os intérpretes. Tomava-se nota da quantidade e, a cada dez dias, o leiteiro era pago pelo contador.

Ele e o escriba frequentemente trocavam algumas palavras. Ex-mercenário, Le Buté aproveitara as economias acumuladas para comprar um belo estábulo próximo às principais sedes administrativas e se lançara com sucesso à conquista de um mercado lucrativo. É claro, queixava-se das dificuldades do dia a dia e lamentava a baixa rentabilidade, mas a excelente reputação adquirida e a qualidade dos produtos garantiam a ele uma boa clientela. O peso dos impostos, no entanto, fazia com que pensasse às vezes em mudar de profissão. Mas seguia desenvolvendo o empreendimento.

Como último a ser admitido no serviço, era Kel o encarregado de servir o leite aos colegas. O costume não o incomodava. Alguns murmuravam um simples agradecimento, outros se mostravam mais calorosos. Um dia, algum outro novato tomaria o seu lugar, garantindo aos intérpretes aquela primeira compensação matinal.

Esse costume é que fazia de Kel o principal suspeito.

De fato, era fácil misturar o veneno nas jarras! O autor do ato criminoso? O leiteiro!

Algum especialista deve ter lhe fornecido a substância mortal. Mas quem estaria realmente por trás de tudo isso?

A dimensão do complô era vertiginosa!

Se os assassinos de fato estivessem em busca do documento codificado, teriam ficado frustrados e, portanto, Kel corria risco de vida. A polícia não queria prender, e sim suprimir o acusado.

E o conteúdo do papiro devia ser terrível, para ter causado semelhante carnificina!

Era preciso fazer Le Buté falar.

— Juntos conseguiremos — animou-se Bébon.

— O sujeito vai saber se defender.

— Usarei meu cassetete.

— Sem violência! — opôs-se Kel.

— Preste atenção, meu amigo! Está sendo acusado de assassinato e somente o leiteiro pode inocentá-lo. Esqueça esses princípios morais de outra época e defenda a sua pele. O sujeito é do bando dos assassinos, não podemos ir com muita delicadeza.

O jovem escriba estava mergulhando num mundo obscuro, em que as regras da harmonia não existiam mais.

Na leiteria, tudo parecia tranquilo. Um ruivo ordenhava uma vaca magnífica, de olhar calmo e pelugem branca e marrom.

— Fique aí atrás — recomendou Bébon a Kel, seguindo em frente.

— Que belos animais! — exclamou. — E que estábulo! Gostaria de falar com o dono, é você?

— Quem me dera! O que quer com ele?

— Procuro trabalho.

— Não tenho certeza nem se conseguirei manter o meu.

— Le Buté está tendo problemas?

— Acaba de vender o estábulo e as vacas.

— Não é uma empresa em expansão?

— Ele se queixava de não ganhar o bastante e preferiu voltar à antiga profissão de mercenário em Náucratis. Vai ter um cargo de oficial.

11.

— Náucratis! É para onde o homem da lavanderia disse que Demos viajou.
— Com o leiteiro que o acusa e desaparece! — exclamou Bébon.
— É apenas uma hipótese.
— Não seja ingênuo! Você está envolvido numa armação. Os verdadeiros culpados estão se dispersando, e você é o culpado ideal!

Bébon tinha razão.

Envolvidos no complô, Demos e Le Buté acabavam de sumir e a justiça não chegaria até o mandante de tudo aquilo.

Kel, de fato, se encaixava como o perfeito assassino.

— Estão nos observando — murmurou Bébon. — Vamos pela ruela à esquerda. Siga à frente, como se não nos conhecêssemos.

— É o assassino! — gritou um dos homens, apontando para Kel.

Três policiais se lançaram na direção do escriba, mas Bébon se interpôs no meio do caminho.

— Corra!

※

Com as mãos em algemas de madeira e a cabeça suja de sangue, Bébon foi levado ao juiz Gem.

— Este bandido é o cúmplice do assassino — declarou o oficial de polícia. — Ajudou na fuga.

— Que um médico trate dele para que eu o interrogue. E faça um relatório por escrito.

Quando o ator voltou a aparecer, já estava novamente com uma aparência mais humana.

— Nome?

— Bébon.

— Profissão?

— Percorro o Egito contando os antigos mitos e interpreto o papel dos deuses em apresentações públicas dos mistérios.

— Família?

— Nenhuma. E nunca me casei.

— Pelo relatório que tenho aqui, você impediu que a polícia efetuasse a prisão do criminoso.

— Eu? De jeito nenhum! Para começar, não sabia que eram policiais. Além disso, me derrubaram brutalmente, caí e fui espancado.

— Você gritou "corra!", avisando seu cúmplice!

— Não foi isso, e sim "socorro!", de tanto que tive medo! E não tenho cúmplices.

— Conhece um escriba chamado Kel?

Bébon fingiu estar pensando.

— Não é muito o meu meio. E o nome não me diz nada.

O juiz pareceu hesitar.

As declarações do suspeito eram plausíveis e ele não tinha o perfil de um criminoso.

— Um dos meus assistentes o interrogará novamente e tomará nota do que disser.

— Vão bater em mim de novo? — perguntou Bébon, tremendo.

— Que ideia! — indignou-se Gem. — Inclusive, vou investigar o ocorrido e, caso tenha havido violência injustificada, os policiais responderão por isso.

O ator baixou a cabeça.

— Não entendo o que está acontecendo... Não fiz nada de mal.

— Se for inocente, não tem o que temer. Diga a verdade e tudo vai ficar bem.

Aquele pobre coitado estava no lugar errado, no momento errado. Feitas as verificações de rotina, seria liberado. E se apresentasse queixa da violência policial, ganharia a causa.

✶

— Reuni todos para que façamos um balanço — declarou Udja. — Em seguida, informarei Sua Majestade. O veneno foi identificado, Horkheb?

— Infelizmente, não — respondeu o médico-chefe. — Mas trata-se de uma substância de rara eficácia, que os asiáticos frequentemente utilizam.

— Os persas, por exemplo?

— Por exemplo.

— Esse indício pode nos levar a um caso de espionagem — observou o governador de Saís.

— Não vamos tirar conclusões precipitadas — aconselhou o juiz Gem. — Precisamos mais do que isso para acusar Kel de espionagem a favor dos persas.

— O que acha, Henat?

O chefe do serviço secreto fez uma careta.

— Concordo com o juiz.

— Identificamos o culpado — continuou Gem, satisfeito — e sua prisão é apenas questão de horas. Falta conhecer a verdadeira motivação. Eu o interrogarei pessoalmente e ele dirá a verdade.

— Não creio que um processo público seja boa ideia — adiantou-se Henat.

— Cabe a mim decidir — cortou o juiz. — E nem o faraó em pessoa poderia resolver o contrário. Todo mundo, neste país, deve saber que a justiça se dá em função da deusa Maat, e não de interesses pessoais. Tanto o pobre quanto o rico confiam na justiça e não podem ser iludidos.

— É claro — admitiu Henat —, mas se o massacre estiver ligado a segredos de Estado...

— Nesse caso, levarei isso em consideração.

— Até o momento — voltou o governador de Saís —, esse terrível caso não chegou a público. Ouso esperar que a polícia seja tão discreta quanto eficaz.

— Foram essas as minhas instruções — afirmou Gem. — Uma investigação não é nenhum espetáculo e, dentro da legalidade, o que conta é o sucesso.

12.

Exausto e faminto, Kel finalmente parou de correr.

Por puro instinto, se afastara de Saís, tomando a direção do seu vilarejo natal, não distante da cidade. Com Bébon detido, encarcerado ou mesmo morto por policiais cúmplices dos assassinos, ele estava sozinho e sem aliados.

Onde encontrar abrigo senão com um tio já bastante velho, último membro ainda vivo da família? Dono de uma pequena fazenda, talvez aceitasse hospedá-lo, por pelo menos alguns dias. Mas seria preciso dar uma explicação e ser convincente.

Rever o campo verdejante, repleto de palmeirais e pequenas hortas bem-cuidadas o tranquilizou. Passou por camponeses com seus jumentos, carregados de cestos cheios de legumes, e cumprimentou os lavradores que trabalhavam. Sob o sol clemente, a vida transcorria imutável e calma.

Não estaria sendo vítima de um pesadelo que logo se dissiparia? Infelizmente, não! Fechar os olhos, dormir e despertar não bastariam. A atroz realidade continuava a sufocá-lo.

À entrada do vilarejo, um amontoado de gente.

Homens e mulheres estavam em uma animada discussão. Um sujeito alto e magro erguia as mãos aos céus enquanto uma velha reclamava com ele.

O tom acabou serenando e a pequena multidão se desfez.

À sombra de uma palmeira, Kel esperou que a calmaria se confirmasse e tomou a direção de umas casinhas brancas sombreadas por sicômoros. Era onde os seus pais haviam vivido felizes, até partirem para o Belo Ocidente, onde as suas almas viviam na companhia dos Justos. O escriba se lembrou das brincadeiras da infância, dos banhos de rio, das risadas, das loucas correrias. Participar das colheitas não era um castigo, e sim um prazer. E como ele gostava de cuidar dos porcos e dos gansos! A inteligência que demonstravam o fascinava, e ele passava horas falando com os animais. Seu destino como camponês parecia já estar traçado.

Num final de tarde, num dia de festa, o escriba encarregado das colheitas havia mostrado a ele algumas linhas escritas.

De repente, um novo mundo se abriu para Kel.

Nada parecia mais importante do que aqueles sinais, com o pincel que os traçava, os frascos de tinta e a goma para apagar.

Enfrentando a contrariedade dos pais, o pequeno Kel se apresentou, sem a menor recomendação, à escola de escribas do templo vizinho e, ignorando a contrariedade dos professores, o diretor o admitiu, impondo algumas exigências.

Esforçado, sedento de aprendizagem e incansável, Kel rapidamente se tornou o melhor dos alunos. Para não asfixiar um talento tão promissor, o diretor o indicou a um colega de Saís. Feitos os testes, comprovou-se que o menino apresentava dons fora de série.

Tomado por uma espécie de turbilhão, Kel nem por isso se esquecia do vilarejo natal.

Ao lembrar daquilo, deveria lamentar o seu destino? Não; era a um ideal que ele tentava cumprir e não seria arrependendo-se que escaparia daquela adversidade.

O tal homem alto e magro entrou em seu caminho.

— Você não é daqui.

— Engano seu.

— Foi mandado pela polícia?

Kel sorriu.

— Fique tranquilo, simplesmente vim ver o meu tio.

O homem se interessou:

— Como ele se chama?

— O Resistente.

— Ah!... Você não soube?

— De quê?

— Está com fome?

— Com um buraco no estômago.

— Minha mulher faz o melhor ensopado da região. Vamos em casa comer.

Não era à toa que o homem varapau se gabava dos méritos da esposa. Pedaços de carneiro, berinjelas recheadas e molho ao cominho formavam um prato suculento. E o vinhozinho local, um tinto espumante, combinava muito bem com o festim.

Depois das banalidades de praxe, Kel voltou ao assunto principal:

— Meu tio está tendo problemas?

Profundo silêncio.

— Diga a verdade — exigiu a esposa.

— A casa dele pegou fogo e seu tio acabou morrendo no incêndio. A maioria dos moradores daqui acha que foi um acidente, mas vi um estranho atear fogo. A nossa representante comunitária não quer que eu fale disso com a polícia.

— E está certa — interrompeu a mulher. — Só vai nos trazer complicações. Não é problema nosso. Cuide da sua família e controle sua língua.

— Quando essa tragédia aconteceu? — perguntou Kel.

— Há dois dias.

De repente, tudo se esclarecia.

Nada era por acaso.

Os assassinos tinham escolhido Kel como vítima e suprimiram seu único esconderijo possível, que era com o tio. Pela suposição de Bébon, ele havia sido drogado no banquete anterior ao massacre, para que acordasse tarde e chegasse atrasado ao escritório.

Acusado de assassinato, Kel não tinha a menor chance de escapar da justiça. E os verdadeiros culpados nunca seriam descobertos.

— Obrigado pela hospitalidade, mas preciso ir.

— Não quer mais um pouco de ensopado?

— Está maravilhoso, mas não tenho tempo.

O convite para o banquete tinha sido então a última etapa da armação concebida por uma ou várias pessoas influentes, próximas o bastante do poder para saber a importância do escritório de intérpretes.

Quem poderia ajudar Kel a identificar os envolvidos naquele evento?

Surgiu em sua mente o rosto de Nitis, a bela sacerdotisa.

13.

Agora com 18 anos de idade e olhos de um azul profundo, quase irreais, Nitis se dedicava ao serviço de Neit desde a adolescência. Cantora e tecelã, descobrira que a deusa encarnava o ser por excelência, sendo tanto "Mãe das mães" quanto "Pai dos pais". Fluxo criador, energia primordial, Neit tecia o universo a cada instante. Morte e vida se encontravam em sua mão, e as iniciadas, fabricando os tecidos do ritual, prolongavam a sua obra.

A jovem vivia na modesta moradia que herdara, não distante do grande templo da deusa. A mãe acabara de morrer, após uma longa viuvez. Nunca se refizera da morte do marido, carpinteiro, vítima de um acidente.

Caso se mostrasse digna dos grandes mistérios, a jovem poderia morar no recinto sagrado. Mas precisava ainda dar provas, trabalhar com afinco e paciência, mostrando-se digna do ideal.

Depois de deixar a área do templo, Nitis tomou o caminho de casa. Pensava num texto simbólico evocando as duas flechas entrecruzadas de Neit, um dos símbolos da deusa, quando um rapaz se dirigiu a ela:

— Desculpe se a incomodo. Meu nome é Kel e gostaria de falar sobre um assunto muito sério.

Nitis não tinha se esquecido daquele olhar intenso.

— Você estava no banquete organizado pelo ministro das Finanças, não é?

— Estava, sim. E creio que todas as infelicidades que tenho experimentado vêm disso. Sem a sua ajuda, corro risco de morrer.

Kel estava surpreso com a própria audácia. Como se atrevia a se dirigir daquela maneira a uma sacerdotisa de Neit, com encantos e beleza que o subjugavam?

— Você parece bem alterado — observou ela.

— Pelo nome do faraó, juro que sou inocente dos crimes de que me acusam.

Ele resolvera arriscar.

Será que, a sacerdotisa aceitaria ouvi-lo, ou simplesmente o mandaria embora? E como censurá-la se não confiasse num desconhecido com comportamento suspeito e declarações perturbadoras?

— Venha até a minha casa.

A vontade de Kel foi de tomá-la nos braços e beijá-la, mas conseguiu controlar o impulso que, aliás, ele nunca sentira antes.

O bairro residencial estava bem tranquilo. Num lugar ou noutro, lamparinas a óleo eram acesas e as pessoas se preparavam para jantar.

Ninguém viu Kel entrar na casa de Nitis, que tinha o interior despojado.

— Inclinemo-nos diante dos antepassados — exigiu ela —, com pedido de sabedoria.

Os dois jovens se ajoelharam, um ao lado do outro, à frente de dois bustos de pedra calcária, representando um homem e uma mulher. Ergueram as mãos em sinal de veneração, e Nitis pronunciou a fórmula ritualística que celebra a luz advinda do além, para que iluminasse o caminho de quem está vivo.

O perfume da sacerdotisa embriagou Kel. Era uma sutil mistura de mil fragrâncias, sobre as quais predominava o jasmim, misturando suavidade e fogo.

— Está com fome? — perguntou ela.

— Não posso ficar na sua casa, preciso...

— Pode se explicar diante de uma boa refeição. Vendo o seu grau de cansaço, é fundamental que você se alimente.

— Não quero colocar em risco sua reputação e...

— Moro sozinha, ninguém sabe que você está aqui.

— Você, então... acredita em mim?

Nitis sorriu.

— Ainda não conheço os detalhes da sua história.

Passaram para a sala de estar, que possuía poltronas e uma mesinha baixa de extrema elegância. Nitis apreciava o estilo despojado do mobiliário do Antigo Império, retomado por alguns artesãos contemporâneos.

Ela trouxe à mesinha vários petiscos: cebolas suaves, pepinos, gratinado de berinjelas, peixe seco, figos, pão fresco e vinho tinto dos oásis.

Apesar da fome, Kel tentou não devorar tudo.

Nitis comia, falava e se movia com igual elegância, numa mistura de feminilidade e magia. Ele bem que gostaria de poder contemplá-la por horas a fio, ser sua sombra e não mais deixá-la em momento algum.

— O que houve, Kel?

Ele esvaziou a taça de vinho para juntar coragem.

— Eu era o último funcionário recrutado para o escritório de intérpretes de Saís.

— Tão jovem?

O escriba corou.

— Trabalhar é a minha única paixão, e tive sorte.

— Não deveria dizer competência precoce e excepcional?

— Tentei estar à altura das responsabilidades que me eram confiadas pelo chefe do serviço. Mas chegou a mim um estranho papiro codificado, que resistia às tentativas de decifração. Este aqui.

Kel tirou o documento do bolso da túnica. Nitis deu uma olhada e, mesmo tendo bom conhecimento, não conseguiu ler sequer uma palavra.

— Talvez todos os meus colegas tenham sido assassinados por causa desse texto.

— Assassinados?

— Com leite envenenado. Exceto meu amigo grego, Demos, que desapareceu, assim como o leiteiro. E a polícia me acusa de ser o criminoso. Dois dias antes dos assassinatos, o último membro da minha família morreu em casa, num incêndio criminoso. Na véspera, naquele banquete, fui drogado, de forma que chegasse atrasado ao escritório. Sou o culpado ideal.

A sacerdotisa observou demoradamente o escriba.

Da sua decisão dependia o destino dele.

— Acredito na sua inocência, Kel.

14.

Por um momento, o escriba fechou os olhos.

Não tinha sido rejeitado. Haveria então algum futuro possível para ele!

— A palavra dada é sagrada — insistiu ela. — Com o juramento, compromete-se diante dos deuses e dos homens. Só uma pessoa infame mentiria a tal ponto.

— Tudo o que disse é verdade. Se a polícia me prender, serei eliminado. Provavelmente por algum lamentável acidente, para evitar qualquer processo.

— Isso significaria então um enorme complô!

— Exatamente, Nitis, e não há outra explicação.

Kel retomou a narrativa, ponto por ponto. Não escondeu a participação do amigo Bébon, que tinha sido preso.

— O serviço de intérpretes trabalhava com inúmeros casos delicados e meu chefe estava em permanente contato com o palácio. O faraó usava nosso escritório para orientar a diplomacia do Estado, que garante a paz. Um massacre desses de forma alguma pode ser um ato de loucura. Foi minuciosamente organizado e escolheram a mim como culpado ideal. Ter fugido já não demonstra culpa? Um inocente teria se apresentado à polícia, comprovando sua boa-fé. A caça ao homem será intensa, com acúmulo de provas, e a investigação rapidamente se encerrará.

— A justiça não irá distinguir o falso do verdadeiro?

— As circunstâncias não ajudam. E se o juiz for cúmplice dos assassinos, nem sequer vai me ouvir.

Desmoronava-se o mundo tranquilo de Nitis.

Bruscamente ingressavam o crime, a violência, a mentira e a injustiça, aspectos de *Isefet*, a força de destruição, oposta à harmonia serena de Maat, deusa da retidão.

Por que acreditar no que dizia o rapaz? Por que dar ouvidos a horrores que reviravam sua existência tranquila e bem-traçada?

Kel percebeu a dúvida que o ameaçava.

— Desculpe incomodá-la dessa maneira. Sei que minha posição é insustentável; não quero que seja também tragada ao fundo do abismo. Gostaria de simplesmente perguntar o nome das personalidades presentes naquele banquete em que fui drogado.

Superando o conflito em que se via, a sacerdotisa disse com voz bem clara:

— Para começar, o dono da casa, o ministro das Finanças e da Agricultura, Pefy.* Ele conhecia bem os meus pais e ajudou a minha entrada no templo. É um homem direito, trabalhador, que administra da melhor maneira a Dupla Casa do Ouro e da Prata, cuidando da prosperidade do país. Diretor dos campos cultiváveis e das margens inundáveis, criou um cargo de planificação para evitar as incertezas do futuro. Além disso, é iniciado nos

---

* Seu nome completo era *Pef-tjau-âuy-Nt*, "É de Neit que depende o seu sopro".

grandes mistérios de Osíris e dirige os rituais de Abidos, defendendo sempre a sua causa junto ao faraó. Pois a cidade sagrada do mestre da ressurreição, na opinião do ministro, vem sendo negligenciada, com o atual desenvolvimento de Saís e das demais cidades do Delta.

— É um dos principais personagens do Estado! Por que convidaria a mim, simples escriba?

— Tendo em vista o seu brilhante início de carreira, provavelmente quis conhecê-lo.

— Se assim fosse, teria falado comigo pelo menos uma vez!

— Pefy não poderia ser o mentor de um complô criminoso!

— Ora, ele não teria meios para isso?

— Não é o bom caminho, tenho certeza!

— E os demais dignitários, Nitis?

— Menk, organizador das festas de Saís. É encarregado de cuidar das barcas da deusa Neit, verifica os estoques de incenso, do material de maquiagem e dos óleos, sendo responsável pelo sucesso das procissões. É afável e de agradável trato, está longe de ser um assassino!

— Ocupa-se de política?

— De forma alguma.

— Mas conhece o rei e frequenta os ministros.

— De fato, mas a correta realização dos rituais é a sua única preocupação!

— Não seria apenas uma fachada?

O olhar de Nitis deixava claro não ser a sua opinião.

— Talvez eu esteja indo longe demais — concordou Kel. — Entenda, por favor! O mundo me parecia algo ordenado, regido pela lei de Maat, e agora me vejo acusado de várias mortes!

— Entendo — murmurou ela. — Somente a verdade poderá restabelecer a harmonia.

Uma repentina e preocupante lembrança veio à sua mente.

— Havia um terceiro personagem do alto escalão no banquete — declarou a sacerdotisa —, o médico-chefe do palácio, Horkheb.

— Um médico... Tem todas as drogas a sua disposição!

— Horkheb trata a família real — acrescentou Nitis. — Tem fama de ser excelente terapeuta, arrogante e prudente. Comparece a todas grandes recepções, procura a estima geral, mas não se envolve em coisas do governo. Preocupa-se apenas em acumular imensa fortuna. Por que se meteria num complô assim?

— Por ser extremamente bem pago!

— São simples suspeitas.

— Não deixa de ser uma primeira pista. Graças a você! Ajudou muito, Nitis, agradeço de todo coração. Já posso ir embora.

— Em plena noite? Seria loucura! Vai dormir aqui.

— De jeito nenhum. Não quero fazê-la correr esse risco! Pense também na sua reputação...

— Ninguém sabe que está aqui. E não tenho o direito de abandoná-lo em tais circunstâncias. Meu mestre, o sumo sacerdote do templo de Neit, é uma pessoa influente e respeitada. O faraó leva em consideração suas opiniões. Vou falar com ele sobre o assunto e pedir conselhos.

15.

Wahibré,* o sumo sacerdote de Neit, toda manhã celebrava o culto da deusa com veneração cada vez maior pela divindade.

Pouco antes do amanhecer, ele se purificava na água do lago sagrado, vestia uma bata branca e, no centro do santuário, dava início ao despertar em paz da Grande Mãe, de onde brotava a luz sagrada, fonte das múltiplas formas de vida.

Esse dever cotidiano estava longe de ser visto como algo pesado. Consciente de participar da manutenção da harmonia na Terra e de lutar contra as forças de destruição, o sumo sacerdote era grato ao destino que lhe concedera tamanha felicidade. Por isso, cuidava pessoalmente de cada detalhe, querendo tornar o ritual a mais perfeita obra de arte possível.

A seu ver, nada se igualava à força espiritual das pirâmides do Antigo Império. Apesar disso, também apreciava o esplendor do templo principal de Saís, velha cidade elevada à dignidade de capital. No centro da metade ocidental do Delta, Saís tinha uma posição estratégica que era a causa do seu impressionante

---

* *Wah-ib-Rá*, "o coração da luz divina é duradouro".

desenvolvimento nas últimas décadas. Protegido pela muralha dos miletanos,* o porto recebia impressionantes navios de guerra, que comprovavam a capacidade defensiva do Egito.

O sumo sacerdote confiava no faraó como salvaguarda das Duas Terras. Monarca experiente, bom administrador e ex-general que detestava a guerra, o rei havia consolidado a paz frequentemente ameaçada. Os persas, apesar das suas características beligerantes e da sede de conquistas, não se atreviam a atacar um adversário tão difícil.

Sem se interessar pelas realidades externas, Wahibré apreciava as atenções com que o soberano tratava o templo de Neit. Igual ao céu em sua organização, abrigando a totalidade de deuses e de deusas, o templo ganhara inúmeras melhorias: um pilono, uma alameda de esfinges, colossos reais, um lago sagrado de 68 côvados de comprimento e 65 de largura,** dois estábulos dedicados a Hórus e a Neit, um local de repouso para a vaca sagrada da deusa, e muitas restaurações efetuadas com enormes blocos de granito provenientes de Elefantina.

Dentro do templo se erguiam várias estátuas de Neit, tendo na cabeça a coroa vermelha do Baixo Egito, símbolo do nascimento e desenvolvimento do princípio criador. Segurava dois cetros: Vida e Força.*** Assistida por efígies de seus filhos**** e filhas,***** a soberana dos grandes mistérios abria aos iniciados as portas do céu.

---

* Os gregos da cidade de Mileto.
** O valor aproximado do côvado é de 0,52 m.
*** *Ankh* e *uas*.
**** Osíris, Hórus, Thot e Sobek.
***** Nekhbet (deusa abutre; garante o título real), Uadjet (deusa serpente; garante uma próspera criação), Sekhmet (a leoa aterrorizante; detém a força do cosmo), Bastet (a gata, leoa calma e aparentemente amestrada).

Sua função não consistia em propagar uma doutrina nem converter, mas sim em prolongar a obra de Maat, cumprindo corretamente os ritos da Primeira Vez, aquele instante perpetuamente renovado em que a luz do Verbo se revelou. Sua energia se concentrava no santuário e devia ser manipulada por pessoas especializadas e com extremo cuidado.

Terminado o ofício da manhã, Wahibré se dirigiu ao ateliê de tecelagem. Sacerdotisas preparavam ali tecidos utilizados na celebração dos ritos osirianos, e a mais jovem delas, Nitis, de forma alguma estava entre as menos hábeis. Sempre à escuta de suas Irmãs, animada por uma alegria interior e uma luz que tranquilizava os mais agitados, além de revigorar quem se sentia triste, Nitis conseguia uma espécie de milagre: ter a unanimidade da hierarquia a seu favor.

À entrada do sumo sacerdote, as tecelãs se levantaram e se inclinaram.

— Venha comigo, Nitis, preciso falar com você.

A jovem seguiu Wahibré até um prédio denominado "Casa de Vida".* Só tinham acesso a esse edifício, protegido por muros altos, os iniciados nos mistérios de Ísis e Osíris.

— É chegado o momento de passar por essa porta — anunciou o sumo sacerdote.

Nitis fez menção de recuar.

— Sou jovem demais...

— Estou nomeando-a Superiora das cantoras e tecelãs de Neit. Na Casa de Vida, terá acesso a arquivos sagrados, guardados desde o nascimento da luz, e textos ritualísticos que devemos reformular incessantemente. Estou velho e doente; a transmissão

---

* *Per-ankh.*

do conhecimento deve ser feita. Por isso concluo a sua formação, para que possa me suceder.

O peso do templo inteiro bruscamente se fez sentir sobre os ombros da frágil criatura.

— Mestre, eu...

— Não adianta recusar. Você mesma provocou essa decisão irrevogável, com o desenvolvimento da sua magia e senso do abstrato. À época, também não era a minha intenção ocupar altas funções. Convém esquecer ambições, servir aos deuses, e não aos humanos. Somente esse rigor lhe ajudará a suportar a missão.

A porta da Casa de Vida foi aberta.

Um sacerdote calvo recebeu Nitis e levou-a até o centro do prédio, um pátio quadrado, onde ela contemplou o símbolo de Osíris ressuscitado.

Em seguida, Wahibré mostrou textos formulados por antigos videntes, a partir dos quais se formara a espiritualidade egípcia. A jovem se imbuiu daquelas palavras de força, consciente de que jamais esgotaria o seu significado.

16.

Ainda abalada, Nitis não podia esconder do seu iniciador as graves preocupações que lhe tiravam a serenidade. Enquanto almoçavam a sós, ela juntou coragem para tocar no assunto:

— Lamento muito trazer tormentos do mundo exterior, mas, dada a gravidade da situação, preciso dos seus conselhos.

A seriedade da jovem preocupou o sumo sacerdote.

— Encontrei um escriba-intérprete chamado Kel. Ele está sendo acusado de assassinar seus colegas e afirma ser inocente. Acredito nele.

Wahibré pareceu muito surpreso.

— O escritório de intérpretes é indispensável à segurança do Estado — lembrou ele. — Sem esse órgão, nossa diplomacia fica surda e cega. Como não fui informado da tragédia, parece ter sido abafada com todo cuidado.

— Kel acredita ter sido vítima de uma grande armação — continuou Nitis. — Caso se trate realmente de um complô, altas personalidades estão forçosamente envolvidas.

— Um caso criminoso de tal dimensão... Esse escriba não estaria inventando tudo isso?

— A sinceridade dele me convenceu. Foi o último a ser recrutado para integrar o serviço de intérpretes e foi drogado num banquete para que acordasse tarde e não se envenenasse com o leite que habitualmente servia aos colegas. Cometeu o erro de entrar em pânico e fugiu, levando um documento em código que provavelmente estava sendo procurado pelos verdadeiros assassinos.

— Ele o decifrou?

— Ainda não.

— Mostrou-o a você?

— Não pude entender palavra alguma.

— Por que ele não foi à polícia?

— Acha que será morto antes de poder se explicar.

— As forças de segurança cúmplices dos criminosos? Isso é impensável!

— Se Kel não estiver mentindo, não se pode afastar tal suspeita.

— Desde quando conhece esse escriba?

— Desde... ontem à noite.

— E não põe em dúvida a sua palavra?

— Ele jurou estar dizendo a verdade, exprime-se de maneira direta e tem o olhar franco. Primeiro duvidei, mas estou plenamente convencida da sua inocência.

O sumo sacerdote se manteve em silêncio.

— O escriba acusa alguém?

— O médico-chefe do palácio, Horkheb, talvez o tenha drogado. Se for o caso, estaria agindo por ordem de um mandante?

— Será que Kel não inventou essa história absurda?

A sacerdotisa passou por uma dúvida cruel: e se o rapaz estivesse zombando dela?

— Estude o papiro consagrado às sete palavras de Neit — disse o sumo sacerdote. — Vou até o palácio para tentar dissipar esse pesadelo.

***

— O administrador do palácio vai recebê-lo imediatamente — disse o secretário particular de Henat ao sumo sacerdote.

O chefe do serviço secreto dispunha de um escritório de rara sobriedade. Nenhuma decoração, mobiliário austero.

Os visitantes se sentiam pouco à vontade assim que atravessavam a porta.

— Problemas, caro amigo?

— Os escribas do escritório de intérpretes foram assassinados?

Henat evitou o olhar do ancião.

— É uma pergunta um tanto brutal!

— O boato tem fundamento? Sim ou não?

— Você está me deixando em situação embaraçosa.

— É embaraçoso informar o sumo sacerdote de Neit?

— Não, claro que não! Mas a gravidade da situação...

— Isso significa que a tragédia aconteceu.

— Temo que sim. Felizmente, a investigação se desenvolveu rapidamente e temos a identidade do culpado.

— Como se chama?

— O dever de guardar...

— Devo lembrá-lo quem sou?

— Posso lhe pedir a mais extrema discrição?

Wahibré concordou com a cabeça.

— Trata-se do escriba Kel, o último recrutado pelo escritório.

— Certeza ou simples presunção?

— O juiz Gem, com integridade e competência acima de qualquer suspeita, possui provas esmagadoras. Kel tinha um cúmplice grego, Demos, também foragido. A polícia não vai demorar a prendê-los.

— E por que mataram os colegas?
— Não sabemos e estamos impacientes para ouvi-los.
— Suspeita de algum caso de espionagem?
— Por enquanto é impossível afastar em definitivo a hipótese, mas não há nenhum indício concreto que possa confirmar isso.
— Sem intérpretes de alto nível, nossa diplomacia não vai estar em grave dificuldade?
— Sua Majestade quer resolver o problema rapidamente.

É claro, Henat fazia uma investigação paralela e nada diria a respeito. O juiz Gem seguia as vias legais e o chefe do serviço secreto agia à sombra. E não havia como não estar convencido, apesar de todo aquele comedimento, de que a eliminação do serviço de intérpretes não era um simples ato de loucura ou um crime doloso qualquer.

— Pode ficar tranquilo, Henat. Não tenho fama de alguém que fale muito.

— Longe de mim tal ideia, sumo sacerdote! Mais vale não agitar a população e manter a discrição com relação a esse drama abominável. O juiz Gem aceitou e trabalha sem alardes. O essencial não é castigar o assassino e reorganizar o serviço de intérpretes?

17.

Dois dias e duas noites se passaram e Nitis não voltava.

Excluindo qualquer possibilidade de traição por parte da jovem, tão delicada e atenta, Kel não podia deixar de achar: tinha sido presa por ordem do sumo sacerdote.

Nitis era corajosa e não o denunciara. Ou a polícia já teria vindo.

Cheio de consideração, Kel se censurava por ter arrastado a sacerdotisa para aquela aventura desastrosa, que podia arruinar a sua carreira. Por causa dele, o amigo Bébon sofrera o mesmo destino. Espancado, torturado, teria sobrevivido? E por quais suplícios não fariam Nitis passar?

Precisava sair dali para tentar socorrê-la.

Como ajudar senão se dirigindo à polícia para inocentá-la de qualquer cumplicidade? E mesmo assim! Dera-lhe abrigo em casa. Se ambos negassem veementemente esse detalhe, quem sabe o juiz seria clemente?

O juiz... Buscava a verdade ou estava sendo manipulado?

A porta foi aberta.

A polícia... ou os assassinos?

Não havia como fugir.

Pegando um banquinho, resolveu lutar.

Foi Nitis que apareceu, deslumbrante.

— Estou sozinha, fique tranquilo. O sumo sacerdote Wahibré quer vê-lo. Esse encontro será decisivo.

— Você demorou tanto...

— Foi preciso cumprir os primeiros deveres da minha nova função de Superiora das cantoras e tecelãs. Contei com seu sangue-frio para a espera e, enquanto isso, o sumo sacerdote foi ao palácio para confirmar a sua história.

— É loucura você continuar me ajudando, Nitis! Não se coloque mais em perigo.

— Rápido, Wahibré nos espera. A polícia não vai procurá-lo no templo.

* * *

Fascinado, Kel descobriu os imensos domínios da deusa Neit. Nitis guiou-o até uma capela situada na área norte, junto à qual, ao pé de uma acácia, estava o sumo sacerdote.

Sua severidade impressionou o rapaz. Conseguiria convencer o exigente ancião?

— O que os hieróglifos representam para você? — perguntou ele de maneira dura.

— Não os confundo com a escrita profana que utilizamos nas tarefas cotidianas. São palavras dos deuses, reservadas aos templos. Contêm os segredos e as formas da criação, onde se encarna o verdadeiro pensamento, para além dos limites humanos. Formando uma linguagem sagrada, eles são a base da nossa civilização e, até a tragédia em que fui envolvido, esperei desvendar uma parte dos seus mistérios.

— O juiz Gem, encarregado da investigação, tem provas cabais da sua culpa. Ainda assim, você nega ser o assassino?

— Pelo nome do faraó, afirmo minha total inocência.

— O falso juramento destrói a alma.

— Tenho consciência disso, sumo sacerdote. E mantenho a minha palavra. É a única liberdade que me resta.

— Diante das provas, continuará negando?

— Foram forjadas! Não matei ninguém e fui escolhido como o culpado ideal, incapacitado a me defender.

— Acusa o seu amigo Demos?

— É estranho que tenha desaparecido, quero encontrá-lo para que se explique.

— Já que jurou em nome do faraó, como entende a hierarquia das forças?

— No topo se encontra o princípio criador, Um em Dois, simultaneamente macho e fêmea. Em seguida vêm as divindades, organizadoras da vida e da ordem de Maat, que o faraó deve pôr em aplicação no nosso mundo, construindo templos, celebrando os ritos e praticando a justiça. Se tais tarefas não forem corretamente executadas, o país volta ao caos. Possuidor do testamento dos deuses e servidor da força criadora, o faraó afasta as trevas e garante a prosperidade.

— Monarcas já não falharam?

— Temos provas em nossa história.

— Quando o rei se revela inexato — acrescentou o sumo sacerdote —, o povo se torna delituoso, e a barbárie triunfa. Um faraó deve, antes de tudo, se preocupar com as divindades, e não com os homens. Quando se engana nas prioridades, leva-nos ao desastre.

Kel achou ter entendido mal: estaria Wahibré acusando Amásis de ser um mau soberano?

O sumo sacerdote se pôs de pé e fincou profundamente o olhar no jovem escriba.

— Sondei o seu coração e acredito na sua inocência, meu jovem. Temos à nossa frente um caso de Estado extremamente grave. O poder deixa que uma falsa acusação se pronuncie, os dignitários se envolvem num complô, e mortes abomináveis são cometidas sem hesitação.

— Talvez seja esse o motivo — disse Kel, mostrando ao sumo sacerdote o papiro em código.

Apesar de todo o seu saber, Wahibré foi incapaz de decifrar.

— O escritório de intérpretes está ligado ao serviço secreto — lembrou ele. — É Henat que o dirige e presta contas ao rei, que favorece os gregos. Pouco lhe importam a corrupção e o abandono de certos valores, contanto que seus aliados se estabeleçam maciçamente em Náucratis, Mênfis e outras cidades do Delta.

— Amásis seria o responsável pela tragédia? — perguntou Nitis.

— Não podemos excluir a possibilidade.

— Nesse caso, polícia e justiça executariam suas ordens sem se preocupar com a verdade!

— Kel ficará escondido aqui — decidiu Wahibré. — Seus conhecimentos permitirão que cumpra a função de sacerdote puro. Você e eu faremos nossa própria investigação, procurando juntar elementos que o inocentem. Se os culpados forem dignitários, terei como encontrar o apoio necessário para quebrar qualquer intenção sinistra.

18.

— As notícias voam — disse a Nitis o amável Menk, organizador das festas de Saís. — Sua nomeação à frente das cantoras e tecelãs me deixa muito contente. Juntos, faremos um excelente trabalho. Posso confessar que a acho deslumbrante?
— Dada a minha inexperiência, sua ajuda será preciosa.
— O principal é que não se choque com ninguém! Terá que dar ordens a sacerdotisas mais velhas, que podem eventualmente se melindrar, imbuídas de suas prerrogativas. Caso se sintam ofendidas, se tornarão suas inimigas, podendo causar mil e um contratempos. Saiba enredá-las, utilize sua magia e continuará a ter a unanimidade a seu favor. Quanto aos problemas ritualísticos, facilitarei a sua tarefa o quanto puder. À menor dificuldade, me chame e virei correndo.
— Considere-se desde já agradecido.
— O sumo sacerdote teve razão de escolhê-la como discípula, Nitis. O futuro parece mais sorridente.
— Farei todo meu esforço para servir da melhor maneira à deusa Neit.

— Mantenha-se intransigente com relação à qualidade dos produtos utilizados nas cerimônias. O sumo sacerdote exige o melhor incenso, os melhores óleos e os melhores perfumes. E os objetos fabricados por nossos ateliês não devem apresentar o menor defeito. Resta um aspecto, que é sempre delicado: a voz das cantoras. Infelizmente, às vezes, algumas negligenciam o trabalho e outras se creem mais talentosas do que são. Reger essas vozes lhe custará muita energia.

— Como se trata de homenagear as divindades, e não as pessoas, nada será cansativo demais.

— A próxima festa acontecerá dentro de uma semana. Tudo está preparado, à exceção da barca das procissões, que os carpinteiros do templo acabam de reparar. Irei examiná-la amanhã de manhã.

A jovem assumiu uma expressão contrariada.

— Com a enormidade da nova missão, não terei mais tempo para banquetes como o que organizou o ministro das Finanças.

— Pelo contrário, saiba relaxar! Se trabalhar demais, terá menos lucidez. E o seu status impõe a participação em comemorações nas quais pessoas importantes vão apreciar a sua personalidade. Conviver com elas e granjear seus favores é indispensável.

— Estranhei naquela noite a presença de um convidado.

— Verdade? Qual?

— Um jovem escriba-intérprete. Não chamou sua atenção?

— Não me impressionou tanto.

— Por que o ministro o convidou para o jantar?

— Não faço ideia — respondeu Menk.

— Comenta-se que o rapaz, Kel, se é que é o mesmo, pode ter cometido atos horríveis.

O organizador das festas de Saís pareceu ficar pouco à vontade.

— Sabe de algo mais?
— Teria assassinado vários colegas.
— Crimes, aqui em Saís? Impossível!
— Não ouviu falar de nada assim?
— Não!
— E não conhece o jovem escriba?
— É a primeira vez que ouço falar dele.
— Vou reunir as cantoras no final da tarde. Quer assistir ao ensaio?
— Sinto muito, tenho um compromisso. Da próxima vez, com certeza. Boa sorte, Nitis.

Menk deixou o recinto sagrado e foi correndo ver o seu superior, Udja, governador da cidade.

⋆

As salas da sua administração ocupavam uma ala do amplo palácio real. Muito ativo, Udja diariamente falava com o soberano e apresentava um resumo dos diversos assuntos a tratar. Amásis resolvia tudo rapidamente, e Udja executava.

Menk precisou esperar uma longa hora até ser recebido pelo chanceler, que estava de pé à frente de um janelão e admirava Saís.

— Esplêndida cidade, não é? Do nascer ao pôr do sol, dou-me ao infinito prazer de contemplá-la. E damos continuidade a seu embelezamento.

— Certamente, chanceler, tenho certeza!

Udja se virou e olhou para o organizador das festividades.

— Você parece agitado, o que é pouco comum. Algum problema?

— Não, apenas um boato... Um boato assustador!

— Estou ouvindo.
— Teriam cometido assassinatos aqui, em Saís!
— Quem são as vítimas?
— Os escribas do escritório de intérpretes! E o assassino seria um dos colegas, chamado Kel, com quem estive de passagem recentemente, num banquete. Ainda estou chocado... Mas tudo isso é infundado, não é?
— Quem está espalhando o boato?
— Uma amiga... Uma grande amiga, digna de estima e confiança. Foi o que me perturbou. Quero mostrar a ela que está enganada, e o senhor pode me ajudar.
— Como ela se chama?
— A discrição...
— Quero o nome.
— Mas já que se trata de um boato descabido...
— O escriba Kel assassinou de fato os colegas do escritório de intérpretes — concordou Udja. — Será preso, julgado e condenado. Tratando-se de negócio do Estado, Sua Majestade exige a máxima discrição, e os dignitários são obrigados ao silêncio. Como se chama a amiga?
— Nitis, a nova Superiora das cantoras e tecelãs de Neit.
— A título confidencial, informo que o serviço secreto se ocupa do caso, com eventuais desdobramentos ainda desconhecidos. Um bom conselho: mantenha distância desse horrível drama.
— Vou ficar mudo! — prometeu Menk. — E espero não ouvir mais nada a respeito desses crimes!
— Recomende a sua amiga Nitis extrema prudência. Não dizem os sábios que falar demais prejudica?
— Transmitirei o conselho, chanceler, esteja tranquilo!
— Prepare uma bela festa, Menk. Nossa cidade deve se manter alegre.

19.

Pefy, o ministro das Finanças e da Agricultura, estava irritado. Uma vez mais, Amásis recusava os créditos necessários para a restauração do templo de Abidos. Somente o embelezamento da capital, Saís, o interessava.

— O sumo sacerdote de Neit deseja vê-lo — veio avisar o secretário.

— Que entre imediatamente! Não o fez esperar, não é?

O secretário resmungou alguma coisa, se inclinando.

Pefy e Wahibré se abraçaram.

— Fico muito feliz de vê-lo! — exclamou o ministro. — Na nossa idade, não devíamos passar muitos meses sem falar dos bons e velhos tempos.

— Suas esmagadoras funções não deixam muito tempo livre.

— Como as suas! Vou cancelar meu almoço com o diretor do fisco e iremos saborear umas codornas assadas ao vinho.

O cozinheiro do ministro não devia nada ao do rei. Já a grande safra do ano 10 de Amásis chegava às raias da perfeição.

— O rei tem deixado Abidos de lado — disse Pefy, contrariado —, que está se tornando uma cidadezinha sem importância econômica, mas continua sendo um importante local de culto osiriano, cuja magia garante o equilíbrio das Duas Terras. Desenvolver o norte às custas do sul pode romper esse equilíbrio.

— A Divina Adoradora de Tebas não é rei e rainha do Alto Egito ao mesmo tempo?

— Seu poder espiritual e temporal se limita ao bastião sagrado do deus Amon, e sua notável gestão satisfaz Amásis. Enquanto isso, utilizo minha fortuna pessoal para restaurar o templo de Abidos, plantar árvores e um vinhedo, construir um recinto fechado de tijolos, drenar o lago sagrado, manufaturar mesas de oferendas em ouro, prata e pedra dura, garantindo o funcionamento da Casa de Vida, que preserva inestimáveis arquivos. Você, velho amigo, não tem preocupações desse tipo!

— Admito que o rei me permite manter da melhor forma o templo de Neit, mas a recente tragédia perturba a minha serenidade.

Pefy se inquietou.

— Que tragédia?

— O assassinato dos escribas-intérpretes.

— Brincadeiras sinistras não combinam com você! O que está dizendo?

— O rei não o informou?

— Não estou sabendo de nada!

— Acusam o escriba Kel de ter envenenado seus colegas.

— O escritório de intérpretes inteiro?

— Inclusive o chefe do serviço. Kel talvez tivesse um cúmplice, o grego Demos. O juiz Gem assumiu a investigação. Henat, chefe do serviço secreto, está agindo em paralelo.

Pefy estava arrasado.

— Isso não é tudo — acrescentou o sumo sacerdote.

— Ainda tem mais?

— Você convidou o assassino, o escriba Kel, para o seu último banquete.

— Eu? De forma alguma!

— Em todo caso, era um dos convivas. Um escriba brilhante, é verdade, mas não a ponto de merecer tanto.

— Vamos esclarecer esse detalhe imediatamente!

O ministro mandou chamar seu intendente, um profissional com folha de serviço impecável.

— Você convidou um escriba-intérprete, Kel, para o banquete da semana passada?

O intendente evitou o olhar do chefe.

— Sinto muito, eu estava doente. Deixei a lista ao encargo do meu substituto, esperando que cumprisse perfeitamente a tarefa. Desconheço o nome do escriba.

— Seu substituto pode tê-lo convidado?

— Infelizmente, sim. Febre e dores no corpo me impediram de fazer a verificação de sempre. Muitos mortos de fome tentam se aproveitar das recepções oficiais.

— Quem o tratou? — perguntou o sumo sacerdote.

— O médico-chefe do palácio, Horkheb. Em dois dias me botou de pé.

O intendente se retirou enquanto o ministro mastigava nervosamente um pedaço de pão.

— Por que o rei me deixou afastado de um caso tão grave? O interesse pelos gregos subiu à sua cabeça! No entanto, a morte de Ciro e a subida ao trono de Cambises, jovem imperador provavelmente sedento de conquistas, deveriam preocupá-lo.

— Nosso exército não é capaz de manter os persas longe?

— Qualquer tentativa de invasão parece fadada ao fracasso — admitiu Pefy. — Udja montou uma formidável marinha de guerra e o general comandante da infantaria, Fanés de Halicarnasso, é um soldado experiente. Mesmo assim, precisamos de uma diplomacia inteligente e ativa. A destruição do serviço de intérpretes nos priva disso!

— Não se pode reconstituí-lo rapidamente?

— É mais fácil dizer do que fazer! O chefe era um técnico excepcional, capaz de apreciar as situações delicadas sem cometer erros. A substituição talvez leve muito tempo.

— A quem poderia interessar o massacre?

— À primeira vista, a algum agente secreto a serviço dos persas. Se perdermos olhos e ouvidos, o inimigo pode desenvolver uma estratégia sem que percebamos.

— Kel, jovem escriba recentemente admitido... Acha plausível, como culpado?

— A juventude não garante a inocência!

— Pelo que diz, a investigação do juiz Gem serve para despistar, e só Henat, o chefe do serviço secreto, vai chegar à verdade.

— Já fizeram pouco caso demais de mim — revoltou-se Pefy.

— Dessa vez Henat não vai se esconder por trás das desculpas de sempre.

20.

Visivelmente furioso, o ministro das Finanças forçou a porta do administrador do palácio, Henat, que ditava uma missiva urgente ao secretário.

— Quero falar com você a sós.

Sem esperar ordens do chefe, o secretário desapareceu.

— O que pode haver de tão grave? — estranhou Henat.

— Sem encenação. Por que não fui informado do assassinato dos intérpretes?

O chefe do serviço secreto fez um gesto mostrando não se tratar de uma intenção explícita.

— Tudo aconteceu rápido demais! O culpado, um escriba chamado Kel, logo será preso, e o juiz Gem aplicará uma justa sentença.

— E os resultados da sua própria investigação?

A expressão de Henat endureceu.

— Somente o juiz Gem está autorizado a...

— Pare de me tratar como imbecil! — esbravejou Pefy. — Quero a verdade, já!

— Trata-se de um crime infame e sua causa será elucidada.

— Aniquilar o serviço de intérpretes indica um complô de rara dimensão. Eliminar o braço armado não basta. O que sabe exatamente, Henat?

— As investigações prosseguem.

— E você continua a me manter no escuro!

— Sua Majestade exige a maior discrição. Não há motivos para assustar a população. O rei em pessoa está se ocupando da reconstrução do serviço de intérpretes, preocupado com o bom funcionamento da diplomacia. Garanta, por sua vez, o da economia.

— Está me ameaçando?

— O que é isso, Pefy? Todos sabem do peso das suas responsabilidades e apreciam a eficiência com que as administra. Semana que vem Saís celebrará uma bela festa e continuaremos a gozar de prosperidade e paz.

***

Em sua condição de organizador das festas de Saís, o simpático Menk tinha autorização para assistir aos ensaios das cantoras da deusa Neit, sob a direção suave e ao mesmo tempo firme da bela Nitis.

Pelos deuses, que encanto! Faria tudo para que aquela mulher fosse sua um dia! Já trabalhavam juntos. Num futuro próximo, desfrutariam das alegrias do amor. O principal era não assustá-la e ir aos poucos. Além disso, fazer com que não cometesse erros lamentáveis!

Esquecendo-se das cantoras, Menk olhava apenas para a Superiora, a elegante soberana.

O ensaio terminou, as sacerdotisas se foram.

— Você conseguiu vir — constatou Nitis. — Achou o coro mais coerente?

— Graças a você, está melhor, bem melhor!
— Parece agitado. A música da próxima festa estaria comovente demais?
— Estive com o chanceler real Udja, que me confirmou o assassinato dos intérpretes. Uma tragédia horrível e que não deve ser comentada. Gem, nosso principal juiz, e o serviço secreto estão tratando do caso. O culpado é de fato o jovem escriba, Kel, que vimos no banquete do ministro das Finanças. Tremo só de pensar! E se o louco furioso resolvesse suprimir os convidados? Espero que não volte a matar, até ser preso!
— A investigação então tende a ver o caso como um ato de demência?
— Não sei nem quero saber! Vamos nos colocar fora desse tema abominável, querida Nitis, mantendo o foco em nossos deveres. Não somos da polícia. Uma pergunta, porém, se impõe: como soube da tragédia?
— Boatos que circulam — sorriu ela.
— Não os ouça nem os espalhe! Udja pede segredo, é melhor obedecer. Um passo em falso não prejudicaria a sua carreira?
— É um bom conselho — reconheceu Nitis.
Menk relaxou.
— Em você, a inteligência se iguala à beleza. Para quem sabe guardar seu devido lugar, sem se chocar com o poder, o destino se mostra favorável. E temos tanto trabalho em perspectiva!
— Servir da melhor maneira à deusa é a nossa prioridade — afirmou a Superiora. — Até amanhã, para o ensaio.

※

— Henat, o chefe do serviço secreto, faz pouco de mim — queixou-se o ministro das Finanças ao sumo sacerdote Wahibré — e se recusa a dizer o que realmente sabe. Pela maneira como trabalha nesse caso, certamente não se trata do crime de um demente. Estamos diante de uma situação de Estado, com consequências imprevisíveis.

— Não vai dizer a palavra "complô"?

— Eu, em todo caso, estou fora disso! Penso ainda numa sinistra iniciativa de uma rede persa encarregada de desorganizar nossa diplomacia, deixando-nos sem informações.

— Ou seja, Cambises estaria preparando a invasão do Egito — profetizou o sumo sacerdote.

— É pouco provável — achou Pefy. — Em contrapartida, ele muito certamente pretende pôr as mãos na Palestina, infiltrando espiões, comerciantes e propagandistas. A eliminação dos intérpretes vai nos impedir, por algum tempo, de saber mais. O que importa, meu amigo, é que se mantenha afastado desse caso. Henat não brinca em serviço.

— A ponto de ir contra o sumo sacerdote de Saís?

— Nem se contam mais as ações tortuosas do serviço secreto! Não devemos esquecer que Amásis conquistou o poder pela força e não suporta o menor questionamento da sua autoridade. Devemos a ele a paz e a prosperidade, não nego, mas durarão para sempre?

— Está me parecendo bem pessimista, Pefy!

— Se Amásis reconstituir rapidamente o serviço de intérpretes e se os assassinos forem castigados de acordo com o crime, o futuro me parecerá mais luminoso.

21.

Com entusiasmo, Kel se entregava à nova função de "sacerdote puro".* Antes do amanhecer, ia ao lago sagrado e enchia dois vasos de alabastro, que eram entregues a um ritualista. Em seguida, examinava a lista de produtos frescos destinados ao templo e verificava as declarações dos fornecedores. Reservado, em nada se diferenciava dos demais escribas a serviço da Superiora das cantoras e tecelãs.

Sendo recente sua admissão, aceitava os trabalhos mais elementares: limpar as paletas, lavar os frascos de tinta, enrolar os papiros. A higiene se impunha como regra absoluta; ele varria o local reservado aos sacerdotes puros e levava os saiotes à lavanderia.

A nova existência o satisfazia plenamente, mas ondas de angústia o levavam de volta à realidade: era apenas um criminoso foragido, gozando de um abrigo provisório! Ficaram para trás o futuro brilhante, o plano de carreira e a tranquilidade do competente especialista.

---

* *Uâb.*

A maravilhosa miragem não demoraria a se dissipar.

— A Superiora quer vê-lo — avisou um colega.

Kel foi à casa das tecelãs, onde o esperavam Nitis e o sumo sacerdote Wahibré.

A jovem trancou a porta.

— Nada de extraordinário? — perguntou.

— Não fizeram pergunta alguma que me incomodasse.

— Os sacerdotes puros permanecem por curtos períodos no templo — lembrou Wahibré — e por causa disso a rotatividade de pessoas é grande. Fazendo o trabalho corretamente, Kel passará despercebido.

— Conseguiram boas informações? — preocupou-se o escriba.

— Achei Menk totalmente alheio ao caso — disse Nitis —, mas seu comportamento me intriga. Ele garante que não está sabendo de coisa alguma e quer se manter afastado da tragédia, mas correu ao chanceler real Udja para dizer que eu havia falado do assassinato dos intérpretes. Indiretamente, mandou que eu me limitasse às novas funções e deixasse a polícia agir.

— Menk está sentimentalmente interessado por você — afirmou o sumo sacerdote. — E quer evitar que dê um passo em falso.

— Não seria prova de cumplicidade? Conhecendo a identidade de um ou de vários criminosos, procura me afastar da verdade.

Uma grande tristeza se abateu sobre Kel.

Menk, o organizador das festividades, apaixonado por Nitis! E provavelmente não era o único. Ela se casaria com algum dignitário do mesmo status, de reputação sem mácula.

— Menk parece aterrorizado — acrescentou ela —, mas não estará só fingindo? Ele sabe ser hábil e aliciador, será que não está misturando sinceridade e mentira? Não me parece confiável.

— No entanto — lembrou o sumo sacerdote —, ele contou ter ido falar com Udja.

— Isso não seria uma simples estratégia? — sugeriu Kel. — Estando sob as ordens do chanceler real e executando trabalhos sujos, ele pode fingir submissão ao poder para proteger Nitis.

— Como imaginar tanta duplicidade?

— Muitas mortes foram cometidas!

— E você é o único assassino — lembrou Wahibré. — O caso do seu amigo Demos não parece interessar muito as autoridades. Eventual cúmplice, mas não o principal culpado. A convicção do juiz Gem é absoluta: você logo será preso e revelará o motivo do massacre.

Kel se sentiu arrasado.

Em poucas palavras, o sumo sacerdote acabara de resumir sua situação. Seria impossível escapar daquele destino.

Wahibré colocou sua mão poderosa no ombro do rapaz.

— Não se desespere, acredito na sua inocência.

O sorriso de Nitis foi reconfortante.

— O sumo sacerdote e eu sabemos que os verdadeiros autores do massacre o escolheram como culpado ideal. Continuamos decididos a identificá-los.

— Meu amigo Pefy não esclareceu grandes coisas — reconheceu Wahibré. — Ele não parece estar sabendo de nada, com o chefe do serviço secreto negando as informações.

— Tratar dessa maneira o ministro das Finanças e da Agricultura... Acha plausível? — espantou-se Nitis.

— Pefy nunca mentiu para mim, pelo menos até hoje.

— Acha mesmo que não estaria fazendo seu próprio jogo? — perguntou Kel.

— Ele é muito ligado à lei de Maat e não cometeu nenhum ato desprezível.

— Mas segue as diretivas do rei!

— Com certeza, mas permanece lúcido e acha possível a infiltração de uma rede persa no Egito, procurando deixar nossa diplomacia surda e cega. Acredita que Cambises queira estender sua influência sem invadir o Egito. O objetivo seria a Palestina. Com a intenção de evitar uma nova guerra, Amásis não reagiria.

— E por que me convidou para o banquete?

— Esse ponto pelo menos foi esclarecido — declarou o sumo sacerdote. — Em geral, o intendente leva a Pefy uma lista de personalidades convidadas às recepções. Estando doente, a tarefa foi delegada a um substituto. O próprio ministro foi enganado, pois nem sabia da sua existência. Detalhe importante: o médico-chefe Horkheb foi quem tratou do intendente. E sabemos que Horkheb só se interessa por doentes de alto escalão.

— Finalmente algo mais concreto! — exclamou Kel. — Horkheb drogou o intendente e escolheu o substituto para me atrair à armadilha.

— O médico-chefe do palácio sempre tomou todo cuidado em evitar a política — lembrou o sumo sacerdote.

— Mas convive com altos dignitários e trata do faraó — insistiu o rapaz.

— Horkheb procura sobretudo aumentar sua fortuna e seus bens, que são consideráveis. Uma boa recompensa pode tê-lo convencido a participar da intriga, ignorando sua real importância.

— É uma boa pista — achou Nitis. — Temos que fazer Horkheb falar, seu testemunho pode inocentar Kel e fazer com que a investigação parta de outras bases.

— Infelizmente — lamentou Wahibré —, o juiz Gem é teimoso e só pensa em prender Kel. Ir diretamente a ele me parece arriscado.

— Tenho uma ideia — propôs o escriba.

22.

Chamado de urgência, Horkheb subiu com passos rápidos a rampa que levava ao palácio real, uma verdadeira colmeia onde trabalhavam açougueiros, padeiros, cervejeiros e inúmeros outros artesãos bem-pagos e ansiosos por manter seus lugares. Tendo em vista as dimensões do edifício e a considerável quantidade de cômodos, pedreiros, escultores, marceneiros e pintores estavam presentes em constante atividade. A residência do faraó, comparável à linha do horizonte, não devia apresentar o menor defeito. Era onde ele, toda manhã, se levantava como o sol, distribuindo vida e luz.

A parte construída em tijolos lembrava o caráter humano e passageiro do homem encarregado de encarnar a função real, e a de pedras se remetia à sua origem divina. No centro do palácio, um imenso salão de recepção com colunas e capelas com entradas de granito mantinha o faraó em contato com as divindades.

Horkheb gostava do luxo e da beleza do palácio de Amásis. A riqueza das cores, a variedade dos motivos florais, as fantásticas pinturas de pássaros esvoaçando acima dos lótus... O olhar não parava de se maravilhar.

A cada entrada via-se a guarda pessoal do monarca. Fortemente armada, aplicava ao pé da letra os dispositivos de segurança. Amásis não se esquecia de que chegara ao trono por um golpe de Estado, tendo sido necessário sustentar uma guerra civil até se impor ao Egito inteiro.

Mesmo sendo médico da família real, Horkheb aceitou sem reclamar a aplicação do regulamento, exigindo que qualquer pessoa que entrasse nos aposentos particulares do monarca fosse revistada. Sendo assim, teve que abrir inclusive sua sacola de couro com os preciosos medicamentos.

A rainha Tanit foi ao seu encontro.

— Meu marido teve um mal-estar — disse em voz baixa. — Estou muito preocupada.

Estirado num leito com pés em forma de cascos de touro, Amásis tinha os olhos semicerrados.

— Aqui estou — avisou Horkheb. — O que houve?

— Uma enxaqueca terrível e vertigens — disse o rei. — Acho que cheguei a perder a consciência. Mal consigo ficar de pé.

O médico-chefe colocou a mão na nuca, no peito, nos pulsos e nas pernas do ilustre paciente.

— Nada tão grave — concluiu. — Os canais exprimem a via do coração e a energia circula livremente. Vou prescrever uma poção composta de 1/8 de figo, 1/8 de anis, 1/8 de ocra triturada e 1/32 de mel. Tome-a por quatro dias e o organismo se recuperará.

Mais tranquila, a rainha sorriu e saiu do cômodo.

— Majestade — cochichou Horkheb —, há uma parte do tratamento que somente o senhor pode administrar.

Amásis se endireitou no leito.

— Como assim?

— O excesso de vinho e cerveja me parece prejudicar a sua saúde. Vossa Majestade goza de robusta constituição, mas os excessos...

— Quanto a isso, resolvo eu.

— Permita-me insistir!

— Não, não permito. Faça o seu trabalho, sem comentários.

Horkheb voltou à suntuosa moradia que tinha no centro da cidade, onde recebia pacientes ricos. Brilhante diplomado da escola de Saís, ele não tratava mais a classe média nem pessoas modestas. Proprietário de duas grandes casas de campo, uma nas proximidades da capital e outra no Alto Egito, o médico da família real só atendia três dias por semana e desfrutava ao máximo a reputação conseguida. Clínico geral, ou seja, no topo da hierarquia médica, os casos mais difíceis ele dirigia aos diferentes especialistas.

— Uma urgência — avisou seu assistente.

— De quem se trata?

— Da Superiora das cantoras e tecelãs de Neit.

— Uma velha maníaca, imagino?

— Pelo contrário, jovem e muito bonita.

— Apresente minhas desculpas ao primeiro paciente para consulta e faça-a entrar na sala de exames.

Não era exagero do assistente: Nitis era belíssima.

— Não nos vimos no último banquete do ministro das Finanças?

— De fato.

— Desconhecia a sua promoção.

— É bem recente.

— Aceite minhas congratulações, com votos de uma brilhante carreira. De que se queixa?

— Estou perfeitamente bem, mas um sacerdote do templo de Saís acaba de sofrer um grave acidente.

Horkheb tossiu.

— Não trato desse tipo de emergência.

— O sumo sacerdote Wahibré ficará infinitamente grato se aceitar. Diga o senhor mesmo que remuneração quer e, além disso, essa sua generosidade chegará aos ouvidos do rei.

— O dever médico impõe minha interferência — concordou Horkheb.

Ele mandou que o assistente passasse todas as consultas para o dia seguinte e acompanhou a jovem, cujo perfume, com toques de jasmim, o inebriava.

— Que tipo de acidente?

— Uma queda bem violenta.

— Coma?

— O ferido se mantém consciente.

— É um bom sinal! Moveram-no do lugar?

— Apenas aplicamos um bálsamo nos ferimentos.

Nitis levou o médico-chefe a um anexo externo do templo onde se alojavam os sacerdotes puros de serviço.

Pensando no alto pagamento que pediria, Horkheb atravessou satisfeito a entrada.

De repente, ficou paralisado.

À frente dele estava o escriba-intérprete, Kel.

— Por que me drogou e por ordem de quem?

A reação brutal do médico-chefe surpreendeu os jovens.

Ele largou a sacola, empurrou Nitis e saiu correndo a toda velocidade.

Kel partiu imediatamente atrás dele.

Haveria melhor confissão? Ao reconhecer a vítima, o assassino designado, Horkheb comprovava sua participação no complô. É claro, haviam prometido que nunca voltaria a ver o escriba e não ouviria mais falar do caso.

Apavorado, lamentando estar tão acima do peso, Horkheb não manteria por muito tempo aquele ritmo. Ao tomar uma ruela movimentada, trombou em cheio com o asno macho que servia de guia a uma manada carregada de sacos de trigo e caiu no chão.

Vários animais se agitaram, alguns correram, outros zurraram nervosos. A carga do animal-guia se desprendeu e caiu na nuca do médico-chefe. Furioso, o tropeiro deu várias bastonadas no ladrão que tentava roubar seu bem. Além disso, dois quadrúpedes assustados aplicaram várias patadas no agressor.

— Pare! — berrou Kel.

Com o rosto sujo de sangue, o corpo moído, Horkheb gemia miseravelmente.

— O bandido mereceu o castigo — disse o tropeiro.

— Preciso interrogá-lo.

— É da polícia?

— Não está vendo?

O camponês controlou os animais, finalmente acalmados, e pegou de volta o pesado saco de trigo.

Kel disse ao ferido:

— Fale, Horkheb! Quem o contratou? Por que assassinaram os intérpretes?

Armados de cassetetes e espadas curtas, verdadeiros policiais se aproximavam correndo.

— Fale! — implorou o escriba.

Horkheb havia desmaiado, e Kel fugiu.

23.

Era desesperador o estado do médico-chefe Horkheb e sua morte era iminente. Com traumatismo craniano, não podia falar e mal respirava. Três dos melhores clínicos da escola de Saís deram o mesmo diagnóstico: "Uma doença da qual não se pode tratar."

Para atenuar o sofrimento do moribundo, usaram uma forte droga.

Quase inconsciente, no entanto, ele reconheceu o vulto que acabava de entrar no quarto, o vulto do chefe supremo, mentor do complô.

Não era a compaixão que motivava a visita, apenas queria extorquir algumas informações daquele imbecil tão facilmente manipulado. No fundo, o acidente viera a calhar. Os conjurados já haviam resolvido se livrar do incômodo médico-chefe, e os burros de carga tinham feito o trabalho.

— Realmente não consegue se comunicar?

O agonizante ergueu com dificuldade a mão direita.

— Pelo relatório da polícia, um tropeiro o confundiu com um ladrão e os animais o escoicearam. Foi mesmo um acidente?

Com um doloroso esforço, Horkheb balançou negativamente a cabeça.

— Quem o matou?

A mão novamente se ergueu.

O chefe ajudou o cúmplice a segurar um pincel e colocou junto um pedaço de papiro. Horkheb traçou três rabiscos quase ilegíveis: K... e... l.

— Kel! Ele então continua escondido em Saís. Sabe algo mais?

Duros e sem jeito, os dedos do médico-chefe seguraram o pincel e traçaram alguns rabiscos praticamente indecifráveis.

O chefe conseguiu ler a palavra "templo". Talvez em seguida viesse um nome.

— Faça um esforço! Quem está protegendo o escriba?

O pincel caiu sobre o papiro.

Horkheb acabara de morrer.

* * *

O chefe não escondeu a verdade dos conjurados:

— Não só o maldito Kel está vivo e não só vem escapando da polícia, como também conseguiu uma pista para chegar até Horkheb! Felizmente parou por aí. É impossível que vá mais adiante.

— O escriba provavelmente está com o papiro em código.

— Nunca esse documento poderia ter chegado às mãos do chefe do serviço de intérpretes! Esse estúpido erro administrativo nos obrigou a agir de maneira radical, o que é deplorável. Mesmo assim, tendo em vista a situação, é preciso seguir em frente com o plano.

Os conjurados concordaram.

— Fiquem tranquilos, o código é inviolável. O lado negativo é que, ao que tudo indica, Kel tem alguma proteção.

— Já identificaram de quem?

— Antes de morrer, Horkheb forneceu um indício. Vamos explorá-lo. Com o escriba preso e o documento em nossas mãos, poderemos continuar com toda segurança.

⁎ ⁎ ⁎

O faraó estava furioso:

— Não posso ficar sem Horkheb!

— Infelizmente, Majestade — declarou o chanceler Udja —, meu estimado colega acaba de expirar. Terá uma mumificação de primeira classe e será inumado num esplêndido túmulo.

— Morreu de quê?

— Um estúpido acidente. Às vezes, o destino pode se revelar cruel.

— Minha decisão então é a seguinte: você ficará no lugar dele.

— Majestade, há muito tempo não pratico e minhas funções...

— Todos concordam em dizer que você era o melhor médico-chefe da escola de Saís. Serei seu único paciente e você me atenderá em caso de necessidade.

Udja se inclinou.

Ele sabia do gosto do rei por vinho e cerveja fortes e tentaria manter seu organismo em bom estado, apesar dos excessos.

- Majestade — declarou Henat, visivelmente perturbado —, meus serviços receberam uma carta anônima acusando o templo de Saís de esconder o escriba Kel, o assassino foragido.

— É impossível! — reagiu Udja.

— Pode-se supor que o monstro tenha abusado da boa-fé de algum sacerdote — sugeriu o chefe do serviço secreto. — Um indivíduo tão perigoso é capaz de tudo! Sabendo-se perdido, não hesitaria em recorrer à violência.

— Vou dizer ao juiz Gem que vá ao templo e dê uma busca completa. Se o assassino estiver lá, será preso.

— Uma ação brutal não deixará o sumo sacerdote descontente?

— Não é ele que dirige o país nem a investigação! Devo lembrá-lo que suprimi os tribunais eclesiásticos, que agora se submetem à jurisdição real? Santuário algum pode servir de refúgio a um fora da lei. Minha administração restaurou as finanças dos templos, concedeu vantagens fiscais e terras rentáveis. Com toda a autoridade e a reputação que tem, o sumo sacerdote há de me obedecer e conceder livre trânsito a meus juízes e policiais.

— Eu aconselharia certa habilidade — propôs o chanceler. — Uma intervenção visível demais deixaria a população inquieta.

— Permita-me concordar com Udja — insistiu o chefe do serviço secreto. — Há a possibilidade de eventuais reféns! Se os suprimir, Kel espalhará o terror, deixando o ambiente da capital gravemente perturbado.

— E devemos desconfiar de uma carta anônima — sublinhou o chanceler, olhando para o chefe do serviço secreto como se ele fosse o autor. — Pode se tratar de simples calúnia.

— Contra quem? — espantou-se Henat.

— O peso espiritual do sumo sacerdote angaria muitos inimigos. E alguns ambiciosos cobiçam o seu lugar.

— Vamos deixar isso de lado — decidiu Amásis. — O que importa é saber se o assassino está se escondendo no templo. Udja, chame agora mesmo o juiz Gem. Darei pessoalmente as instruções necessárias.

24.

— Horkheb desmaiou antes de responder às minhas perguntas — disse Kel a Nitis e ao sumo sacerdote. — Pela gravidade dos ferimentos, tem pouca chance de sobreviver. E a atitude que teve demonstra sua culpa! Ao me ver, compreendeu que eu tinha descoberto a verdade.

— É evidente que o médico-chefe foi um mero executor — concluiu Wahibré. — Seu provável desaparecimento até favorece o mandante. Morrendo, está calado para sempre e nossa única pista acaba num impasse.

— Discordo! — protestou Nitis. — O organizador de festas de Saís, Menk, estava no banquete do ministro das Finanças. E não vamos eliminar da lista dos suspeitos o chefe do serviço secreto e o poderoso governador da cidade.

— E eu acrescentaria inclusive o próprio rei — declarou Kel gravemente.

— Vamos nos manter criteriosos — recomendou Wahibré. — A troco de que Amásis destruiria uma das principais forças da sua diplomacia, o serviço de intérpretes?

— É terrível não conseguir decifrar o documento codificado! Ele certamente nos daria todas as respostas.

Nitis consultou o sumo sacerdote com o olhar. Wahibré imediatamente entendeu quais eram as suas intenções.

— Pode ser que a Casa de Vida disponha de elementos decisivos. Entregue o papiro a Nitis e ela poderá tentar encontrar uma chave para a leitura.

E se fosse uma sutil armadilha? A sacerdotisa, afinal, também se encontrava no banquete. A estratégia não seria justamente levá-lo a isso? Sem o precioso documento, Kel não disporia mais de nenhum meio de defesa e seus perseguidores nem precisariam pegá-lo vivo.

Nitis era discípula do sumo sacerdote, que, por sua vez, obedecia ao faraó. Achando-se protegido por aliados sinceros, Kel não caíra nas garras dos conspiradores?

Olhando intensamente para a jovem, viu clareza no seu olhar e se envergonhou daquelas suspeitas.

— Torço para que consiga, Nitis.

Batiam à porta da sala de audiências do sumo sacerdote.

Kel se escondeu. Wahibré a entreabriu e falou por um bom tempo com o assistente encarregado da recepção dos visitantes.

— O juiz Gem exige revistar o templo e todos os anexos — anunciou ao voltar. — Kel não pode ir para o alojamento.

— Vamos sair daqui agora mesmo — sugeriu Nitis. — Tente ganhar tempo enquanto nos retiramos.

— Para onde vão? — preocupou-se Wahibré.

— Não vão prender Kel, fique tranquilo.

— A porta da sala dos arquivos está aberta. Sigam rente ao muro até o primeiro posto de guarda. Não vão dificultar a passagem da Superiora das cantoras e tecelãs, acompanhada por um sacerdote puro.

Mais uma vez, Kel se afligiu.

Não tinha dúvidas quanto à sinceridade de Nitis, mas o sumo sacerdote não o entregaria à polícia?

— Vamos, rápido — determinou Nitis.

Wahibré foi encontrar o juiz Gem, acompanhado por dois soldados de impressionante compleição física.

— O que está havendo? — perguntou o sumo sacerdote.

— Vou ser claro: houve uma denúncia dizendo que Kel, o assassino dos intérpretes, está escondido aqui.

— E em que se baseia essa denúncia absurda?

— Numa carta anônima.

— E o senhor, um juiz experiente, acredita nisso?

— Tenho que verificar.

— Oponho-me a uma revista geral do templo de Neit!

— São ordens do faraó. Não me obrigue a usar a centena de homens que me acompanha. A partir de agora, os acessos aos domínios de Neit estão sob vigilância.

— Você está violando um espaço sagrado!

— Os templos não têm mais jurisdição própria — lembrou Gem. — Estamos perseguindo um monstro que pode voltar a matar. Não se recuse a prestar ajuda, sumo sacerdote. Pelo contrário, guie-nos e perturbaremos o mínimo possível a quietude do local.

— Concordo, sob uma condição: não penetrem no Santo dos Santos, reservado ao faraó e a seu representante, o sumo sacerdote, nem na Casa de Vida, onde são conservados os arquivos sagrados utilizados pelos iniciados nos mistérios de Ísis e de Osíris.

— Jura, em nome do rei, que o assassino não se esconde nesses locais?

— Como se atreve a sugerir tal infâmia? Sou eu quem garante o segredo desses lugares puros e posso perfeitamente fazer o juramento. Que os deuses me fulminem se a minha língua mentir!

A fria revolta do sumo sacerdote impressionou o juiz.

— Minha missão é delicada, espero que compreenda.

— Venha comigo — ordenou Wahibré. — Examinaremos juntos cada parcela dos domínios da deusa. E interrogue quem quiser.

No fundo, Gem não acreditava de forma alguma na denúncia anônima. Em geral, ele rasgava cartas desse tipo e não as levava em consideração nos processos. Daquela vez, porém, o rei havia insistido muito para que verificasse. O juiz poderia ter recusado, mas o caso era tão grave que preferiu não descuidar de pista alguma.

Assim sendo, na companhia do sumo sacerdote e de um grupo de soldados acostumados à tarefa, ele explorou os locais sagrados e profanos, desde a sala do sílex, onde eram guardados antiquíssimos objetos ritualísticos de pedra, até os quartos dos sacerdotes puros. Não deixou de revistar as quatro capelas dispostas nos pontos cardeais nem o castelo dos tecidos de linho nem os inúmeros ateliês, visitando inclusive as capelas dominando as tumbas dos reis inumados na proximidade do santuário de Neit.

Quando quis penetrar no templo da Abelha, Wahibré se interpôs:

— Apenas o senhor, como servidor de Maat, sem profanação.

Sem ter o que temer por parte do sumo sacerdote, o juiz aceitou.

O templo da Abelha acolhia o culto de Osíris, em associação com o dos ancestrais. Ali eram celebrados rituais ligando a deusa Neit ao deus da ressurreição e dos "Justos de voz". Era onde se encontrava em destaque o cofre misterioso contendo o corpo de luz de Osíris.

Impressionado com a imponência do edifício, que tinha fachada parecida com as da Casa do Norte e da Casa do Sul de Saqqara, datando do reino de Djéser, Gem, por um momento, se esqueceu da investigação.

Ao sair do templo, a presença de um policial graduado o trouxe brutalmente de volta à realidade.

25.

— Satisfeito? — perguntou o sumo sacerdote ao juiz Gem.

— Meu dispositivo de vigilância impedia que qualquer pessoa saísse do recinto sagrado até o final da investigação. Mas ocorreu um incidente. Uma sacerdotisa e um homem conseguiram passar pelo primeiro posto de guarda, graças à sua função de Superiora das cantoras e tecelãs. De quem se trata?

— Chama-se Nitis.

— Uma velha religiosa bastante experiente, não é?

— Não, uma jovem sacerdotisa com qualidades reconhecidas por todos. Sua nomeação também se fez por unanimidade.

— O senhor a designou?

— Eu mesmo.

— Por que ela fugiu?

— Fugiu? O que está querendo dizer?

— Onde ela mora?

— Seu alojamento funcional está sendo reformado e estará disponível somente amanhã.

O tom do juiz endureceu:

— Onde ela mora... atualmente?

— Na casa da família, que é perto do templo.

— Aceitaria me levar até lá?

— E se eu não quiser?

— Irei assinalar ao rei a recusa e pedirei um firme interrogatório para chegar à verdade. O título de sumo sacerdote de Neit não o coloca acima das leis. Caso tenha dado abrigo ao criminoso e caso a sacerdotisa Nitis tenha fugido com ele para abrigá-lo em sua casa, ambos terão que responder devidamente pelo delito. E o tribunal não será indulgente.

— Suas acusações, além de grotescas, são um insulto. Falarei eu ao rei sobre a maneira como conduz a investigação, acusando inocentes.

— Vai me levar à casa de Nitis?

— Pela última vez me inclino aos seus pedidos.

Wahibré adotou uma atitude ponderada e não manifestou o menor sinal de preocupação.

Como Nitis se justificaria? Teria cometido a imprudência de levar Kel para casa? Em caso de prisão, o sumo sacerdote e sua protegida seriam considerados culpados por cumplicidade em assassinato. Seriam destituídos e encarcerados. Ninguém acreditaria na inocência do jovem escriba.

A porta da modesta casa de Nitis estava fechada.

Um policial bateu.

— Abra, o juiz Gem quer lhe falar!

A jovem atendeu.

— Juiz Gem... E o senhor, sumo sacerdote!

— Por que fugiu? — tomou a iniciativa o magistrado.

— Eu, fugir?

— Deixou o templo com um homem e passou por um posto de guarda, apesar das minhas ordens.

— De fato, houve uma urgência.

— Qual?

— Um sério vazamento no terraço. Na próxima tempestade que houver, meu quarto ficará inundado. Por isso que pedi a um pedreiro do templo que viesse comigo.

O juiz Gem deu um sorriso feroz.

— E o pedreiro está trabalhando, imagino?

— Certamente.

— Vou verificar.

Wahibré se sentiu abatido. Ingenuamente, Nitis imaginou estar segura em casa, subestimando a animosidade do adversário. Mesmo que Kel conseguisse fugir, saltando de um telhado para outro, os policiais o pegariam.

— Não saiam daqui — ordenou o juiz.

Os dois guardas fortões abriram caminho.

Subiram a escada de quatro em quatro degraus, saltaram sobre o pedreiro e o imobilizaram no chão.

— Então, escriba Kel! — exclamou satisfeito o juiz. — Achou que estava a salvo, mas é o fim da sua carreira.

O homem, um moreno miúdo com uma cicatriz na testa, nada tinha a ver com o retrato do assassino.

— Não sou escriba! — disse ele, assustado. — Trabalho como pedreiro no templo de Neit e vim vedar um vazamento, a pedido da Superiora.

— Soltem-no — limitou-se a dizer o juiz, frustrado. — Vamos revistar a casa.

Pela expressão de Gem, o sumo sacerdote entendeu que a situação evoluía de maneira favorável. Voltando do subsolo, o juiz disse a Nitis:

— O escriba-intérprete Kel é um criminoso foragido, muito perigoso. De uma maneira ou de outra, ele entrou em contato com a senhora?

— Por que um assassino entraria em contato comigo? — indignou-se a jovem.

O magistrado mostrou o retrato.

— Olhe bem esse rosto. Se vir esse monstro, me avise imediatamente.

— A partir de amanhã passo a morar no templo, não há a menor possibilidade de vê-lo.

— O juiz Gem está perfeitamente informado — confirmou o sumo sacerdote. — E se ele não precisar mais de nós, poderemos celebrar o ritual da noite. Atrevo-me a esperar que policiais e militares voltem aos seus quartéis.

— Para a sua própria segurança — respondeu Gem —, deixo o dispositivo de vigilância por algum tempo. Como nada têm a esconder, não devem se incomodar com isso.

— Lamento essa pressão desnecessária e falarei disso com o rei.

Wahibré e Nitis se afastaram.

— Onde Kel se escondeu?

— Ele não deixou o templo. Quando percebi os policiais, disse a ele que lhe seguisse o tempo todo, passo a passo. Trazendo o operário, tinha certeza de chamar a atenção do juiz, podendo provar nossa inocência. Kel voltou para a sala dos arquivos, onde nos espera. Depois desse fracasso, o juiz não vai mais querer vasculhar os domínios da deusa Neit.

26.

O sumo sacerdote Wahibré não tinha dúvida: o juiz Gem seguia ordens dos assassinos, que procuravam inculpar o escriba Kel. A maneira como conduzia a investigação comprovava a parcialidade, e a denúncia caluniosa não passava de um pretexto que ele mesmo havia inventado. Agindo assim, fazia pressão sobre o templo de Neit, dificultando qualquer eventual intenção de ajuda ao suspeito.

Contando com a não participação mal-intencionada do rei, o sumo sacerdote esperava poder denunciar o modo como o juiz agia, pedindo que o tirasse do caso e nomeando um magistrado mais íntegro, capaz de ouvir Kel sem pressupostos.

Wahibré nunca havia visto tantos soldados nas proximidades do palácio! Proibindo o acesso à rampa que levava à entrada principal, quem passasse por perto era dispersado.

O visitante foi parado por um militar graduado:

— Ninguém pode entrar.

— O rei receberá o sumo sacerdote de Neit.

— Espere aqui.

O homem foi procurar seu superior.

— Queira me acompanhar, por favor.
— Aconteceu algo grave?
— Não sei dizer, sumo sacerdote. Recebi ordens para conduzir as pessoas mais importantes ao chanceler.

Udja acabava de fechar a porta a um alto funcionário e sua expressão não pressagiava nada de bom.

— Quero falar com Sua Majestade — disse Wahibré.
— Sinto muito, é impossível.
— Por qual motivo?
— Segredo de Estado.
— De quem está zombando, chanceler? Então me expulse, se tiver coragem!
— Seja compreensivo! As circunstâncias...
— Quero vê-lo imediatamente.
— É impossível, repito.
— Assunto de Estado, chanceler. Não podemos tolerar qualquer atraso.

Udja pareceu se irritar.

— A rainha talvez aceite recebê-lo.
— Serei paciente pelo tempo que for preciso.

O sumo sacerdote não precisou esperar tanto. Um camareiro o levou à sala de recepção da rainha, com pinturas em estilo grego que se misturavam aos temas florais egípcios mais clássicos.

Trajando um longo vestido verde e um colar de contas multicoloridas que dava cinco voltas no pescoço, Tanit tinha bela presença.

— Estaria o rei doente? — perguntou Wahibré.
— Digamos... contrariado.
— Sinto muito incomodar, mas preciso falar com Sua Majestade.
— É realmente urgente?

— Realmente.

— Vou tentar convencer o faraó.

A espera dessa vez foi mais demorada.

A rainha levou pessoalmente o sumo sacerdote até o escritório de Amásis.

— Deixe-nos — disse o rei à esposa. — E então, sumo sacerdote, que urgência é essa?

— O juiz Gem está perseguindo o templo de Neit, Majestade. Sua investigação está sendo conduzida de maneira inaceitável. Procurar um assassino não implica arrastar inocentes na lama.

— A natureza desse caso mudou — revelou o rei. — Apenas um magistrado experiente e íntegro como Gem poderá descobrir a verdade, sem favorecer ninguém.

— Permita-me discordar!

— Não tem ideia do que está acontecendo! Roubaram meu capacete.

— Seu capacete... Refere-se ao...

— Exatamente, o mesmo que um soldado colocou na minha cabeça, coroando-me faraó, diante do exército, no momento em que meu predecessor, Apriés, levava o país ao desastre! De início, recusei a pesada responsabilidade e tal maneira de subir ao poder. Em seguida, aceitei o destino e a decisão dos deuses. O capacete era o símbolo e a garantia mágica da minha legitimidade. Sem ele, minha força tende a desaparecer.

— A prática dos ritos pode mantê-la, Majestade. Tendo na cabeça a coroa de Osíris, não é mais um general vitorioso, mas o faraó, dispondo sobre as Duas Terras a luz do além.

— Estão tentando me destruir — segredou Amásis. — O assassinato dos intérpretes e o roubo do capacete estão ligados entre si.

— De que maneira?

— Ainda não sei. Henat e os agentes do serviço secreto vão descobrir.

— Os métodos que usam, Majestade...

— Eles têm toda liberdade para agir!

— Violar a regra de Maat gera a desgraça.

— Matando os colegas, o escriba Kel não foi o principal culpado? Apesar da pouca idade, creio que seja o cabeça da rede que pretende me derrubar. Não me preocupa a ameaça persa! É aqui mesmo, dentro do Egito, que conspiram contra mim! E os adversários estão enganados, se me imaginam abatido. Sou um guerreiro e vencerei essa nova batalha. Como sumo sacerdote, celebre os ritos que me garantem os favores divinos. Mas de forma alguma tente intervir. O caso ultrapassa a sua alçada e você não dispõe das armas necessárias. Qualquer iniciativa intempestiva que possa comprometer o sucesso da investigação será severamente punida.

Desanimado, Wahibré se retirou.

Amásis estava sendo sincero ou representava um papel? Afastando do poder o sumo sacerdote de Neit, qual era a sua intenção? Ao se privar da sua ajuda e dos seus conselhos, o faraó se isolava e dava ouvidos apenas aos inimigos.

A única certeza era a de que o destino de um jovem escriba inocente estava selado e nada nem ninguém o faria escapar da injustiça.

27.

Quando a porta da sala dos arquivos do sumo sacerdote Wahibré foi aberta, Kel se assustou.

Seriam os policiais que vinham prendê-lo?

Gritar sua inocência era inútil. Preferia então se defender, com unhas e dentes, pois era melhor morrer assim do que mofar na prisão.

— Sou eu, Nitis — preveniu-o a sacerdotisa com sua voz melodiosa.

Com alívio, Kel saiu do esconderijo.

— O caso ganhou novos contornos — disse ela. — Roubaram um tesouro do palácio, o famoso capacete com que um soldado coroou o general Amásis e o proclamou faraó. A capital está em estado de alerta, com a polícia e o exército por todo lugar, e o sumo sacerdote deu instruções para que se diminua temporariamente a atividade dos templos.

— Amásis teme que um usurpador o imite, pondo na cabeça o capacete e se afirmando rei, à frente de amotinados.

— Os generais, a começar por Fanés de Halicarnasso, são fiéis ao faraó Amásis, a quem tudo devem! — contrapôs Nitis. — Como os revoltosos poderiam ir contra as forças de segurança?

— Creio que tem razão, mas roubaram o capacete, tirando de Amásis o símbolo do seu poder! Do ponto de vista mágico, o rei se enfraquece. E o ladrão obviamente tem a intenção de tomar o seu lugar. Somente um alto dignitário pode ter concebido um projeto assim.

— O rei tem plena confiança em Gem — confirmou Nitis. — Recusa-se a tirar dele o caso e acha que o roubo do capacete e o assassinato dos intérpretes estão interligados.

— De que maneira? — espantou-se o escriba.

— Você é a ligação. Assassino e líder do grupo decidido a derrubar o monarca.

Desanimado, o jovem se sentou num banquinho de armar.

— Vou ter que fugir, Nitis! Por que toda essa sequência de insensatez?

— Não tem nada de insensato. Isso tudo é um plano minuciosamente elaborado, em que o seu papel é o de culpado ideal.

— E o faraó exige pessoalmente a minha morte! E se ele próprio tiver decidido a execução dos meus colegas?

— Amásis parece agora estar mais na posição de vítima — lembrou Nitis.

Kel pôs as mãos na cabeça.

— É como se eu estivesse numa tempestade de areia, não vejo nada a dois passos! Tudo ficou escuro e incompreensível. Estou perdido, Nitis.

Ela se aproximou e Kel sentiu o seu perfume.

— Estão tentando nos fazer perder a razão e a coragem. O sumo sacerdote foi proibido de tomar qualquer iniciativa. Mesmo assim, não vamos ficar parados. E não sabem da minha presença a seu lado.

Ele teve a sensação de que o sorriso da jovem não era apenas o de uma amiga ou confidente, mas procurou não divagar mais além.

— Está se arriscando demais!

— No Egito, a mulher tem liberdade de agir como bem entender. Não é uma das mais belas conquistas da nossa civilização?

— Não tenho futuro algum, Nitis, pelo contrário.

— E se você encontrar o capacete?

Kel ficou boquiaberto.

— Segundo Amásis, o roubo e as mortes estão ligados. Será que ele dispõe de informações secretas para dizer isso? Não vamos deixar a imaginação solta. Precisamos sair dessa tempestade e voltar aos fatos.

— Meu melhor amigo, o ator Bébon, está preso por minha culpa. Talvez já esteja até morto, se não tiver sido condenado a trabalhos forçados em algum oásis.

— Tentarei me informar — prometeu Nitis. — O essencial continua sendo o papiro em código. Creio ser o que os assassinos procuravam. E continuam atrás dele. Comecei a estudá-lo, utilizando os arquivos da Casa de Vida. Mas temo que essa seja uma tarefa longa e difícil.

— E sem a menor garantia de sucesso! — lamentou Kel. — Não temos o fio condutor.

— Mas obrigatoriamente há um. Confie na minha paciência e determinação.

Como gostaria de abraçá-la com carinho! Mas ela era a Superiora das cantoras e tecelãs da deusa Neit, mulher de beleza extraordinária e inteligência fora do comum, sendo formada como sucessora do sumo sacerdote. Com certeza se casaria com um alto dignitário.

— Façamos duas cópias do documento codificado para manter escondido o original — propôs ela.

— Onde?

— Num lugar em que ninguém procure: a capela funerária prevista para o faraó Amásis, atrás da sua estátua de culto. A cópia que farei fica com você, e eu guardo a sua. Nossos destinos, assim, se entrecruzam e poderemos trabalhar a qualquer momento.

Kel concordou e os dois puseram mãos à obra.

Seu futuro dependia daqueles sinais juntados de maneira incompreensível.

— Não podemos esquecer o leiteiro nem Demos — disse o escriba. — O primeiro entregou a bebida mortal e talvez a tenha envenenado. Já o papel do grego continua obscuro. Cúmplice ou vítima?

— Não estava entre os mortos — lembrou Nitis.

— Como eu, pode ter fugido, com medo de ser acusado injustamente.

— E por que não bebeu o leite?

— Alguma casualidade...

— Não acredito na inocência do seu ex-amigo.

— Seu testemunho será fundamental, assim como o do leiteiro! E ambos a princípio foram a Náucratis, a cidade grega do Delta que não para de crescer, graças à generosidade do faraó Amásis. Preciso ir até lá e procurá-los.

— São culpados, vão matá-lo!

— Tomarei cuidado.

— Você não conhece ninguém por lá! — preocupou-se a moça.

— Conheço meu professor de grego, hoje em dia aposentado. Poderá me ajudar decisivamente.

— Ele não o denunciará às autoridades?

— Creio que não.

— É arriscado demais!

— Não tem outra solução, Nitis.

— Seja prudente, por favor. E sobretudo volte.

28.

O grande conselho estava completo: Udja, chanceler real e governador de Saís; Henat, administrador do palácio e chefe do serviço secreto; Pefy, ministro das Finanças e da Agricultura; Gem, juiz e chefe da magistratura; Fanés de Halicarnasso, chefe do exército.

Como de hábito, Pefy fez um relatório baseado em números sobre a economia e gabou-se de excelentes resultados.

— Mesmo assim — concluiu —, lamento o constante aumento do número de funcionários. O volume começa a sobrecarregar o orçamento do Estado.

— É uma casta que fielmente me apoia — retrucou Amásis —, e resolvi, pelo contrário, arregimentar mais controladores do fisco, para inventariar seriamente as riquezas do país. A concorrência dos templos e a antiga administração eram um peso, mas agora eles estão reduzidos ao silêncio e temos a direção dos negócios nas nossas mãos. Exijo também maiores taxas alfandegárias e uma declaração obrigatória de renda para todos. Cada um passará a pagar impostos em função do que tem.

Pefy ficou indignado:

— Já são cobrados impostos suficientes, Majestade, e...

— A discussão está encerrada. Essa ideia dos amigos gregos me agrada muito e sua aplicação me permitirá pagar melhor meus soldados. Que os tribunais castiguem severamente as tentativas de fraude.

— Boas notícias vindas da ilha de Chipre — interveio Henat, mudando de assunto. — Dos seus estaleiros logo sairão novas embarcações de comércio que nos permitirão chegar mais rapidamente à Fenícia e aos portos gregos. Nosso protetorado militar funciona às mil maravilhas. O tirano Policrato de Samos, por sua vez, garante ao faraó sua amizade. E o conjunto das cidades gregas confirma nossos tratados de aliança. Entretanto, permito-me mais uma vez pôr Vossa Majestade de sobreaviso contra a ambição de Cambises, imperador da Pérsia.

— Novidades?

— Não, mas...

— Continuemos, então, a confiar no meu amigo Creso, chefe da diplomacia persa e apoio indefectível do Egito! Se Cambises tivesse intenções beligerantes, seríamos avisados imediatamente.

— É meu dever me manter desconfiado — insistiu o chefe do serviço secreto.

— Insiste em duvidar da palavra de Creso?

— De fato, Majestade. Sendo marido de Mitetis, filha do faraó Apriés, que o senhor destronou, será que não guarda um desejo de vingança?

— Bobagem! São velhas coisas que já foram esquecidas. O mundo mudou. Não vai haver choque entre as civilizações persa e egípcia, pois todos querem viver em paz.

— Ao contrário do Egito — lembrou o chanceler Udja —, a Pérsia tem um espírito guerreiro e conquistador. Cambises não terá a intenção de se implantar na Palestina, tornando-a a base para atacar o Egito?

— Estaria cometendo uma loucura! Você mesmo, como chefe da marinha de guerra, não dispõe de poderosa arma de persuasão?

— Reforço-a sempre — afirmou Udja. — E os persas não teriam a menor chance de nos vencer.

— E por terra — trovejou Fanés de Halicarnasso — também não conseguiriam nada! Proponho uma demonstração de força presidida por Vossa Majestade. O aviso diluiria eventuais entusiasmos de Cambises.

— Organize-a com Udja — ordenou Amásis. — Sólidas alianças, um exército de profissionais bem-treinados e bem-equipados: são minhas respostas aos sonhos de conquista de um jovem imperador, que procurará outros ossos para roer. E Creso acabará de convencê-lo a consolidar a paz, em vez de se lançar numa aventura desastrosa.

— Mesmo assim — murmurou Henat —, os últimos incidentes...

O faraó se dirigiu a Pefy:

— Não achei necessário informá-lo do assassinato dos intérpretes, mas não por querer afastá-lo. Hoje, tendo em vista a gravidade dos acontecimentos, o conjunto do grande conselho deve ser alertado. Aqui mesmo, no palácio, meu capacete de general, símbolo do poder que me foi dado pelo povo em revolta contra um mau rei, foi roubado! Ou seja, um usurpador tem a intenção de colocá-lo na própria cabeça e se proclamar faraó.

— O senhor era o comandante — lembrou Fanés de Halicarnasso —, e o exército inteiro o escolheu como rei. O exército continua fiel, nenhum oficial superior ousaria desafiá-lo. E cortarei o pescoço do primeiro contestador, por alta traição!

— Preferiria um julgamento e uma condenação dentro da lei — sugeriu Gem.

— O perigo talvez venha de um civil — acrescentou Amásis. — Um jovem escriba que assassinou seus colegas. E tenho a sensação de que esse massacre está ligado ao roubo do meu capacete, que deve ser encontrado o mais rapidamente possível, sem que o incidente venha a público.

— Já estou trabalhando nesse sentido — assegurou Henat.

— Afora os membros do conselho — apontou o monarca —, apenas o sumo sacerdote de Neit está informado. Ele saberá controlar a língua e se limitará às indispensáveis atividades ritualísticas para não perturbar a investigação.

— Devo assumir também esse caso? — perguntou o juiz Gem.

— Todos os membros do grande conselho devem colaborar de maneira eficaz! — exigiu o rei. — Quando, afinal, irá prender esse Kel?

— A revista dos domínios de Neit foi infrutífera, Majestade, e ninguém ousaria imaginar o sumo sacerdote cúmplice de um criminoso. O documento anônimo procurava apenas comprometê-lo. Com a verdade estabelecida, teremos apenas que interpelar o culpado e fazê-lo falar. Nem o escriba Kel nem seu colega Demos parecem em condições de prejudicá-lo. São fugitivos escorraçados. A ajuda do exército e do serviço secreto será bem-vinda.

— Ao trabalho — ordenou Amásis.

Udja esperou que todos os demais membros do grande conselho saíssem.

— Posso lhe falar em particular, Majestade?

— Estou ouvindo.

— Seu chefe do serviço secreto é um grande profissional, mas não se interessa por casos demais?

— Está me aconselhando a desconfiar dele?
— Não chegaria a tanto, mas...
— Tem fatos precisos?
— É uma simples impressão, provavelmente equivocada. Tendo em vista a situação, prefiro expor minhas dúvidas, antes que seja tarde demais. Vossa Majestade é quem dirige e decide.
— Nunca me esqueço disso, chanceler.

29.

Um canal ligava Saís à cidade grega de Náucratis,* situada a oeste da capital, na ramificação canópica do Nilo. Foi onde Amásis** resolveu concentrar o comércio grego, cada vez mais florescente. Borbulhante de vida, recebendo helenos de todas as origens,*** Náucratis, cidade aberta e fortificada, possuía diversos templos, principalmente o de Afrodite, equivalente de Ísis-Hathor, padroeira dos marinheiros e protetora da navegação.

Falava-se grego no porto, e Kel ficou feliz por ter praticado diversos dialetos graças a seu professor, que por muito tempo morou no palácio, ensinando a língua ao rei e aos conselheiros. O escriba tomou uma ruela estreita que levava ao bairro dos artesãos, onde trabalhavam ceramistas, ourives, fabricantes de amuletos e de escaravelhos, ferreiros. Tinham autorização, esses últimos,

---

* A cerca de vinte quilômetros (hoje chamada Kom Ga'eif).

** É possível que Náucratis tenha sido fundada por volta de 664 a.C., por Psamético I, mas foi Amásis que desenvolveu a cidade.

*** Iônios, eólios, dórios, eginetas, samianos, milesianos, lesbianos, bem como fenícios e cipriotas.

para produzir lâminas e pontas de flechas de ferro, destinadas aos mercenários gregos que formavam as tropas de elite de Amásis.

Kel se dirigiu a um velho, sentado à frente da sua casa:

— Estou procurando o professor Glaucos.

— Vá até o posto da alfândega, lá eles conhecem todos os habitantes.

Amásis recolhia impostos e taxas sobre as mercadorias e nenhum comerciante escapava da faina dos aduaneiros.

O escriba preferiu evitar qualquer contato com as autoridades. Perguntou a uma dezena de artesãos, sem conseguir qualquer resposta positiva. Talvez tivesse melhor sorte se consultasse um escrivão público ou um sacerdote. Aproximou-se então do templo de Apolo, bem visível no meio da sua esplanada. Cercado por muros, mais parecia uma cidadela.

Esmagado sob o peso de vasos de prata destinados ao santuário, um carregador mal conseguia andar.

— Quer uma ajuda?

— Agradeceria muito, até o alto da escadaria! Esses degraus são terríveis. Você mora por aqui?

— Estou procurando um professor, Glaucos.

— Esse nome me diz alguma coisa... Acho que já levei tabuinhas para escrever para ele, mês passado. Vamos fazer a entrega no templo e levo-o até lá.

O professor morava na ponta de uma ruela tranquila, com moradias confortáveis, ocupadas por pessoas ilustres.

Um porteiro controlava a entrada.

— O que deseja, jovem?

— Falar com o professor Glaucos.

— Da parte de quem?

— Um ex-aluno.

Limpo, corretamente vestido, modos de rapaz educado... O visitante não parecia nenhum pedinte desqualificado. O porteiro aceitou ir prevenir seu patrão:

— Glaucos o espera.

Seguindo o costume egípcio, Kel se descalçou e lavou os pés e as mãos antes de entrar na casa bem-arrumada, com vasos gregos de formas e tamanhos variados, lembrando certas passagens da *Odisseia*.

Glaucos estava numa elegante poltrona de ébano. Tinha uma bengala nas mãos.

— Estou praticamente cego — confessou o professor. — Não posso reconhecê-lo. Como se chama?

— Lembra-se do escriba Kel?

Um franco sorriso iluminou o rosto do velho.

— Meu melhor aluno! Era o único a praticar diversos dialetos gregos e aprendia com incrível velocidade! Sua carreira vai bem?

— Não tenho do que me queixar.

— Um dia vai estar no governo! O rei certamente irá notar uma inteligência como a sua. Ainda vai ser ministro.

— Sua aposentadoria se passa de maneira feliz?

— A velhice só apresenta inconvenientes, mas tenho boas pessoas trabalhando comigo. Meu cozinheiro me alimenta bem e um amigo lê poesias gregas diariamente para mim. A vida se esvanece lentamente e tento me lembrar dos bons momentos. Por que está em Náucratis?

— A refeição está servida — avisou o cozinheiro.

— Ajude-me a ficar de pé — pediu Glaucos.

Escriba e professor passaram à sala de jantar. Comeram carne de boi cozida com alho, cominho e coriandro. Um vinho local, perfumado com especiarias, aguçava o apetite.

— Devo entregar um documento a um colega grego, Demos. Ele mora há pouco tempo em Náucratis. Já ouviu falar dele?

— Não me interesso mais por promoções de escribas nomeados pelo rei para trabalhar em Náucratis. A cidade não para de crescer e novos rostos surgem diariamente. Na verdade, o que mais se vê são comerciantes e militares.

— Justamente — acrescentou Kel. — Eu gostaria de entrar em contato com um leiteiro de Saís que teria vindo recentemente como oficial.

— Está interessado no exército?

— Simples acaso.

— Prove esse doce de alfarroba amassada!* Uma verdadeira maravilha, sou louco por isso.

O velho se serviu de uma enorme porção da suculenta sobremesa e bebeu uma taça de vinho.

— Se entendi direito, está cumprindo uma espécie de missão secreta.

— Simples tarefa administrativa.

— Meu amigo Ares pode ajudá-lo. Ele mora a dois passos da fábrica de escaravelhos e sabe de tudo sobre o quartel de Náucratis.

---

* Considerada o chocolate egípcio pelo gosto parecido com o do cacau, a alfarroba é o fruto de uma pequena árvore e era muito apreciada pelos egípcios antigos, que a chamavam *nedjem*, "o doce".

30.

— Procuro a casa de Ares — pediu Kel a indicação a um barbudo que tinha o braço direito coberto de cicatrizes e cujos ombros ele mal alcançava.

O sujeito olhou para ele.

— Que estranho... Quer dizer, cada qual tem seu próprio caminho! Imagino você mais com um pincel na mão e em postura de escriba! O escritório de Ares fica na ruela da direita. Entre na fila e espere a sua vez.

Um atrás do outro, uns dez homens aguardavam. O último se virou.

— Dá uma impressão de fragilidade, rapaz! Ares prefere os mais fortes. Para ser mercenário, tem que ter músculos!

Ou seja, o velho professor tinha se livrado dele enviando-o a um agente de recrutamento! Sem acreditar na história contada, Glaucos não o denunciara à polícia, mas enviara à única saída possível. Provavelmente tinha achado que o ex-aluno havia cometido erros graves, que não pertencia mais à administração central e que tentava se esconder em Náucratis. E o exército seria o refúgio ideal.

— Vou tentar mesmo assim.

— E tem toda a razão! Estão recrutando de tudo nesse momento. Precisam de homens nos navios e acabam de ampliar o campo fortificado perto de Bubástis, assim como os quartéis de Mênfis e de Marea, na fronteira líbia. Pessoalmente, gostaria de servir em Dafnae, perto de Pelúsio, de frente para a Ásia. Come-se bem por ali, ao que dizem, há moças à disposição e o soldo é bom. Os comerciantes gregos, além disso, nos garantem pequenas ajudas, já que os protegemos. Que boa vida se tem no Egito! Não sinto a menor saudade da minha Jônia natal. Nada nos falta aqui e pode-se ter uma velhice tranquila.

— E se for preciso lutar?

— Com o exército que temos, ninguém vai se atrever a nos atacar! É um verdadeiro golpe de mestre do faraó Amásis, que é ex-general: desenvolver a força de dissuasão. Até mesmo um louco por guerras desistiria. E todo mundo sabe que os mercenários gregos são os melhores guerreiros. Por isso o Egito nos confia a sua segurança. É uma tremenda iniciativa, acredite em mim!

O sujeito saiu satisfeito da agência de recrutamento.

— Estou indo amanhã para Dafnae. É a sua vez, garoto, boa sorte.

Ares era atarracado, tenso e apressado.

Nas paredes da sala, viam-se mapas do país com os acampamentos e quartéis assinalados.

A aparência do escriba o surpreendeu.

— Vou logo avisando: meu papel consiste em orientar os interessados em função das necessidades do momento. Lá, depois das provas, um militar graduado decide sobre o recrutamento definitivo. Destino de preferência?

— Aqui mesmo, Náucratis.

— Marinha, cavalaria ou infantaria?
— Quero estar com um ex-leiteiro que se alistou recentemente.
— Como ele se chama?
— Le Buté.
— Vindo de onde?
— Saís. Como já teve um passado militar, deve ser oficial.

Ares se preocupou:
— E o que quer com esse oficial?
— Servir sob o seu comando.
— Também é de Saís?
— De uma aldeia vizinha.
— Tem experiência com armas?
— Preferiria ser empregado na intendência ou na administração.
— Não é a minha área. Seleciono futuros mercenários, e o seu perfil não se encaixa. Nenhum comandante de acampamento vai aceitá-lo. Procure outra ocupação.
— Preciso encontrar Le Buté.
— Não o conheço. E se conhecesse não falaria a um desconhecido que não pertence ao exército.
— Insisto, é muito importante!
— Isso aqui é uma agência de recrutamento, e não posto de informações.
— Garanto que é...
— Fora daqui, rapaz! E não volte ou vai se arrepender!

Arrasado, Kel deixou o escritório.

Fracasso total.

Vindo se esconder em Náucratis, no entanto bem perto da capital, Demos e Le Buté pareciam estar a salvo.

Perdido em seus pensamentos, o escriba esbarrou numa pedestre.

Uma bela e vistosa mulher de cerca de 30 anos, com cabelos presos num coque perfumado e coberta de joias.

A fila de espera ficou em silêncio. Eram machos a admirar a formidável fêmea inacessível.

— Desculpe — balbuciou Kel.

— Está querendo se alistar?

— Mais ou menos, eu...

— Já tem soldados demais em Náucratis. No entanto, faltam escribas qualificados. Sabe ler e escrever?

— Sei.

— Meu nome é Zekê, mas me chamam "a cortesã", porque sou a mulher de negócios mais rica da cidade, livre e solteira. Para os gregos, uma verdadeira prostituta! Não se conformam com os direitos que as egípcias conquistaram e, de forma alguma, querem importá-los. Muitos gostariam de nos fazer usar o véu e nos trancar em casa. Servir de escrava sexual para o marido, cozinhar e criar os filhos não são as únicas funções da mulher? Eu, que nasci em Esparta, me sinto muito bem em Náucratis e mostro o caminho! Como acabo de comprar terras e um vinhedo, preciso contratar um contador. Acha que pode ocupar o cargo?

— Não creio.

— Engraçado, tenho certeza que sim. Aceita pelo menos conversar?

— Com prazer.

— Vamos até a minha casa.

Kel devia ser o único homem a não estar sob o jugo da sedutora Zekê. Acompanhando-a, esperava apenas obter informações que o levassem a Demos e ao ex-leiteiro.

Os futuros mercenários ficaram olhando o casal se afastar.

— Por Afrodite — espantou-se um deles —, esse garoto é surpreendente! Como conseguiu interessar a essa fabulosa potranca?

— Não vai demorar a ser chutado — previu um colega.

31.

Bem no centro da cidade, o casarão da Senhora Zekê tinha quatro andares. Um porteiro guardava a entrada noite e dia. Ele se inclinou bastante para a patroa, que chegava acompanhada do novo admirador, bem mais moço que os anteriores. O apetite da riquíssima mulher de negócios parecia insaciável.

— Detesto o campo — confessou ela a seu protegido —, com todos aqueles bichos e insetos!

No térreo, um ateliê de tecelagem fornecia à beldade trajes sob medida, tecidos para a casa, lençóis, colchas e fronhas. Padeiros e cervejeiros produziam pão e bebida do dia a dia e um refeitório servia para a alimentação dos empregados.

No primeiro e no segundo andar se encontravam os aposentos particulares e de apoio; no terceiro, escritórios e o cômodo que servia de depósito, onde eram guardados arquivos e gêneros alimentícios.

O mobiliário era de extremo luxo: poltronas de encosto alto e braços, cadeiras baixas em madeiras finas, bancos dobráveis ornamentados com motivos vegetais, mesas retangulares, mesinhas de centro, baús para objetos e uma quantidade de almofadas enfeitadas. Nas paredes, pesadas tapeçarias de linho colorido em verde, vermelho e azul.

— Vamos comer — resolveu a Senhora Zekê.

Rapidamente, dois serviçais apresentaram pratos de alabastro e deitaram vinho tinto em taças de vidro.

— Temos um ensopado de ganso — explicou o mordomo. — Cozinhou por bastante tempo em panela de barro com gorduras de primeira qualidade. Em seguida, ovos de codorna cozidos em água salgada. O cozinheiro acrescentou cebola picada e manteiga. Permitam-me desejar excelente apetite.

— Prefiro me alimentar de maneira leve — declarou Zekê. — Uma digestão demorada diminuiria meu ritmo de trabalho e tenho muitos negócios a tratar. Esse vinho não vai fazer a sua cabeça rodar: não tem mel nem especiarias. Envelhecido por cerca de vinte anos, é leve e ajuda a clarear as ideias.

Kel experimentou o néctar.

A grega não exagerava.

— Não existe país melhor — afirmou ela. — Se visse a cara dos gregos que desembarcam em Náucratis! Não aguentam que uma mulher seja livre para se casar como bem entender, se divorciar, aproveitar o que tem e legá-lo aos herdeiros que quiser, ir sozinha ao mercado, tratar de negócios e dirigir uma firma! O orgulho masculino se sente ferido nas profundezas da sua idiotice. Adoro ver esses arrogantes se tornarem mercenários a serviço do faraó, garantindo a independência do Egito e dos egípcios!

— A senhora então não é casada? — perguntou Kel.

— Para minha felicidade, divorciada! Logo que cheguei, me casei com um armador originário de Mileto. E flagrei-o com uma serva. A separação foi decidida a meu favor, ganhei uma boa indenização e fiz investimentos. Resumindo, consegui liberdade e fortuna! Algumas ideias, muito trabalho e então o sucesso. Os negociantes egípcios me apreciam. Eu importo mercadorias de qualidade e compro terras, remunerando corretamente meu pessoal. Possuo hoje vários imóveis em Náucratis, e os tabeliões ficam contentes quando os convido para vir em minha casa. Mas você parece se sentir constrangido!

— Não mereço tanta honra.

— Cabe a mim decidir. Você me deixa curiosa, rapaz, pois não parece alguém comum. Quem você é e o que está procurando em Náucratis?

Encontrar uma escapatória ou revelar parte da verdade, assumindo riscos? Verdadeira serpente, aquela mulher não era de praticar generosidade gratuita.

Kel não tinha escolha. Estranho naquela sociedade fechada, ou até mesmo hostil, lançou-se de cabeça:

— Sou um escriba-intérprete, originário de Saís, e procuro dois homens refugiados aqui. Um é o meu colega, Demos, e o outro, Le Buté, um leiteiro que veio se engajar como mercenário.

Zekê pareceu surpresa.

— Por que utiliza o termo "refugiados"?

— Estão ambos envolvidos numa investigação criminal e imagino que se escondem em Náucratis.

— Um caso criminal! Culpados ou inocentes ameaçados?

— Francamente, não sei. Por isso preciso encontrá-los e pedir explicações.

— Está diretamente envolvido? — perguntou Zekê sem meias palavras.

— Sou injustamente acusado.

— Como se chama?

— Kel.

A mulher de negócios não demonstrou qualquer reação. O assassinato dos intérpretes permanecia então encoberto, sem que a informação tivesse chegado a Náucratis.

Por quanto tempo?

— Demos e Le Buté — repetiu ela, acentuando cada sílaba. — Quer realmente o bem deles?

— Demos é meu amigo! — afirmou o escriba. — Quanto ao leiteiro, eu conversava com ele e o considerava boa pessoa. Aparentemente, fugiram e talvez tenham informações que possam provar a minha inocência.

— Investigação criminal, você disse. Quem foi morto?

— Escribas-intérpretes. Na verdade, pode-se dizer que é um caso de Estado. Algo em que não é bom se envolver.

— Bom aviso! Eu deveria ir à polícia.

— Com certeza.

A Senhora Zekê esboçou um estranho sorriso.

— Mas se engana, meu jovem! Em primeiro lugar, não sou alcaguete; em segundo lugar, sua formação de escriba-intérprete me interessa muito. Já que lê tanto o grego quanto o egípcio, facilmente entenderá documentos administrativos, tirando deles o essencial, bem mais rápido que o meu secretariado. Por outro lado, precisa da minha ajuda e tem pressa.

— Pode encontrar alguma pista sobre Demos e Le Buté?

— Se estiverem entocados em Náucratis, não têm como escapar. Eis o que proponho, é pegar ou largar: terá casa e comida, trabalhando conforme as minhas exigências, e darei as informações que você quer. Se não aceitar, deixe Náucratis imediatamente.

— Eu fico — decidiu Kel.

32.

Dois dos santuários dos domínios sagrados da deusa Neit eram consagrados à tecelagem dos inúmeros panos utilizados na celebração das festas e dos rituais. Tendo escalado todos os graus da hierarquia e todas as etapas da profissão, a jovem Superiora não deixava passar nenhum desleixo.

Sem que ninguém contestasse sua nomeação e com todas contentes por escapar daquelas pesadas responsabilidades, as sacerdotisas trabalhavam com ânimo. A decana apresentou a Nitis roupas de linho terminadas na véspera e faixas para a mumificação de um crocodilo sagrado. Essas últimas deixariam feliz a sua alma, facilitando sua travessia das portas dos paraísos celestes.

— Chegou a hora de tecer o olho de Hórus[*] — anunciou a Superiora.

Simultaneamente sol e lua, luz diurna e noturna, esse olho se representava num tecido branco e brilhante, de excepcional qualidade. Com muita segurança nas mãos, Nitis preparou o primeiro

---

[*] Cf. F. Servajean, *Bulletin de l'Institut français d'archéologie orientale* 104, Cairo, 2004, p. 523 *sq*.

feixe de linho, enquanto as assistentes enrolavam as fibras para obter um conjunto em torção. E os fusos começaram a funcionar.

Esse olho tecido seria também a mortalha de Osíris, a vestimenta de ressurreição do corpo de luz que irradiava para além da morte. Poucas tecelãs eram iniciadas nos grandes mistérios, mas a corporação inteira tinha consciência de cumprir um ato essencial. Criando a oferenda, buscando a perfeição da obra, elas participavam da imortalidade divina.

Pelo olhar das irmãs, Nitis se tranquilizou: o trabalho avançava da melhor forma. Não havia espírito de competição, apenas busca por excelência e dom de competências. O poder de Neit guiava os corações.

Noite caída, os ateliês foram fechados. A guardiã verificou as trancas, as sacerdotisas se dispersaram.

Nitis já se dirigia a seu alojamento funcional, quando Menk se aproximou.

— Satisfeita com esse primeiro dia de trabalho duro?

— As tecelãs se mostraram à altura dos seus deveres.

— Você sabe contornar as mais recalcitrantes!

— Atribuo o milagre à magia do olho de Hórus. Nele se reúne o que estava disperso.

— Não subestime a sua magia pessoal — lembrou o organizador dos festejos de Saís. — Ao nomeá-la para o cargo, o sumo sacerdote não se enganou.

— Farei o possível para não decepcioná-lo.

— Garantir o bom funcionamento de tão vasto santuário apresenta muitas dificuldades — constatou Menk. — A cada manhã, a totalidade do pessoal deve se purificar segundo a Regra, e não ao gosto de cada um. Temos que dispor de um número suficiente de batas de linho e sandálias, limpar as bacias e enchê-las frequentemente com água fresca, sem esquecer objeto algum e pensar no bem-estar das divindades presentes em suas capelas. Isso sem falar das festas!

— Estaria desanimado?

— Claro que não! Mas gostaria que tratássemos dos muitos assuntos a serem resolvidos. A dois, podemos ser mais eficientes.

— A Regra já não fixa o campo da nossa cooperação? — surpreendeu-se Nitis.

— Não nos proíbe encontros menos... formais. O principal é que desconfie de certos escribas e certos administradores, unicamente preocupados com a própria carreira e enriquecimento. Querem ter sua boa vontade, mas podem ser maliciosos.

— Obrigada pelos preciosos conselhos, Menk. Não os esquecerei.

— Nunca hesite em me consultar! Conheço todas as pessoas ilustres e tudo que se passa ou se trama em Saís.

— Exceto aquele horrível assassinato dos intérpretes, pelo que vimos.

— Não falemos mais daquela monstruosidade! — pediu o organizador das festividades, irritado.

— É difícil não lembrar.

— Não é problema seu nem meu. A polícia se ocupa disso, e o assassino será preso e condenado. Graças à discrição dos serviços oficiais, não circulam na cidade mil boatos alarmantes e infundados.

— E se estiverem querendo esconder a verdade?

— O caso se situa além das nossas competências, querida Nitis. Cabe ao Estado resolver. Ouça a voz da razão, por favor, e não extrapole o seu papel.

— Não é a minha intenção.

— Isso me tranquiliza! Quando podemos jantar juntos?

— Não por agora, estou com muito trabalho. Tenho que consultar inúmeros arquivos para reformular certos rituais e devolver-lhes o vigor do Antigo Império.

— Tarefa admirável — reconheceu Menk —, mas não se esqueça de viver. Esses velhos documentos não prestam justa homenagem à sua beleza.

— Tenha uma boa noite, Menk.

— O mesmo para você, Nitis.

O organizador das festividades de Saís se afastou.

Perplexa, a jovem não conseguia formar uma opinião. Seria Menk um sedutor banal, estaria fazendo ameaças encobertas, participaria direta ou indiretamente do complô? Frequentando a sociedade de Saís, ele tinha acesso ao palácio e mantinha laços estreitos com homens do poder. Gozando de excelente reputação, valia-se de muitos amigos.

A sacerdotisa explorou os papiros matemáticos da Casa de Vida, esperando encontrar elementos de codificação. Em certas épocas, de fato, jogos de sinais tinham permitido dissimular a significação de textos que se remetiam à natureza dos deuses.

A tarefa se anunciava longa e difícil. Além disso, era possível que não obtivesse resultado algum. Kel, enquanto isso, arriscava a vida em Náucratis. O conhecimento que tinha do idioma grego era uma boa vantagem, mas Demos e Le Buté não o fariam cair numa armadilha fatal?

Pensando na possibilidade de o jovem escriba desaparecer, Nitis ficou transtornada: não voltar a vê-lo, ouvi-lo, não mais compartilhar temores e esperanças... Sem conseguir trabalhar, lentamente enrolou o papiro e colocou-o de volta na prateleira.

— Parece contrariada — observou o sumo sacerdote Wahibré.

A jovem se assustou:

— Ah! É o senhor!

— Vim procurá-la para apresentar um estranho personagem, um grego em busca de conhecimentos não encontrados em seu país. Quis nos consultar, e eu gostaria da sua opinião a respeito da sinceridade dele.

— Como se chama?

— Pitágoras.

33.

De testa larga, expressão grave e vestido com uma longa bata branca, Pitágoras* se inclinou diante do sumo sacerdote e de Nitis.

— Obrigado por me receber. Estou vindo do palácio do faraó Amásis, que me concedeu longa audiência para saber se obedeci à risca tudo que havia indicado. Na verdade, fui a Heliópolis, a cidade sagrada de Rá, o deus da luz divina, depois a Mênfis, a cidade de Ptah, o mestre do Verbo e dos artesãos.

— Foi colocado à prova? — perguntou Wahibré.

— Até violentamente, mas não lamento.

— Vocês, gregos, são eternos jovens! Não há anciãos nos seus templos e ignoram a verdadeira Tradição. Por esse motivo, a filosofia que têm se limita a um barulho de palavras.

— Reconheço, sumo sacerdote, e compreendi, como alguns dos meus compatriotas, que o Egito é a pátria da sabedoria. Por muito

---

* Dois escritores da Antiguidade, iniciados nos mistérios, Porfírio (233-304) e Jâmblico (250-330), escreveram *Vida de Pitágoras*, em que relatam sua longa estadia no Egito e seus contatos com sábios e eruditos locais.

tempo me afastaram e diziam que voltasse a meu país. Somente a perseverança me permitiu convencer os sacerdotes sobre a autenticidade da minha busca. Aqui, e só aqui, se ensina a ciência da alma e se distingue o conhecimento do saber, subordinando o segundo ao primeiro.

— O que aprendeu em Heliópolis e em Mênfis?

— Geometria, astronomia e os métodos simbólicos que levam à percepção dos mistérios. Sem pressa e sem dispersão, meu espírito despertou para o poder dos deuses, por ocasião de vários rituais de iniciação.

— Viu a acácia? — perguntou Nitis.

— Sou filho da Viúva e seguidor de Osíris, o Ser perpetuamente regenerado — respondeu Pitágoras de forma correta.

— Já percorreu um longo caminho — reconheceu o sumo sacerdote.

— Também fui a Tebas, onde a Divina Adoradora, depois de demoradamente me testar, me iniciou nos mistérios de Ísis e Osíris.

— Um homem seguindo as ordens de uma mulher — observou Nitis. — Não é chocante, do ponto de vista grego?

— Também nesse campo temos muito a aprender! Quando voltar à Grécia para fundar uma comunidade de iniciados, abrirei as portas às mulheres, que terão acesso ao conhecimento dos mistérios, como no Egito.* Excluindo-as das altas funções espirituais, condena-se o mundo à violência e ao caos. Foi, aliás, uma mulher, a Senhora Zekê de Náucratis, que me facilitou muitos empreendimentos. Ela aprecia a liberdade que tem no Egito e gostaria que se estendesse por toda a parte.

---

* Ver M. Meunier, *Femmes pythagoriciennes*, reed., Paris, 1980.

— Está decidido, então, a fundar uma Ordem iniciática na Grécia para transmitir o esoterismo egípcio, tal como o aprendeu — quis confirmar Wahibré.

— Semelhante tarefa me parece primordial. É claro, poderia continuar aqui e progredir no caminho do conhecimento até a minha última hora. Mas não seria uma atitude egoísta? Minha vocação consiste em revelar aos gregos os tesouros que percebi nos seus templos e assim elevar as suas almas. Devem passar a respeitar melhor os deuses e a lei de Maat, praticar o respeito à palavra dada, a moderação e a harmonia, ao mesmo tempo que seguem rituais que permitem atingir as ilhas dos bem-aventurados, isto é, o sol e a lua, os dois componentes o olho de Hórus.

— O que considera mais essencial? — perguntou Wahibré.

— O Número — respondeu Pitágoras. — Cada ser possui o seu, conhecê-lo leva à Sabedoria. Ao mesmo tempo unidade e multiplicidade, o Número contém as forças vitais. Portanto, cabe a nós descobri-lo para perceber o universo, do qual somos uma expressão limitada. Nossa origem e meta não são o céu das estrelas fixas, a morada das divindades, onde vivem as almas livres, as almas dos Justos?

— O que espera de mim, Pitágoras?

— Fundar a minha Ordem implica o unânime acordo dos sumos sacerdotes que me deram ensinamento e me julgaram digno de transmiti-lo. Se me recusar o seu, meu caminho se interrompe.

— Desistirá, então?

— Tentarei convencê-lo, pois acredito na importância da missão.

— Praticarei o mesmo método que meus colegas — resolveu Wahibré —, pondo-o à prova. Nitis, Superiora das cantoras e tecelãs de Neit, o levará amanhã de manhã a um dos nossos principais ritualistas. Receberá dele várias tarefas a cumprir. Depois, então, voltamos a nos ver.

Pitágoras se inclinou mais uma vez e retornou ao palácio real, onde estava hospedado.

— Alguém sábio e determinado — disse Nitis.

— Mas grego — lembrou o sumo sacerdote — e protegido pelo rei Amásis.

— Acredita que seja um espião encarregado de nos observar?

— É uma hipótese. Sua curiosidade parece não ter limites e não carece de inteligência.

— A Divina Adoradora o iniciou nos mistérios osirianos — lembrou Nitis. — É conhecida pela exemplar severidade! Hipócrita nenhum a enganaria.

— É um forte argumento — reconheceu Wahibré. — Mesmo assim, devemos nos manter vigilantes.

— Se Pitágoras tiver talento para a matemática e para a geometria, não poderia nos ajudar a decifrar o código?

— Não vamos queimar etapas, Nitis! Antes de mostrar um documento tão perigoso, precisamos nos assegurar de sua perfeita sinceridade.

— Infelizmente, o tempo urge.

— Sei disso, mas qualquer passo em falso será fatal e pode mergulhar Kel no abismo.

— Vou voltar à Casa de Vida — avisou Nitis. — São muitos os papiros matemáticos e notei detalhes interessantes.

— Não se esqueça de dormir — recomendou o sumo sacerdote. — Os deveres da sua missão não são leves e precisará de todas as suas forças.

34.

Usando uma peruca à moda antiga e um penduricalho representando Maat, a deusa da justiça,* o juiz Gem presidia o tribunal erguido diante do monumental portão do templo de Neit. Sem fazer distinção alguma entre o grande senhor e seu empregado, entre uma servente e sua ama, ele ouviu as diversas queixas cuja alçada ultrapassava a competência dos tribunais locais. O conselho da aldeia resolvia a maioria dos conflitos, e os magistrados da cidade grande assumiam os casos difíceis. Se porventura nenhuma solução satisfatória surgisse, queixosos e acusados procuravam o chefe da justiça.

Mostrando a imagem de Maat, Gem declarou aberta a audiência. Trinta juízes ouviram escribas lerem queixas detalhadas, que se concluíam com o pedido de indenização e as respostas da defesa. Dada a complexidade da querela entre herdeiros, foram ouvidos a refutação dos argumentos e o último contra-ataque dos oponentes.**

---

* Sentada, a deusa tem na cabeça uma pena retriz, que serve para a orientação dos pássaros.
** Segundo escreveu Diodoro da Sicília: "É como se passavam todos os

Gem poderia ter convocado as duas partes, mas os simples documentos já estabeleciam claramente a verdade. Impôs então a imagem de Maat sobre o processo dos queixosos. Certa mãe de família havia legalmente deserdado os filhos, ingratos e desonestos, favorecendo uma fiel e dedicada criada, a quem os amargurados parentes tentavam desacreditar. Como haviam chegado ao ponto de fabricar um documento falso, ainda foram condenados a pesadas multas por perdas e danos.

Com a justiça estabelecida em nome de Maat e do faraó, Gem voltou a seu escritório, onde o esperavam os últimos relatórios da polícia sobre o caso Kel.

Nenhuma pista do assassino foragido.

No entanto, todos os informantes tinham sido acionados e as forças de ordem não economizavam esforços.

Ou seja, Kel havia deixado Saís.

A menos que se escondesse no interior do recinto sagrado de Neit... Não, a investigação fora feita corretamente e o juiz não podia duvidar da palavra do sumo sacerdote.

Era preciso alertar o conjunto das cidades do Delta. Será que o escriba contava com cúmplices? Estaria perdido em algum lugar pelos campos? Caso dirigisse uma rede de malfeitores, já não o teriam ajudado a deixar o Egito?

O chefe do serviço secreto, Henat, talvez tivesse alguma resposta para aquelas perguntas! Mas, apesar da intervenção do rei, ele permanecia mudo.

— O que faremos com o tal Bébon? — perguntou o escrivão.

---

processos entre os egípcios, por acharem que os advogados, com seus discursos, só serviam para tornar mais obscuras as causas, com a arte da oratória, a magia da ação e as lágrimas dos acusados levando, frequentemente, o juiz a fechar os olhos à lei e à verdade."

— Traga-o.

O juiz consultou o processo do ator ambulante. Vazio. E a polícia não parava de interpelar inocentes cujo único crime era a semelhança física com Kel! Esmagado sob o peso de processos inúteis, Gem resolveu se livrar daquele.

O prisioneiro não parecia nada bem.

— Então, Bébon, pensou um pouco?

— Em quê?

— O que tem a dizer a respeito do escriba Kel?

— Eu? Realmente nada! Só o que tenho a dizer é que gostaria de sair daqui e retomar meu trabalho.

— Está pensando em viajar?

— É a minha profissão!

— Esconder a verdade seria um erro grave.

— Por isso mesmo eu disse tudo que sei!

— Sua prisão foi violenta. Quer fazer queixa da polícia?

Bébon arregalou os olhos.

— A queixa tem cabimento — continuou Gem —, e você estaria apenas exercendo o direito de um inocente.

— Já tive aborrecimentos suficientes.

— Como queira.

— Então estou... livre?

— Nenhuma acusação contra o senhor teve prosseguimento.

— Há mesmo justiça neste país!

Bébon recebeu um naco de pão, um cantil de água, um par de sandálias novas e, assim que saiu dos locais da administração judiciária, saudou o sol e o céu azul.

Primeiro destino: uma taberna! Cerveja forte, finalmente, indispensável para clarear as ideias.

Como encontrar Kel, de quem era ele o único amigo? Onde o escriba poderia ter se refugiado? Bébon tinha uma vaga ideia, muito remota...

Levantando-se, ele teve a impressão de estar sendo observado.

Caminhou ao léu, mudou várias vezes de direção, atravessou uma feira, falou com comerciantes e localizou quem o seguia.

A liberdade, então, tinha sido para enganá-lo! Achando-o suspeito, o juiz Gem esperava que o ator o levasse a Kel.

Suprimir aquele incômodo seria uma confissão de culpa. Bébon então se hospedou num quarto no segundo andar de um albergue dos arredores, frequentado por vendedores ambulantes. Mal fechou a porta, correu até o telhado e viu um policial nas proximidades, obrigado a ficar de pé esperando. De terraço em terraço, chegou a um bairro popular e tomou uma ruela que seguia na direção do templo de Neit.

Nitis, a sacerdotisa que havia encontrado Kel no banquete anterior ao assassinato dos intérpretes, talvez soubesse de algo mais.

Ela teria que lhe contar, querendo ou não.

* * *

Pela carta que o mensageiro acabara de trazer, Nitis precisava ir com toda urgência a seu antigo endereço, para resolver um problema material. Apesar da falta de tempo, decidiu ir imediatamente tratar do assunto.

Mal entrou, uma mão vigorosa tapou sua boca.

— Não grite! Nem tente fugir!

A porta se fechou.

O agressor levou a sacerdotisa ao quarto.

— Meu nome é Bébon e sou o único amigo do escriba Kel. Se não responder às minhas perguntas, vou estrangulá-la.

— Pergunte, então.

— Superiora das cantoras e tecelãs de Neit... não foi difícil encontrá-la! As sacerdotisas puras só falam da sua promoção e do seu brilhante futuro! Admite conhecer Kel?

— Admito.

— Foi você que o fez cair numa armadilha, no banquete!

— Não fui eu a responsável!

— Prove!

— E você, é amigo ou está a mando da polícia para descobri-lo?

Bébon não controlou o riso.

— Eu, da polícia? Realmente, era só o que faltava! Pode também me acusar de ser casado e pai de família!

A sinceridade do ator saltava aos olhos.

— Acredito na inocência de Kel — declarou Nitis. — Ajudei-o a se esconder.

Bébon deu um suspiro de alívio.

— Uma aliada... Louvados sejam os deuses! Onde ele está?

— Foi para Náucratis. Se Demos e Le Buté, certamente envolvidos no assassinato dos intérpretes, estiverem morando na cidade grega, ele vai encontrá-los e interrogá-los.

— Se forem de fato culpados, vão matá-lo!

— Não consegui fazê-lo desistir — lamentou Nitis —, pois parecia não haver outra saída. Para as autoridades, Kel é um assassino foragido.

— Vou ajudá-lo — prometeu Bébon.

O ator se desculpou, constrangido:

— Sinto muito pela brutalidade, mas achei que pudesse ser cúmplice dos conspiradores.

Nitis sorriu.

— No seu lugar, teria feito o mesmo.

— Ajudar Kel pode causar muito prejuízo à sua carreira!

— Buscar a verdade e combater a mentira não são deveres de uma sacerdotisa?

— Foi uma honra conhecê-la.

— Traga Kel são e salvo. Juntos, conseguiremos provar sua inocência.

35.

Num só dia Kel havia feito mais do que os três secretários da Senhora Zekê em uma semana. Várias dificuldades administrativas foram resolvidas, a administração das terras necessitava de profundas reformas e a rentabilidade seria nitidamente melhorada.

— Formidável — reconheceu a fantástica mulher de negócios. — Não me enganei. Há outros processos a tratar, mas sustento minha palavra. Já que coopera de maneira eficaz, merece encontrar um sujeito importante que pode dar informações confiáveis. Com uma só condição: ele só fala na minha presença.

— Quando?

— Esta noite mesmo.

* *
 *

O chefe dos mercenários de Náucratis devorava Zekê com os olhos.

— Apresento-lhe um amigo — disse ela. — Precisa de sua ajuda.

— Oficiosamente, imagino?

— Responsabilizo-me por ele, pode responder sem hesitação. E esse encontro nunca aconteceu.

— E o que seu amigo anônimo quer saber?

— Recrutou recentemente um jovem intérprete grego chamado Demos? — perguntou Kel.

O chefe consultou seus registros.

— Negativo.

— E se ocupasse um emprego administrativo, teria conhecimento disso?

— Com certeza.

— E um homem mais velho, chamado Le Buté?

O nome lhe era familiar.

— Um ex-oficial que foi ser leiteiro em Saís?

— Exatamente!

— Alistou-se semana passada.

— Quero falar com ele!

— Impossível.

— É muito importante!

— Durante seu primeiro treinamento, Le Buté sofreu um acidente fatal.

— Como isso aconteceu?

— Escorregou no chão molhado e foi empalado pela lança do soldado adversário. Nesse tipo de exercício, frequentemente temos perdas. É o preço que se paga por formar mercenários, e não mocinhas.

✢

Kel não conseguia se concentrar.

Evidentemente deram ordens para eliminar Le Buté. Sem essa pista, restava a de Demos. Já que o grego se escondia, ao contrário do ex-leiteiro, cúmplice demasiadamente visível, é possível que fosse inocente. Mas como encontrá-lo?

De repente, Kel leu um documento espantoso.

Incrédulo, chegou a se perguntar se ainda entendia grego. Mas, ao reler, não teve dúvida.

A Senhora Zekê apareceu, usando um colar de oito voltas de cornalina e faiança, brincos em forma de flor de lótus e um cinto composto de placas de ouro, presas por cinco fileiras de contas de faiança. Joias que valiam uma fortuna!

Mas nada disso fazia efeito.

Kel mostrou o texto.

— Não posso acreditar!

— Por que tanta indignação?

— Está querendo comprar... seres humanos?

— Na Grécia, chamamos isso de escravos, e é um comércio totalmente lícito.

— No Egito, a lei de Maat formalmente proíbe!

— O Egito precisa se modernizar, jovem escriba, e entender que a escravatura faz parte das forças de produção indispensáveis ao desenvolvimento econômico.

— Se o preço for esse, é melhor não tê-lo! Faraó nenhum aceitará tal ignomínia.

— Utopia, meu rapaz. Quanto mais aumentar a população, mais as leis da economia serão determinantes. E a antiga espiritualidade de vocês, por mais bela que seja, será varrida. Em nossas cidades, democráticas, há mais escravos do que homens livres. E esse modelo vai se impor.

— Aceite a minha demissão, Senhora Zekê.

— Está fora de cogitação! Para onde iria? Aqui está seguro e pode continuar sua investigação.

O sorriso sedutor da mulher de negócios não afetava Kel. Controlando a raiva que sentia naquele momento pela grega, arriscou-se naquele perigoso jogo:

— Recusou-me a tratar de processos que, de perto ou de longe, tenham a ver com a instauração da escravidão em Náucratis.

— Tudo bem, respeitarei a sua moral arcaica, com a esperança de vê-lo evoluir.

— Mesmo assim, vai me ajudar a encontrar Demos?

— Se estiver escondido nesta cidade, descobrirei.

— Procuro outra coisa — revelou o rapaz. — Um tesouro de valor inestimável.

A informação despertou a curiosidade de Zekê.

— De que se trata?

— Sabe como o rei Amásis tomou o poder?

— Durante um golpe de Estado militar, seus homens puseram na cabeça dele um capacete representando uma coroa. Com a guerra civil, se livrou do faraó da época, Apriés, e se impôs ao povo e à classe dominante.

— Essa preciosa relíquia desapareceu. Roubaram do palácio o famoso capacete, e estou convencido de que isso está ligado ao assassinato de meus colegas.

— Ou seja — concluiu Zekê —, um novo golpe de Estado está sendo preparado!

— Se eu levar o capacete ao faraó, ele reconhecerá a minha inocência.

— Não tenho dúvida — murmurou a mulher de negócios, pensando em outra opção.

Aquilo ia além do caso de um simples jovem escriba, e ficava ainda mais interessante. Ela procuraria ajudá-lo a pôr as mãos naquele tesouro, mas em benefício próprio.

Apenas Zekê tinha envergadura suficiente para tratar com um monarca e conseguir dele títulos honoríficos e fortuna. Respeitada e riquíssima, Zekê se tornaria uma das maiores personalidades da corte, impondo uma quantidade de reformas que seriam aprovadas por um rei apaixonado pela cultura grega.

A verdadeira carreira da Senhora Zekê começava.

36.

Amásis dormiu mal. A esposa o reconfortou e pediu que recebesse uma delegação vinda de diversas cidades gregas com o intuito de reforçar ainda mais os laços comerciais com o Egito. Apesar de detestar esse tipo de obrigação, o monarca aceitou o conselho da rainha. Ver o faraó era uma honra incomensurável e um favor assim teria felizes consequências econômicas.

Terminada a audiência, Amásis recebeu Menk, o organizador das festividades de Saís. O soberano contava com o fiel servidor para manter vigilância sobre o sumo sacerdote e garantir que o programa de construção e reforma dos templos do Alto e do Baixo Egito fosse corretamente seguido.

— Nosso grande projeto está avançando, Menk?

— A ilha de Filae ganhará um magnífico santuário consagrado à deusa Ísis, Majestade! Ela apreciará esse local isolado e esplêndido, até então virgem de qualquer ocupação.

— Nunca devemos nos esquecer da grande mágica — recomendou Amásis. — Não é quem detém o verdadeiro nome de Rá, a luz divina e o segredo da força criadora? Filae há de ser uma das maiores obras do meu reino. Controle sempre o bom andamento dos trabalhos.

— Farei isso, Majestade.

— Minha moradia da eternidade, no interior do recinto sagrado de Neit, foi terminada?

— Os artesãos trabalharam segundo as suas diretrizes. Precedido por um pórtico com colunas palmiformes e fechado por duas portas, atrás das quais se encontra o sarcófago, o salão está uma maravilha.

As tumbas dos soberanos da XXVI Dinastia se abriam para um pátio anterior à sala hipostila da antiga capela de Neit, e a de Amásis não fugia à regra. Dessa maneira, ele se colocava sob a proteção da misteriosa deusa que, a cada momento, recriava o mundo graças às sete palavras.

— O sumo sacerdote se encarregou corretamente da minha morada da eternidade?

— Com vigilância cotidiana, Majestade! Mandou embora dois escultores que julgou medíocres e escolheu pessoalmente as fórmulas de glorificação gravadas na pedra e que vão assegurar a sobrevivência da sua alma.

— Nenhuma crítica contra o meu governo?

— Nem de longe. Frio, distante e reservado, o sumo sacerdote não se mostra minimamente inclinado a confidências. Mesmo assim, nunca ouvi o menor comentário que colocasse sua autoridade em dúvida. O templo de Neit funciona maravilhosamente bem e não será fácil encontrar um sucessor para Wahibré.

— Continue a observar — ordenou Amásis — e conte-me qualquer eventual incidente.

O rei voltou a seus aposentos, onde saboreou uma grande safra bem cotada de Bubástis. Os viticultores da deusa-gata, Bastet, produziam um vinho excepcional, alegre e leve. Amásis tinha necessidade desse revigorante para encontrar, com toda discrição, o chefe do serviço secreto.

Sacerdote de Thot, Henat seria encarregado de homenagear a memória de Amásis após a sua morte, mas não tinha a envergadura de um faraó. Sabendo guardar o seu lugar, gostava de estar à sombra e se contentava com sua posição.

Apesar disso, a ambição não se tornaria avassaladora como uma onda de destruição, quaisquer que fossem a idade e os títulos?

Era impossível decifrar claramente aquele personagem apagado, de quem todos elogiavam a competência.

— O general Fanés de Halicarnasso está trabalhando na organização de um grande desfile militar, Majestade. A manobra de dissuasão produzirá excelentes efeitos.

— Convidou nosso amigo Creso?

— O chefe da diplomacia persa está viajando. Nossos mensageiros conseguirão alcançá-lo e estou convencido de que não deixará escapar a oportunidade de assistir à exibição do poderio militar egípcio.

— E o meu capacete?

— Até agora nenhuma pista, mas levei adiante inúmeros interrogatórios. O autor do roubo é provavelmente uma camareira, originária de Lesbos.

— Por que a suspeita?

— Ela tinha acesso à ala do palácio em que estava guardada a relíquia e desde então desapareceu. Se tiver embarcado em algum navio para a Grécia, não a encontraremos mais.

— Com certeza teve cúmplices!

Henat pareceu ter dúvidas.

— Uma coisa é certa, Majestade: dignitário nenhum, nem um só oficial superior, ousaria colocar na cabeça o seu capacete e se proclamar faraó. Estou cuidando dos civis, e Fanés esmagaria os militares rebeldes.

— No entanto, houve o roubo!

— Montado por algum louco querendo imitá-lo, com risco de morte, ou por algum bandido em busca de fortuna, vendendo a nós mesmos o capacete.

— Um caso de simples extorsão?

— No ponto em que estamos das investigações, nada se deve excluir.

— E o assassino dos intérpretes?

— Infelizmente, continua em fuga! Às vezes chego a pensar que pode ter sido devorado por um crocodilo ou estrangulado por algum salteador das estradas. Um homem perseguido não sobrevive tanto tempo.

— Amplie as buscas pelo país inteiro.

— Até Elefantina?

— Esse Kel pode perfeitamente ter fugido para o sul!

— Não acredito, Majestade, mas tomarei de imediato as medidas necessárias.

— Recrutou novos intérpretes?

— Apenas três candidatos com a competência indispensáveis me parecem dignos de confiança. Voltar a ter um serviço com bons resultados levará um tempo.

— Até lá, encarregue-se do correio diplomático e traga a mim os textos importantes.

✱✱✱

Como sempre, o chefe dos conjurados se sobrepôs a todos.

Apesar dos riscos, a calma que demonstrava era tranquilizante. De fato, o aniquilamento do serviço de intérpretes não fazia parte do plano inicial e era de se temer que o massacre os levasse ao desastre.

No entanto, o desenrolar dos fatos continuava a se mostrar favorável.

— Estamos ainda longe da meta — reconheceu ele. — Mesmo assim, o trabalho subterrâneo gera seus frutos. E a atual situação mostra que estamos certos: foi mesmo preciso se livrar dos intérpretes e forjar a acusação contra Kel.

— Esperávamos que fosse preso mais rapidamente — lamentou um cético. — E se o papiro em código estiver com ele, o perigo é ainda maior!

— De forma alguma — estimou o chefe —, pois nunca vai conseguir decifrá-lo.

— Mas esperemos que ele morra e que o documento seja destruído!

— Considerando esse incidente menor, algum de vocês pretende desistir?

Ninguém declarou que abandonaria a causa.

37.

À luz de várias lamparinas a óleo, Kel continuava o estudo do papiro em código, usando leituras feitas nos diversos dialetos gregos que conhecia.

Sem nenhum sucesso.

Tinha à sua frente signos egípcios que recusavam qualquer organização e formação de palavras. Um verdadeiro demônio havia composto aquele código!

— Não está dormindo ainda? — Ele ouviu a voz sensual da Senhora Zekê, cujo perfume envolvente acabava de invadir o seu quarto.

— Gosto de ler até tarde. Foi boa a noite?

— Chata, mas útil! O diretor do porto de Náucratis se gabava por todo lugar de ser fiel à esposa decrépita, uma filha de fazendeiro que é um tédio só. Provei que mentia, e agora ele está se arrastando a meus pés.

— Perguntou a ele sobre Demos?

— A ele e a outros personagens importantes, a pretexto de contratar um jovem escriba-intérprete.

— Algum resultado?

— Nenhum. Seu amigo tem a arte de se esconder bem. Mas sou teimosa e nunca desisto. Amanhã encontraremos um oficial superior que não tem como não me dizer a verdade. Vamos descobrir se esse precioso objeto está em Náucratis. Diga, jovem escriba, está apaixonado por alguém?

— Sou obrigado a responder?

— Já respondeu. Tenha uma boa-noite.

Kel voltou ao trabalho.

⁂

Zekê foi visitar os ourives que trabalhavam para ela, e Kel tomou nota do número de peças produzidas no último mês. Patroa exigente, a grega premiava os mais esforçados e mandava embora os preguiçosos. Satisfeita com a produção, deixou a área dos artesãos e se dirigiu a um prédio de dois andares, malconservado.

Com um pontapé, acordou um doente que dormia num vão de porta. O infeliz gemeu.

— Os deuses a enviaram, boa senhora! Um pouco de pão, por piedade!

— Minha padaria, na ruela ao lado, precisa de um aprendiz. Trabalhe e terá o que comer.

Temendo receber mais um pontapé, o enfermo saiu rapidamente dali.

Kel seguiu a Senhora Zekê, que subiu uma escadaria de degraus gastos.

No andar de cima, havia quartos.

— E então, Aristóteles, ainda bêbado?

— Sempre, minha querida! Afinal, a embriaguez não é o prazer dos deuses?

— Se parecerem com você, é melhor não acreditar em nada! Seu capitão não o pegou de volta?

— Pegou, mas não gostou da minha última crise. No entanto, a raiva se justificava! A intendência nos servia uma cerveja ruim. Joguei-a na cara do responsável e fui mandado embora por causa disso, dá para acreditar? Um mercenário da minha categoria!

O barbudo se endireitou.

A julgar pela musculatura, podia ainda ir ao combate.

— Pela lembrança da nossa velha amizade, tente convencer o imbecil do capitão a me chamar de novo! — pediu ele a Zekê.

— Seu caso está se tornando difícil.

— Com seu poder de sedução, querida, uma palavra sua e tudo se resolve!

— É possível — reconheceu Zekê. — O que oferece em troca?

Numa boa ressaca, Aristóteles tentou pensar.

— Um poema em sua homenagem bastaria?

— Procure melhor.

— Uma noite de amor...

— Detesto comida requentada.

— Mas você sabe o que quer!

— Sua perspicácia me surpreende, Aristóteles.

O mercenário pareceu ficar preocupado.

— Nada que seja impossível, pelo menos?

— Só uma informação.

— O segredo militar...

— Detesto também as brincadeiras sem graça — avisou Zekê. — Se não responder, vou embora. E você que se vire com o seu capitão.

— Fique, doce amiga, fique! — E, empertigando-se: — Aristóteles está pronto para responder.

— Como assíduo frequentador das tabernas de Náucratis, nenhum mexerico passa despercebido dos seus ouvidos.

— Afirmativo!

— Falou-se recentemente de algum tesouro que teria chegado à cidade, sem conhecimento das autoridades?

Aristóteles arregalou os olhos de surpresa.

— Como sabe disso?

Zekê abriu um sorriso feroz.

— Complete a informação, meu amigo.

— Na verdade, tudo é meio vago.

— Mas então seja claro!

— Tudo bem, tudo bem!

— Uma moça, conhecida minha, muito agradável e de preço razoável, ouviu confidências de um cliente meio embriagado.

— Nome?

— Não sei. Mas sei que é um estivador. Ele e alguns colegas teriam transportado clandestinamente um fabuloso tesouro, sem passar pela alfândega nem pelas autoridades portuárias. Vou logo avisando, minha bela, é provável que seja invenção. E não aconselho que chegue perto dos estivadores. São uns caras irritadiços e violentos. Não vão pensar duas vezes para fazê-la passar pelos maiores ultrajes.

— Valioso conselho, Aristóteles. Nada mais?

— Esqueça essa história e não corra riscos desnecessários. Preciso muito de você. E quanto ao capitão... vai fazer alguma coisa?

— Vá ao quartel amanhã de manhã.

38.

— Vou sozinho — disse Kel.

— Aristóteles não estava exagerando — avisou Zekê —, até os mercenários têm medo dos estivadores. São bons de briga e com facilidade apelam para golpes baixos. É uma casta muito fechada, que detesta estranhos.

— Falo grego e não tem por que desconfiar de mim. Sobretudo se me permitir propor a eles boa recompensa em troca do capacete.

— Excelente ideia.

— Sua presença perturbaria a negociação, não acha? Homens assim facilmente chegam à violência sexual.

Kel não estava enganado. Para os estivadores gregos, uma mulher valia menos do que uma trouxa de roupa. E a beleza de Zekê, naquele caso, não ajudaria.

Restava um receio: de posse do capacete, Kel não partiria imediatamente de Náucratis? Zekê esperava se apoderar do fabuloso tesouro, mesmo que fosse preciso, de um jeito ou de outro, se livrar do escriba, que se tornaria, então, bastante incômodo.

— Lembre-se de que só eu posso protegê-lo — afirmou ela, apelando para um tom meigo. — Você é um criminoso foragido! Vai ser preso antes de poder entregar o capacete ao faraó e nunca conseguirá provar a sua inocência.

— Aceitaria negociar em meu nome?

— Quero salvá-lo, meu jovem.

— Como posso lhe agradecer?

— Traga o capacete e não barganhe quanto ao preço. Depois disso, iremos juntos a Saís.

Era tocante a ingenuidade de Kel. Acreditar na sinceridade alheia e na palavra dada certamente abreviaria a sua existência.

Zekê o guiou até o porto e mostrou o prédio da alfândega. Estivadores descarregavam navios de comércio vindos da Grécia.

— Espere o pôr do sol — aconselhou ela — e vá lentamente até a extremidade do cais. Os estivadores se reúnem por ali para jantar. Se alguém da alfândega perguntar alguma coisa, diga que está procurando trabalho. Os deuses o ajudarão, tenho certeza, e conseguirá se reabilitar.

Ao se encaminhar pelo calçamento do cais, Kel entrou em pânico.

Nada o havia preparado para uma situação assim. Como gostaria de ser transportado para o escritório dos intérpretes e traduzir um texto difícil, antes de ir cear na companhia de Bébon! Teria de volta essas pequenas felicidades? Voltaria a ver a sacerdotisa Nitis?

Com o expediente já terminado, os controladores da alfândega jogavam dados e não se interessaram por ele.

Mais adiante, via-se a claridade de um braseiro.

Kel teve vontade de sair correndo. Convencer os estivadores a lhe vender o capacete de Amásis parecia impossível, a menos que ignorassem a verdadeira natureza do objeto e seu valor inapreciável.

Uns vinte sujeitos fortes assavam peixes, que eram salgados junto com cebolas e uvas secas. A cerveja corria solta.

Kel cerrou os dentes e foi até lá.

— Olá, temos visita! — gritou uma voz grossa. — Procurando alguém, garoto?

— Oficialmente, vim pedir trabalho.

— Não tem o perfil... E na verdade é o quê?

— Tenho um negócio a propor ao chefe.

Os estivadores pararam de comer e beber. Só o crepitar do fogo quebrava o profundo silêncio.

— O chefe sou eu — afirmou a mesma voz grossa. — E não me agrada ter o jantar perturbado por um policial.

— Não sou policial, pelo contrário.

— E o que isso significa?

— Que os homens de cassetete bem que gostariam de pôr as mãos em mim.

— Você é bandido?

— Isso é problema meu. Uma pequena fortuna o interessaria?

Surpreso, Voz Grossa olhou atentamente para o rapaz. Parecia sério e seguro de si.

— Em troca de quê?

— De um tesouro que você pegou e me pertence. Diga um preço.

— Um tesouro... Está maluco?

— Não precisa mentir.

Voz Grossa se arrependeu de repente de ter entrado num negócio duvidoso, mas que podia ser frutífero. Na verdade, não havia escolha. Tinha pela frente um enviado das autoridades e devia discretamente se livrar dele.

Pensou na solução possível.

— Fomos apenas intermediários. Nossos colegas de Pé-gouti* é que estão com o tesouro. São eles que decidem.

— Pagarei pela informação.

— Veremos isso mais tarde. Durma aqui e amanhã de manhã o levamos a Pé-gouti. É por questão de segurança.

O círculo dos estivadores se estreitou.

Sem a menor possibilidade de fuga.

Sob severa vigilância, Kel foi obrigado a se deitar numa esteira nada convidativa. Nada ofereceram de comer nem de beber.

Se tentasse fugir, os estivadores não hesitariam em arrebentar sua cabeça.

Sem ter como prevenir a Senhora Zekê, ninguém viria ajudar. Era uma viagem da qual não voltaria.

---

* "A casa dos estivadores", situada na embocadura do braço mais ocidental do Nilo.

39.

O vento soprava forte, as ondas se mostravam violentas. Inóspita e perigosa, a costa marcava o fim de uma zona pantanosa, difícil de atravessar.

Ao largo, um navio.

Como a maioria dos egípcios, Kel sabia que um temível demônio tinha o controle do mar e provocava suas iras devastadoras. Não invejava os marinheiros, obrigados a enfrentar tudo isso.

— Pé-gouti é aqui? — espantou-se o escriba.

— Mudei de ideia — disse o chefe dos estivadores. — Livrar-se de um policial exige muitas precauções.

— Não sou da polícia, eu...

— Estou acostumado a identificar as pessoas, garoto. Seu chefe o colocou em maus lençóis com essa missão impossível. O pirata Ardys certamente vai pagar um bom preço por você. Será escravo, mas, se ele estiver de bom humor, ele lhe falará do tesouro que está procurando. Se não for o caso, vai torturá-lo um pouco para se divertir e dará as sobras aos peixes. Ardys detesta os egípcios.

Mesmo que corresse com a velocidade do vento, Kel não escaparia dos estivadores, armados com paus que podiam ser lançados e punhais fabricados em Náucratis.

Muitos em volta caíram na gargalhada, vendo o desespero do refém.

O navio ancorou a uma boa distância da costa. Os piratas lançaram um bote ao mar e tomaram o rumo da fogueira que os estivadores tinham acendido.

— Então Ardys é quem está com o tesouro — murmurou Kel.

— Isso mesmo, garoto! De certa maneira, conseguiu o que queria. Mas seu sucesso será mortal. A polícia nem tomará conhecimento.

Era inútil implorar piedade a Voz Grossa. Para ele, Kel não passava de uma mercadoria da qual era preciso se livrar o mais rapidamente possível e ao melhor preço.

Quando o bote acostou, o jovem escriba pensou que não veria mais Nitis.

Compreendeu, então, que a amava apaixonadamente. A morte impediria que revelasse seus sentimentos e o privaria do seu olhar, beleza e luz.

Cinco piratas desceram do bote.

À frente deles, um colosso de barba vestindo uma túnica curta. Tinha duas espadas na cinta.

— Olá, Ardys! — cumprimentou Voz Grossa pouco à vontade.

— O que tem a oferecer?

— Isso — respondeu o estivador, mostrando Kel.

Os dois homens falavam um dialeto jônico que o escriba-intérprete conhecia.

— De onde vem o menino?

— É um policial encarregado de encontrar o seu tesouro.

O colosso se escangalhou de rir.

— Assim você me deixa contente, companheiro! Quanto quer?

— Um bom preço.

— Três jarras de vinho envelhecido?

— Cinco, e um vaso precioso.

— Caro demais!

— Um jovem policial... É uma grande diversão, não é?

Ardys resmungou:

— Quatro jarras e um vasinho cretense que as damas de Saís adoram.

— Fechado.

Os dois homens apertaram as mãos.

— Você e os estivadores, caiam fora! — mandou o colosso. — Vamos grelhar um peixe na fogueira que acenderam. Voltamos a nos ver na lua nova. Trate de me trazer roupas e armas.

— Combinado.

Dois piratas deram a Voz Grossa as jarras de vinho e o vaso cretense, obtidos após roubarem um navio de comércio. Ardys tinha previsto mais e ficou satisfeito com a transação.

Voltou-se para Kel.

— Policiais não dão bons escravos e você não tem músculo nenhum. Nem tenho tempo para ensinar você a remar durante o dia. Como não entende o que digo, é pena! Meus homens e eu vamos nos divertir assando-o enquanto comemos. Os gemidos de um policial vão ser uma boa música de fundo para a refeição!

— Pelo visto é estrangeiro — disse Kel —, já que não fala egípcio. Por que tanto ódio contra o meu país?

— Você... você fala o meu dialeto!

— Não sou policial, e sim escriba-intérprete. Trabalho em Náucratis, a serviço da Senhora Zekê.

Surpreso, Ardys ficou boquiaberto por um bom tempo.

— Senhora Zekê — repetiu ele, como se falasse de uma deusa temível. — O que está querendo, exatamente?

— Um tesouro que os estivadores transportaram recentemente e que deve estar com vocês.

Com o punho fechado, o pirata bateu na própria testa.

— Mas que loucura! Por que detesto esse seu maldito país? Por causa dos guardas da alfândega, dos policiais e das taxas! Um comerciante honesto não consegue mais ganhar a vida em paz. Não tem carga que não escape dos impostos! Pessoalmente, me viro de outro modo. Dos navios provenientes da Ásia Menor, tiro vinho, azeite, lã, madeira e metais, com os bons estivadores desviando tudo isso debaixo do nariz e da barba das autoridades. Os compradores pagam mais barato e todo mundo fica contente!

— O recente tesouro não é uma mercadoria qualquer.

— Não precisa me lembrar! — falou Ardys, alto. — Não confiam em mim?

— Não se trata disso — garantiu Kel, surpreso com o rumo que a conversa tomava.

O olhar do pirata pareceu desconfiado.

— Está fazendo uma última verificação, não é? Tudo bem, é normal! Antes de passar à ofensiva, é melhor testar a qualidade das tropas.

Ardys levou Kel para um canto mais afastado.

Teria também mudado de ideia, querendo apunhalá-lo, em vez de assar?

Do bolso da túnica, tirou um objeto circular. Kel nunca havia visto nada parecido.

— Bonito, não é? O baú escondido na minha cabine tem uma centena de peças de prata idênticas, cunhadas na Grécia. Em pouco tempo nossa moeda vai estar circulando pelo Egito! É o fim do troca-troca de vocês e dessa economia ultrapassada! Os lingotes de referência dos templos, que o Estado não põe em circulação, vão ser esquecidos e ficar fora de moda, graças a essas moedas. Cada um poderá possuir algumas e isso vai mudar o mundo!

— O faraó proibirá essa prática — contrapôs Kel.

— Vai acabar aceitando, porque é apaixonado pela Grécia! Como principal importador, serei riquíssimo. Um ex-pirata, dá para imaginar? Concordo que é preciso alguma prudência, até a adoção desse formidável progresso. Em seguida, será só juntar os lucros. Escolheu o bom caminho, garoto. Um egípcio inteligente; coisa rara. Acima de tudo, diga à nossa patroa que não se preocupe. Ardys está tomando conta do tesouro e ninguém vai roubá-lo. Quando for chegada a hora, o dinheiro grego vai invadir o Egito!

— Nossa patroa...

O pirata assumiu uma postura mais irreverente.

— Que danada aquela ali! Até mesmo um cara como eu aceita obedecer. E dizem que na cama... Talvez você esteja mais bem-informado, hein?

— Não tem um capacete que pertence ao rei Amásis? — perguntou Kel.

A surpresa de Ardys não era fingida.

— Luto sempre de cabeça descoberta e minha espada arrebenta qualquer capacete de bronze! Volte para Náucratis, escriba, e tranquilize a Senhora Zekê. Ardys não a trairá.

40.

Tinha então sobrevivido!

Para explorar o que acabara de descobrir, Kel precisaria atravessar uma vasta região pantanosa, onde vários tipos de morte violenta o espreitavam, a começar pelos crocodilos e outros répteis.

No fundo, o pirata Ardys pouco se importava com o que acontecesse ao enviado da Senhora Zekê, a todo-poderosa patroa de ambos. Caso o garoto desaparecesse, ela facilmente encontraria quem o substituísse.

A presença de uma quantidade de pássaros o tranquilizava. Íbis, galinholas, patos, garças, grous e pelicanos viviam naquela extensa área com fartas possibilidades de alimentação. Ele admirava os seus voos e hábitos, longe das torpezas humanas. A vida se exprimia com a magnificência da primeira manhã do mundo.

Kel arrancou uma haste ainda verde de papiro, cortou a ponta de cima e comeu a parte de baixo, com um côvado de comprimento. Um alimento simples, que forneceria a energia necessária para uma caminhada de horas, em ritmo regular, sem descuidar da vigilância.

Antes do anoitecer, teve a sorte de encontrar pescadores, satisfeitos com o duro dia de trabalho. Levaram-no à aldeia deles, ofereceram-lhe um jantar e uma esteira para dormir. Cansados, ninguém teve vontade de conversar. No amanhecer do dia seguinte, indicaram o melhor itinerário até uma vila, de onde partia um caminho levando a Náucratis.

Perguntas fervilhavam na cabeça de Kel, e a Senhora Zekê teria que respondê-las, de boa vontade ou não. Imaginando que os estivadores estivessem com o capacete de Amásis, quisera enviá-lo à morte certa? Pois se liquidassem o escriba estariam confessando! Ele havia então servido de isca, sem a menor chance de voltar a aparecer.

— Pare e não se mexa!

Três homens armados com paus surgiram de trás de uma moita de papiros e o cercaram.

— Controle da alfândega — declarou o mais graduado, um quarentão de lábios finos e testa estreita. — Passeando, rapaz?

— Estou indo a Náucratis.

— De onde vem?

— Da vila da Garça, a duas horas daqui.

— Mora lá?

— Visitei amigos.

— Conheço o lugar e nunca o vi por lá.

— Nada mais normal, foi a primeira vez que fui.

— Quem são esses seus amigos?

— Os donos do forno de pão.

— Verificaremos isso. Nome e profissão?

— Sou criado, em Náucratis.

— Não ouvi o nome.

— Bak.

— Bak, "o servidor"... Combina. Quem é o seu patrão?

Mencionar a Senhora Zekê não parecia boa ideia.

— Por que tantas perguntas? — espantou-se Kel. — Não transporto nenhuma mercadoria não declarada!

— Justamente, é o que é estranho — disse o guarda. — Frequentemente pegamos vendedores mais ou menos legais, mas nunca quem passeie de mão vazias. E então, quem o emprega?

— Um mercenário grego.

— Verificaremos também, levando-o a Náucratis.

— Prefiro ir sozinho.

— Não se sente em segurança na nossa companhia?

— De que me acusam?

Um dos homens falou ao ouvido do superior.

— Nesse momento, não estamos só à caça de ladrões e fraudadores, mas também de um assassino. Um escriba chamado Kel, que anda de vilarejo em vilarejo e talvez se esconda nos alagados, esperando assim escapar da polícia. Meu colega, excelente fisionomista, acredita estar reconhecendo esse perigoso assassino, graças ao retrato que as autoridades de Saís repassaram. Trate então de nos acompanhar sem criar caso e verificaremos tudo isso.

Os homens da alfândega já pensavam na bela recompensa.

— Estão enganados — protestou o acusado. — Não sou um assassino.

— Mas é de fato o escriba Kel!

— Não querem me ouvir?

— Não, só interpelamos. O juiz o ouvirá.

Com um salto, Kel deu uma cabeçada no estômago do guarda.

Pelo efeito-surpresa, os colegas demoraram a reagir. O escriba correu o mais rápido que pôde.

— Vamos atrás dele!

Mais acostumados com esse tipo de exercício, os guardas rapidamente ganharam terreno.

O primeiro conseguiu agarrar o fugitivo pela cintura e jogou-o de cara no chão.

— E agora, meu caro, vai aprender a obedecer. E trate de se manter calmo!

O prisioneiro se preparou para as pancadas que receberia.

O guarda da alfândega deu um grito de dor e caiu ao lado do escriba.

— De pé, Kel. Vamos cair fora.

Aquela voz... Era de Bébon!

— Você... É você mesmo?

— Mudei tanto assim?

— E os outros guardas?

— Acabei com o mais graduado com um soco na nuca, peguei o cassetete, acertei o primeiro que corria atrás de você e agora derrubei o segundo.

— A polícia o inocentou?

— Por falta de provas, me soltaram. Estão prendendo tantos inocentes que se parecem com você que o juiz Gem não sabe mais o que fazer!

— Como chegou até aqui?

— Sua amiga sacerdotisa, Nitis, me disse que você veio para Náucratis. Fingi ser policial numa taberna perto da alfândega! Um "colega" me falou de duas equipes que estavam partindo à procura de um perigoso assassino. Por sorte, segui a boa!

— Nitis... Então ela confia em mim?

— É uma preciosa aliada! E muito bonita... Deu a impressão de se interessar um bocado por você. Note que, entre uma sacerdotisa e um assassino em fuga, as coisas não parecem tão fáceis!

— Pare de dizer besteiras!

— É para relaxar um pouco! Não é todo dia que nocauteio três guardas de alfândega. Quando acordarem, provavelmente vão estar bastante mal-humorados. A mim nem viram, mas sabem que você se encontra na região.

— Temos que ir a Náucratis e interrogar alguém que sabe de muita coisa.

— Não um mercenário armado até os dentes, espero.

— Uma belíssima mulher de negócios grega.

"Já esqueceu a bonita sacerdotisa", pensou Bébon.

— Não deixe que o seduza — continuou Kel. — A Senhora Zekê é mais perigosa do que uma víbora cornuda do deserto. Vamos em frente, explico no caminho.

41.

Saindo do castelo dos tecidos de linho, onde as sacerdotisas trabalhavam com toda a dedicação, Nitis pensava em Kel. Voltaria vivo de Náucratis na companhia do amigo Bébon? Conseguiria provar sua inocência?

A ausência do escriba lhe causava profundo sofrimento. Kel tinha proporcionado um novo horizonte, um ideal que apenas ele encarnava. A magia da deusa Neit desviaria os ataques do destino, recriando um caminho de luz que os dois explorariam juntos?

— Má notícia — anunciou o sumo sacerdote.

O coração de Nitis ficou apertado.

— Kel...

— Não, pode ficar tranquila, a investigação do juiz Gem não avançou. Sem pista alguma do assassino em fuga.

— Kel não matou ninguém!

— Sei disso, mas devemos adotar a terminologia oficial. O juiz se queixa da ineficácia da polícia e do silêncio do chefe do serviço secreto. Segundo Gem, Henat não está jogando limpo e omite informações.

— Também acha?

— Ainda é melhor que seja o juiz a encontrar Kel. Henat não é de complicar a vida com processos e mandará executar o suposto criminoso. O relatório dos seus asseclas dirá ter sido em legítima defesa, e o caso estará encerrado.

— Gem não aceitaria essa farsa!

— A menos que seja cúmplice dos assassinos.

— Se for o caso, o país corre grande perigo!

— É o que a má notícia confirma, Nitis: o rei ordena que se ponha parte dos nossos ateliês a serviço do mundo exterior.

A sacerdotisa ficou paralisada.

— Estaria querendo destruir os templos?

— Uma nova economia está nascendo. Temos que nos adaptar.

— Desde a época das pirâmides, o tempo sempre ditou a economia! Cabia aos homens respeitar a lei de Maat, e não a Maat se inclinar às torpezas da humanidade!

— Amásis resolveu suprimir os privilégios dos templos, vistos como excessivos. Passarão a estar sob a sua administração e, com exceção do antiquíssimo santuário de Heliópolis e o de Mênfis, não receberão mais as rendas geradas em seus domínios. Somente o Estado auferirá taxas, contratando sacerdotes como camponeses e artesãos, pagando um salário e fazendo a manutenção dos locais. Nossos ateliês fabricarão tecidos para os profanos e contribuirão assim com a prosperidade do país.

— A Divina Adoradora jamais aceitará essa loucura!

— Tebas fica longe — lembrou o sumo sacerdote — e ela reina sobre um pequeno território. O mundo de amanhã nasce aqui, no Delta.

— Você não defendia a volta do Antigo Império? Não confiou a mim a tarefa de ressuscitar os rituais das primeiras eras? Nossas esculturas não se inspiram na estatuária dos construtores das pirâmides?

— Essa continua sendo a minha linha de comportamento, mas o olhar de Amásis está voltado para os gregos e para sua casta de altos funcionários, aos quais serão atribuídas as terras dos templos.

— Não tentará convencer o rei de estar trilhando um mau caminho?

— Suas decisões já foram tomadas, Nitis, e minhas palavras têm pouco peso. Pitágoras preenche corretamente as tarefas ritualísticas que lhe confiamos?

— Ele tem se comportado como perfeito sacerdote puro.

— Sendo grego, talvez exerça alguma influência no rei. Vamos continuar com os testes e, acima de tudo, preparar a próxima festa da deusa. Somente ela nos protegerá do pior. Seu serviço não pode ser prejudicado por atraso nem inexatidão.

— Menk e eu colaboramos de maneira eficaz — afirmou Nitis. — Fazendo jus à reputação que tem de excelente organizador, ele se dedica ao máximo e não tolera falhas.

— Mantenha a desconfiança — aconselhou Wahibré. — Não sabemos qual é o papel desse cortesão nato.

— Sem conseguir decifrar palavra alguma do código — confessou Nitis —, peço permissão para escrever ao defunto chefe do serviço de intérpretes, solicitando ajuda.

— Uma carta ao morto?

— Esperando que ele aceite nos responder.

— Escolha os termos, Nitis. Vamos torcer para sua magia ser convincente.

**

Nitis penetrou na pequena capela do túmulo do chefe dos intérpretes. Colocou em cima da mesa de oferendas um pão de pedra e derramou água fresca.

A suave luz do poente clareava a parte acessível da morada para a eternidade. Os vivos podiam se comunicar ali com os mortos.

A sacerdotisa ergueu as mãos para venerar a estatueta do *Ka*, a força vital que escapava da morte depois de ter animado um ser, fosse mineral, vegetal, animal ou humano, durante a sua existência.

"Esteja em paz e junte-se à luz da origem", desejou ela.

Em seguida, Nitis prendeu no pescoço da estatueta um pequeno papiro. O texto da sua carta ao morto pedia que a ajudasse a desmascarar os verdadeiros culpados, para salvar a vida de um inocente, o escriba Kel. Quando a alma, nutrida de sol, viesse vivificar a estatueta do *Ka*, será que ela traria uma resposta do além?

✶

Ao amanhecer, Nitis se apresentou diante da porta da capela.

Leu um longo hino à glória da claridade renascente ao fim de um violento combate contra as trevas, atravessou a soleira e parou no meio do modesto santuário.

A sacerdotisa teve a sensação de uma presença.

Demônio perigoso ou espírito amigável?

Desenrolado, o papiro estava caído ao pé da estatueta. Hesitante, Nitis o pegou.

Em tinta vermelha, a mão do defunto havia escrito uma resposta:

Os Ancestrais têm o código.

42.

— Até que enfim voltou! — exclamou a Senhora Zekê. — O que aconteceu?

— Você me manipulou — foi logo dizendo Kel — e fui absurdamente idiota. Mas o destino, afinal, foi contra os seus projetos.

A grega fingiu espanto:

— Não estou entendendo nada do que está dizendo!

— Chega de encenação, Senhora Zekê. Agora sei qual é o seu papel.

— Explique-se!

— Acreditei na sua sinceridade, e você me mandou à morte certa.

— Os estivadores são violentos e perigosos, você sabia disso!

— O pirata Ardys não trabalha para você?

Zekê teve um estranho sorriso.

— Encontrou-o?

— Não mandou que me eliminasse?

— Você devia encontrar o tesouro!

— E encontrei.

— Então temos o capacete de Amásis! Ardys é realmente o melhor dos ladrões. Merece uma boa recompensa.

— Não tenho tanta certeza assim.

— Ele se recusa a nos vender o capacete?

— Foi outro tesouro que confiou a ele.

O olhar da Senhora Zekê se tornou feroz.

— O idiota falou demais?

— Ao introduzir a moeda grega no Egito, está querendo destruir nossa economia e sociedade — afirmou Kel. — E apoderando-se do capacete de Amásis, disporia de uma arma decisiva para conquistar o poder. Provavelmente já escolheu o mercenário que o colocará na cabeça para se proclamar faraó. Nesse jogo perigoso, fui apenas uma peça a desaparecer no momento certo.

— Graças a essa penetrante inteligência — disse Zekê com suavidade —, entenda que o mundo antigo não vai demorar a se extinguir. Os egípcios têm os olhos voltados para o passado e para os valores ancestrais. Há quem queira inclusive ressuscitar o tempo das pirâmides, nas quais se inspiram os escultores! Nós, gregos, representamos o futuro.

— É um futuro que recuso!

— Um jovem escriba passadista e reacionário. Bem representativo de uma elite decadente! Veja Náucratis, Kel: é o mundo novo! Quem defende esse seu velho Egito? Os mercenários gregos! Em troca do que fazem, exigem ser mais bem-pagos. Dois sacos de cevada e cinco de trigo por mês não bastam! Querem belas e boas moedas, e em breve colocarei milhares delas em circulação.

— Moeda e escravidão... É esse o seu progresso?

— Evolução inelutável!

— A senhora certamente tem cúmplices no governo, ou não teria tanta certeza no sucesso.

— Não seja curioso demais, Kel. Somente o meu marido saberá dos meus segredos. Case-se comigo ou fuja. Fazendo a escolha errada, não terá mais a mim para protegê-lo.

Kel ficou lívido.

— Não aceitarei essa chantagem odiosa!

— Não seja ridículo. Você me deseja, eu o desejo. Juntos, faremos um excelente trabalho. Sem a minha ajuda, está condenado à morte.

— A morte não é o melhor dos refúgios?

— Na sua idade, é um terrível castigo! Pense bem, Kel. Sou a única a poder fazê-lo escapar da polícia. Antes de qualquer coisa, diga onde se encontra o capacete de Amásis.

— Não sei.

— O pirata me traiu e vocês agora são cúmplices!

— Não, Senhora Zekê.

Os olhares se desafiaram.

— Esperava mais do que isso — confessou ela. — Ardys então é fiel e o único tesouro que está com ele é o estoque de moedas gregas.

— Exatamente.

— O que decide então, Kel?

— Vou embora de Náucratis.

Zekê virou-se de costas para ele.

— Fique à vontade! Vou lhe fazer um último favor. Espere aqui por duas ou três horas. Irei me informar sobre como a polícia está organizada e direi a melhor maneira de sair da cidade.

— Agradeço.

— Você está se encaminhando para sua ruína!

— Provarei minha inocência.

— É pena, Kel! Juntos, teríamos renovado o seu mundo falido.

Deixando atrás de si um perfume fortíssimo, Zekê saiu da ampla sala de recepção.

Preocupado, o escriba andou de um lado para outro. A mulher de negócios não o entregaria a um bando de mercenários que venderiam seus restos às autoridades?

Ávida de poder, a grega pensava em se apoderar do país. Loucura de grandeza ou projeto realista? Nada comprovava sua participação no crime dos intérpretes. No entanto, não havia negado uma eventual conivência com altas personalidades do Estado.

Sem poder distinguir o verdadeiro do falso, Kel ficou mais tranquilo ao vê-la de volta.

— A porta dos artesãos ainda não está sendo vigiada. Pegue o necessário e vá embora.

— Obrigado pela ajuda.

— Perdendo a mim, perde tudo.

Kel voltou a seu alojamento. Pegaria sua paleta de escriba, uma esteira, um cantil e um saco de comida.

Empurrou a porta, mas algo impedia que fosse aberta.

Com um enorme esforço, conseguiu deslocar o pesado obstáculo e entrar no cômodo.

No chão, um cadáver.

O do grego Demos, seu colega intérprete.

Tinham-lhe cortado a garganta. Perto da cabeça, a arma do crime: uma daquelas facas que os egípcios se recusavam a utilizar, por considerarem impuras. Pois os gregos continuavam a se servir delas, mesmo depois de matarem animais. Contaminadas, essas facas maculavam os alimentos humanos.

Demos... Inocente ou culpado, nunca mais falaria.

Petrificado, Kel olhou para o corpo martirizado, suplicando que revelasse a verdade. Mas Demos permanecia mudo, indiferente aos mortais.

— Assassino! — ouviu-se uma voz áspera. — Vamos pegá-lo!
Um punho firme agarrou Kel pelo ombro.
— Vamos embora daqui! — ordenou Bébon.
— Olhe, esse cadáver...
— Não vai acordar. E precisamos escapar dessa armadilha!
Kel deixou que o braço do amigo o puxasse e começou a correr.

Bébon evitou o vestíbulo, onde a criadagem de Zekê os esperava, armada com paus.

Os fugitivos atravessaram a imensa cozinha, sob o olhar assustado dos ajudantes de fogão.

— Vamos subir! — resolveu o ator.

Um escriba idoso tentou barrar a passagem deles para o terraço. Bébon o afastou com uma cotovelada.

Os dois amigos saltaram no telhado mais abaixo, passaram por um celeiro e usaram uma escada comprida, com que chegaram a uma ruela.

— Despistamos eles — achou Bébon.

43.

Delegado pela administração central, o escriba contador encontrou Nitis no meio da manhã, após a Superiora das cantoras e tecelãs ter dado suas diretrizes às sacerdotisas.

O alto funcionário parecia simpático.

— O templo é esplêndido — reconheceu ele, impressionado.

— Sinto muito incomodá-la, mas ordens são ordens. Devo verificar os livros de contas, reduzir algumas despesas e facilitar certos investimentos. O rei espera muito do desenvolvimento dos ateliês a da venda dos produtos ao exterior.

— Não é nossa vocação — rebateu Nitis.

— Bem sei! Mesmo assim, não temos escolha; nem a senhora nem eu. Tentemos então nos entender.

Sem agressividade, pouco contente com aquela missão, o contador se mostrou conciliador e reduziu ao mínimo as obrigações do templo de Neit.

— Deveriam aplicar a mesma lei a todo mundo — resmungou ele. — Quando penso no que a sorte reservou a meu infeliz colega do escritório de intérpretes! Se a justiça desaparecer, o Egito será destruído.

— O que aconteceu com ele?

— Os escribas-intérpretes foram assassinados, e ele também! — murmurou o alto funcionário. — Não se fala desse horror. A polícia vai prender o assassino e a tragédia será esquecida. Deviam ter pelo menos ouvido meu colega!

— Tinha constatado irregularidades na administração do serviço?

— Em absoluto, pois o chefe era o mais rigoroso dos homens! Era perda de tempo pedir a ele um salvo-conduto ou vantagens não merecidas. Mas meu colega havia descoberto um documento sobre prováveis desvios financeiros em Náucratis, a cidade grega. Há uma tendência ali de se querer fazer a própria lei!

— E em que deu esse documento? — perguntou Nitis, intrigada.

— Depois de analisá-lo, o chefe o encaminhou às autoridades superiores.

— A quem, precisamente?

— Meu colega ignorava.

— Alguma coisa aconteceu?

— Que eu saiba, nada! Por isso é que seguimos no rumo da catástrofe. Silêncio e boca fechada. Esse tipo de caso está além de nós. O imprudente que se interessar por coisas assim vai atrair problemas graves. Até breve, Superiora.

Nitis foi procurar imediatamente o sumo sacerdote, que preparava o quadro detalhado das tarefas a serem cumpridas antes da próxima festa da deusa.

— Nosso amigo Pitágoras tem sido eficiente? — perguntou ele à jovem.

— Impecável e discreto: nada contra a dizer.

— Continue vigilante.

— Acabo de receber confidências surpreendentes — revelou Nitis.

Wahibré ouviu atentamente a sacerdotisa.

* * *

Sobrecarregado de trabalho, o ministro das Finanças, Pefy, aproveitava uma horinha de descanso à sombra de uma palmeira secular, à beira de um espelho d'água em sua ampla propriedade de Saís. Dadas as restrições orçamentárias em prol do exército, ele precisara reorganizar os serviços da Dupla Casa do Ouro e da Prata, que contava com funcionários bem contrários àquelas mudanças.

"Superior das margens inundáveis", ele se preocupava também com a boa exploração das culturas e recebia pessoalmente os responsáveis pelas principais zonas agrícolas. Felizmente, nada de preocupante acontecia, no momento, nesse setor. Mesmo assim, não se devia permitir nenhum laxismo ou se chegaria a um desastre. E Pefy frequentemente pensava na cidade santa de Osíris, Abidos, onde ele gostaria de se retirar em veneração ao deus dos ressuscitados.

O ministro fechou os olhos e cochilou, sonhando com um mundo em paz, sem fraudadores nem preguiçosos.

O intendente timidamente o acordou.

— O sumo sacerdote Wahibré deseja vê-lo.

A sesta havia sido curta.

Pefy recebeu o amigo num cômodo bem arejado da casa, protegido de ouvidos indiscretos. Foi servida cerveja leve, saboreada com petiscos ao mel.

— Nesses tempos difíceis, meu amigo — disse o ministro —, saibamos apreciar esses pequenos prazeres. Serão ainda possíveis amanhã?

— Está ficando pessimista, Pefy?

— A idade e o cansaço não ajudam no sentido da alegria da vida. E certamente não é a sua visita que vai me trazer o sorriso de volta.

— De fato, é pouco provável — confirmou Wahibré.

— Espero que não venha falar do assassinato dos intérpretes.

— Tenho um elemento novo e inquietante.

— Meu amigo, querido amigo! Pare de se interessar por esse caso. O chefe do serviço secreto, Henat, está reorganizando nossa diplomacia, a mando do rei. E a polícia não há de demorar a pôr as mãos no assassino. Esqueça essa tragédia.

— Não vai me ouvir?

Pefy deu um suspiro de irritação.

— Conhecendo a sua teimosia, desisto!

— Entre os inúmeros processos delicados de que tratava o chefe do serviço de intérpretes, havia um documento contábil a respeito dos gregos de Náucratis. Como comprovava graves desvios de dinheiro, foi repassado às autoridades.

Um pesado silêncio se fez após a declaração.

— Exato — admitiu o ministro.

— Teve conhecimento?

— Foi a mim que o chefe do serviço de intérpretes o transmitiu.

— A quais conclusões chegou? — perguntou o sacerdote.

— Evidentes falcatruas financeiras! Náucratis faz suas próprias regras, bem diferentes das do Estado faraônico.

— Quais sanções?

— Nenhuma.

— Como assim, nenhuma?

— Náucratis é um território protegido, que depende diretamente do rei.

— Ele tem conhecimento das ações dos gregos?

— Entrego relatórios detalhados regularmente. Esse fazia parte de uma longa lista.

— E Amásis permite!

— Permite e me proíbe de intervir. É quem se ocupa sozinho da cidade grega.

— Um Estado dentro do Estado!

— Ou eu obedeço ou me demito. E quero garantir a perenidade de Abidos. Meu sucessor não vai se preocupar com a cidade de Osíris.

— Esse documento pode ser uma das causas do assassinato dos intérpretes — acrescentou o sumo sacerdote.

— Evidente que não! Repito, há muitos outros relatórios do mesmo tipo, os fatos são plenamente conhecidos. No fundo, os gregos se arranjam uns com os outros e não passam para fora. Não é mais sábio deixar que continuem?

44.

O juiz Gem acabava de concluir um tenebroso caso de copropriedade, cujo processo tramitava havia trinta anos. Por falta de provas, as partes tinham finalmente aceitado um compromisso. A reputação do alto magistrado, que já era excelente, se consolidou mais. Graças a ele, a justiça resolvia casos complexos.

Uma exceção: o escriba Kel, um assassino ainda foragido!

Irritado, Gem forçou a porta da sala de Henat.

O chefe do serviço secreto classificava pequenos papiros com nomes, datas e fatos. Não delegava a ninguém esse trabalho de arquivamento, pois sua memória prodigiosa registrava cada detalhe.

— Essa situação não pode continuar — disse o juiz.

— Problemas?

— Apesar da ordem do rei, você não coopera e guarda informações que me seriam úteis.

— Está enganado.

— Prove!

— Agora mesmo, juiz Gem! Acabo justamente de receber um relatório vindo de Náucratis e, depois de averiguar, esperava enviar às suas mãos.

O magistrado relaxou, satisfeito.

— E o que soube, Henat?

— Encontramos a pista do assassino. Kel se escondia nos alagados do Delta, nas proximidades de Náucratis. Guardas alfandegários o identificaram e prenderam, mas ele conseguiu escapar, com a ajuda de um cúmplice.

— Foi identificado?

— Infelizmente, não. Não sabemos se trata-se de algum membro da rede ou um apoio ocasional. É um simples detalhe, diante dos fatos novos!

— Quais?

— Kel foi a Náucratis com intensões precisas: eliminar o leiteiro Le Buté e o colega grego, Demos.

— Não é possível!

— Os dois cadáveres foram identificados — continuou Henat.

— No caso do leiteiro, engajado como mercenário, tem aparências de acidente.

— Não acredita?

— Nem por um instante.

— E Demos?

— Segundo várias testemunhas, entre as quais a Senhora Zekê, uma importante personalidade de Náucratis, Kel o degolou. Ignorando sua verdadeira identidade e culpa, essa mulher de negócios contratara o assassino como escriba, sem perceber que estava sendo manipulada. Graças a ela, Kel encontrou Demos e se livrou dele.

— Os depoimentos foram registrados? — preocupou-se o juiz.

— Aqui estão.

Ainda desconfiado, Gem leu os textos claros e sem contradições.

Empregados da Senhora Zekê tinham visto Demos entrar no quarto de Kel e depois ouviram o barulho de uma briga violenta.

Com uma faca ensanguentada na mão, o escriba saiu do cômodo. De olhos desvairados, abandonou a arma e, uma vez mais, conseguiu fugir.

— É uma verdadeira besta feroz! — O juiz não se conteve.

— Acaba de eliminar os dois cúmplices, temendo que falassem. O que comprova sua posição de chefe da rede criminosa — concluiu Henat.

— Uma rede a serviço de quem?

— Cabe à investigação descobrir. Talvez se trate apenas de um sórdido caso de assassinatos.

O juiz tomou a própria cabeça com as mãos.

— A tragédia ganha proporções terríveis! E ainda não sabemos o motivo do assassino.

— Ele o revelará quando for interrogado — previu Henat.

— Se conseguir interrogá-lo! O monstro parece impossível de se prender.

— Um animal encurralado acaba fatalmente caindo numa armadilha, e esse tal de Kel não escapa à regra.

— Tendo em vista tamanha loucura assassina, encontro-me obrigado a adotar medidas rigorosas. Sentindo-se perdido, o fugitivo reagirá cada vez mais violentamente. Policial algum deve arriscar sua vida.

— Não estou entendendo — preocupou-se Henat.

— Darei ordem para que o abatam assim que o virem — explicou o juiz. — As forças policiais estarão agindo em legítima defesa, sem risco de sanções.

O chefe do serviço secreto estranhou.

— Devemos capturar Kel vivo e fazê-lo confessar a motivação dos seus crimes!

— Não se pode obrigar alguém ao impossível. Estou mais preocupado com a vida dos nossos policiais do que com a desse demente.

— Não faça isso — recomendou Henat —, ou o rei vai responsabilizá-lo pessoalmente.

— Por acaso é porta-voz dele?

— Por acaso sou, juiz Gem.

— Se outras tragédias acontecerem, me dará cobertura?

— Minhas funções oficiais não o permitem.

— Então encaminharei a investigação como bem entender.

— Seria capaz de desafiar Sua Majestade?

— Que ele me dê uma ordem oficial e respeitarei. Sua voz apenas não basta, Henat.

— Desafiar-me não o levará longe, juiz Gem. O seu papel consiste em prender um temível assassino, e prendê-lo vivo para que possa falar. Em seguida, e somente então, ele será julgado e condenado.

— Não preciso que me diga os deveres do meu cargo, cumpro-os fielmente há muitos anos.

— Então, não comece agora a fazer o contrário.

— Não gosto desse seu tom, Henat, e dou preferência à vida dos policiais à de um louco criminoso. A menos que informações do serviço secreto ajudem a prendê-lo em segurança...

— Sua Majestade pediu-me que cooperasse.

— Então obedeça.

45.

Escondidos no meio de um palmeiral, Kel e Bébon retomavam o fôlego.

Pressentindo o pior, o ator havia estudado um percurso de fuga para escapar de eventuais perseguidores, e sua precaução se revelara decisiva.

— Você tem que mudar de aparência — disse Bébon ao escriba. — Modificando o corte de cabelo e deixando crescer um bigodinho bem-aparado, como alguns escribas do Antigo Império, vai ficar irreconhecível.

— Precisaríamos de uma faca.

— Tenho uma.

Kel não acreditou no que viu.

— Você não...

— Peguei a arma do crime, veja que bela faca grega! Tem letras gravadas no cabo.

— Zekê! — decifrou o escriba.

— Sua protetora provavelmente degolou o seu colega, a quem devia esconder ou manter preso. Mas nada podemos provar.

— A Senhora Zekê envolvida no complô... Nada então foi por acaso!

— Ainda tinha dúvidas? Sente-se e fique bem reto. Vou limpar a faca e bancar o cabeleireiro. Não se preocupe, com as viagens acabei adquirindo certa habilidade.

— Zekê está à frente de uma rede de assassinos e traficantes que quer revirar a economia do país e tomar o poder — declarou Kel, pensando em voz alta. — Vou escrever um relatório e enviar ao palácio. O rei Amásis está em perigo.

— Você deve ter perdido a cabeça — estimou o ator.

— Nega a evidência?

— A grega certamente tem um ou vários cúmplices no palácio e não sabemos quem são. Caso se dirija a um dos conspiradores, esse magnífico relatório será inútil.

O argumento de Bébon não deixava de ter seu peso.

— Vamos voltar a Saís — exigiu Kel. — Falarei com o sumo sacerdote de Neit, que avisará o faraó.

— E verá a bela sacerdotisa — disse baixinho o ator.

— Estamos no centro de um caso de Estado — lembrou o escriba.

— O que não impede os sentimentos. Bom, mudou de cara! E acho que ficou até melhor. Agora precisamos seguir sem riscos. Temos só uma solução: nos passar por vendedores.

— Não temos mercadoria nenhuma a vender!

— Vou resolver esse pequeno problema.

— Como?

— Perto daqui há um albergue em que param muitos ambulantes. São gregos que gostam de jogar pesado nos dados. E sou bom nisso. Vou colocar na mesa toda a nossa fortuna.

— Nossa fortuna... se reduz a uma faca!

— Justamente, nada temos a perder. Ficamos invulneráveis.

Sem acreditar e preocupado, Kel seguiu Bébon até o ponto de reunião dos vendedores, situado a uma boa distância de Náucratis. Bebia-se cerveja, vinho, comia-se peixe, guisado e era possível dormir no local. Mercadorias eram trocadas e discutiam-se negócios mais ou menos lícitos. O principal, porém, estava nas acaloradas disputas que se organizavam.

No centro da taberna, quatro jogadores acompanhados por espectadores entusiasmados. Kel e Bébon se misturaram nesse tumulto.

Louco de raiva, um perdedor se levantou, xingando quem o vencera.

O ator rapidamente tomou o seu lugar.

— Tenho um estoque de marfim, cerâmicas e jarras de vinho — afirmou ele. — Só jogo com pessoas sérias, que possam pagar. Estão de acordo?

Os três adversários concordaram com a cabeça.

— Primeira aposta — anunciou Bébon —, um asno de pouca idade e boa saúde. Três lances vencedores para ganhar. Aposto isso. E vocês?

— Um belo burrico incansável — colocou em jogo um barbudo de Samos.

Bébon perdeu as duas primeiras jogadas, e sorrisos debochados previram sua completa derrocada.

Mas a sorte mudou.

O ator ganhou a jogada seguinte, perdeu de novo e foi vitorioso mais três vezes.

— O burrico é meu. Continuamos?

— Aceito — resmungou um dos perdedores. — Seu marfim contra minhas jarras de azeite. Um só lance.

Os dados rolaram.

— Ganhei — constatou Bébon. — É melhor que pare por aí.

O barbudo estava inconformado.

— Não tenho o costume de perder, sobretudo para um principiante sortudo. Você sim, tenho certeza, está querendo cair fora! Não tem cara de quem aguente uma partida de verdade.

— Botamos tudo em jogo e mais cinco jarras de vinho. Dois lances vencedores.

— Combinado!

A primeira jogada foi desfavorável a Bébon.

Kel fechou os olhos. Se o amigo perdesse, como pagariam as dívidas?

Na segunda jogada, o ator ganhou!

A terceira apontaria o vencedor. A tensão chegou ao máximo. Era a vez de o barbudo lançar.

A sorte não o ajudou.

Ele se levantou ereto e encarou o vitorioso. Kel temeu um início de violência, mas o homem se limitou a acompanhar Bébon até o lado de fora e entregar o apostado.

— O burrico se chama Vento do Norte — explicou —, e meus produtos são excelentes. Se tivesse trapaceado, de bom grado eu arrebentaria a sua cabeça. Já que os deuses lhe deram sorte, merece essa pequena fortuna. Mas evite voltar a cruzar o meu caminho.

— Da próxima vez você ganha — animou-o Bébon.

O burrico foi até Bébon e o olhou de forma confiante. O ator encheu os dois cestos laterais com jarras de azeite e vinho, que o animal aceitou carregar.

Sob um sol ameno e num ritmo tranquilo, o trio enveredou na direção de Saís.

— Parecemos perfeitos vendedores — analisou Bébon — e temos mercadoria fácil de negociar. A sobrevivência está garantida por algum tempo. Se a polícia fizer algum controle, não vai ter o que dizer.

— Isso foi muito arriscado!
— Mais ou menos.
— Você... trapaceou?
— Mais ou menos. Troquei os dados, pois os dos adversários eram viciados.
— E os seus?
— Quase nada. Não a ponto de se perceber. Além disso, perdi umas jogadas.
— Mas o barbudo lançou os dados algumas vezes. Como podia ter certeza de que ia ganhar?

Bébon sorriu.

— Deixei que a sorte decidisse. Se fosse eu a jogar a última rodada, desconfiariam.
— Que loucura!
— O importante é que ganhamos, não é?

46.

O ex-rei da Lídia, o rico Creso, agora chefe da diplomacia persa, se curvou respeitosamente diante do faraó Amásis, que vestia uma espécie de cota de malha e usava um capacete parecido com o que o tornara rei.

— Levante-se, amigo, querido e grande amigo! Que prazer recebê-lo!

— O convite muito me orgulha, faraó. E Mitetis, minha esposa, fica feliz de rever seu país.

— A rainha e eu estamos encantados com a sua presença. Belas recepções nos esperam, mas devemos, antes, assistir ao desfile militar preparado por Fanés de Halicarnasso, o general comandante das minhas forças armadas.

— Sua reputação ultrapassa as fronteiras do Egito.

— E é merecida, você vai ver.

Amásis e Creso se acomodaram num quiosque de madeira leve, que os protegia do sol.

Numa vasta planície, ao norte de Saís, avançaram soldados da infantaria com capacetes, escudos, lanças e espadas. Disciplinados, os mercenários gregos desfilaram de maneira impecável, ao som de uma música atordoadora, capaz de empolgar os mais recalcitrantes.

Vieram em seguida os cavaleiros, tropa de elite imbuída de sua superioridade, que dispunha de magníficas montarias, rápidas e fogosas.

Mesmo acostumado às façanhas da cavalaria persa, Creso não pôde disfarçar a admiração:

— A energia desses animais é arrebatadora, e nada se iguala à destreza dos seus soldados!

— Fanés é um chefe exigente — lembrou Amásis. — Incessantemente, busca a excelência e não tolera a menor desobediência. Ao primeiro comando seu, o exército em peso se põe em movimento. E você não viu o principal!

Um carro puxado por dois cavalos brancos veio buscar o rei e seu convidado, levando-os até o canal militar em que Creso pôde admirar uma impressionante esquadra de navios de guerra.

A quantidade, envergadura, armamento e número de homens na tripulação assombraram o embaixador da Pérsia.

— Não imaginava tal poderio — confessou ele.

— O controle do mar garante a segurança do Egito — afirmou Amásis. — Graças ao constante esforço de Udja, responsável pelo desenvolvimento da marinha, nossos estaleiros não param de produzir embarcações ao mesmo tempo sólidas e rápidas.

— Posso subir a bordo da nau capitânia? — perguntou Creso.

— Com certeza!

Lado a lado, o general Fanés de Halicarnasso e o chefe da marinha de guerra, Udja, receberam o ilustre visitante e nada esconderam do notável aparelhamento que valorizava a esquadra do faraó.

Creso analisou de perto o cordame e as velas, reparou na qualidade dos mastros e constatou a importância dos dispositivos de combate.

— Impressionante — reconheceu. — Todas as unidades são assim?

— Temos muito orgulho disso — declarou Udja. — Gostaria de participar de uma manobra?

Creso concordou.

À proa da nau capitânia, o enviado do imperador da Pérsia admirou a técnica dos marinheiros de Amásis.

— O mar Mediterrâneo é seu — disse ele ao faraó.

— Não é essa a minha intenção! São forças de poder exclusivamente defensivo. O Egito não atacará ninguém, mas sabe se defender de qualquer predador.

— Sabendo do seu poder de dissuasão, quem se atreveria a invadir a terra dos faraós?

Pensativo, Creso saboreou o suave vento do norte e a paz do poente. A delicadeza dos palmeirais, o prateado do canal e o alaranjado do céu o encantaram a ponto de fazê-lo esquecer o caráter militar de todo aquele desfile.

***

O banquete que o rei e a rainha do Egito ofereceram ficou na memória de todos. Os mil convidados apreciaram a variedade dos pratos, a excelência dos vinhos e a diligência dos criados, atentos ao menor desejo dos comensais.

À esquerda do casal real, Creso; à direita, Mitetis, filha do predecessor de Amásis.

Fria e tensa, ela mal comia.

— Que o passado fique no passado — disse-lhe Amásis. — Admirava o seu pai e não tive a menor intenção de derrubá-lo. Uma série de circunstâncias me levou ao poder. Estaria disposto a esquecer esse doloroso passado?

A esposa de Creso olhou para o faraó.

— É pedir muito.

— Tenho consciência disso, Mitetis, mas a sua presença aqui é um bálsamo para o meu coração. Tantos anos se passaram! Rever o Egito não acalma a sua tristeza?

— Meu luto termina, Majestade.

— Obrigado por me conceder tal felicidade.

No final do banquete, a rainha do Egito convidou Mitetis a usufruir de sua massagista, perita em óleos essenciais.

Amásis e Creso se isolaram num terraço do qual se podia contemplar um jardim povoado de sicômoros, jujubeiras, loureiros-rosa e tamargueiras.

— Que país maravilhoso — disse Creso. — Reina um perfume de eternidade.

— Uma eternidade bem frágil...

— Por que a ansiedade?

— O novo imperador da Pérsia, Cambises, não sonha com conquistas?

Creso sentiu o ar morno da noite.

— Vamos esquecer a diplomacia e sejamos sinceros, Majestade. Sim, Cambises sonhava invadir esta terra de riquezas inesgotáveis. Como prudente soberano, você percebeu tais intenções e construiu uma máquina de guerra capaz de resistir. E o seu convite foi para me informar, de modo que eu o faça desistir de dar início a uma aventura fadada ao fracasso.

— Consegui o meu intento, Creso?

— Para além do que esperava! Já tentei orientar Cambises na direção de uma paz duradoura, e ele aceitou me ouvir. Quando voltar, falarei de fatos precisos que acabarão de convencê-lo. Por mais forte que seja, o exército persa não teria a menor possibilidade de vencer. Antes dessa viagem, eu supunha; agora, tenho certeza. O faraó não descansou diante da falsa tranquilidade e fico contente. Graças ao aumento de suas forças armadas, principalmente navais, um sangrento desastre será evitado.

— Cambises pensa em outras conquistas?

— A administração do império vai ocupá-lo plenamente e ele seguirá o exemplo do pai, Ciro. O tempo dos combates está terminando, Majestade, e abre-se o de uma diplomacia tranquila.

— Suas palavras deixam o meu coração feliz, Creso.

— O mais urgente é o desenvolvimento de nossas relações comerciais, que enriquecerão os dois países. De forma que gostaria de encontrar o seu famoso chefe do serviço de intérpretes e dar os nomes e títulos de seus futuros correspondentes.

— Infelizmente, ele morreu — confessou Amásis.

— Estava doente?

— Não, foi um terrível acidente. O administrador do palácio, Henat, o substitui. É um homem experiente e de confiança, que se colocará à sua disposição e plenamente o atenderá.

— Perfeito, Majestade. Essa viagem será provavelmente a mais importante da minha carreira.

47.

Na noite anterior, o faraó Amásis havia purificado, maquiado e coroado a vaca de pelo negro em que se encarnava a deusa Neit. Depois, no centro do grande pátio, atirara flechas aos quatro pontos cardeais, para impedir que as forças do caos invadissem as Duas Terras.

A primeira procissão da festa de Neit foi organizada. Um ritualista ia à frente do rei, outro recitava textos rituais celebrando o irradiar da Mãe das mães. Sacerdotes e sacerdotisas se dispuseram ao redor do lago sagrado e assistiram à navegação da barca divina, símbolo da comunidade das forças criadoras que dava origem às múltiplas formas de vida.

Do lado de fora do recinto sagrado, tinham início os festejos. Vindas em embarcações dos vilarejos e aldeias das proximidades de Saís, dezenas de famílias queriam celebrar a divindade e obter sua proteção. Flautas e castanholas eram sopradas e batidas para afastar os demônios. Vinho e cerveja corriam à solta, oferecimento do rei. Por todo lugar em Saís, as pessoas dançavam e, protegidos pela noite, casais se formavam.

Bébon bem que gostaria de imitar aqueles namorados, mas tinha uma missão delicada a cumprir. Por isso, atravessou a multidão na direção do grande templo, percorreu a alameda das esfinges e contemplou os dois obeliscos de Amásis.

Excepcionalmente, certo número de convidados tinha sido autorizado a penetrar no pátio anterior ao pilono do templo principal. Bébon misturou-se a um grupo de administradores dos celeiros, só se afastando para ir até um sacerdote de cabeça raspada e trajando uma veste branca.

— Tenho uma mensagem para a Superiora das cantoras e tecelãs de Neit. É urgente e pessoal.

— Espere aqui.

Minutos se passaram, intermináveis.

Naquela noite de festa, Nitis se daria ao trabalho de vir pessoalmente? Tinha rituais a dirigir e não poderia deixar o santuário. Provavelmente enviaria uma sacerdotisa, com a qual o ator se negaria a falar.

Do lado de fora da área fechada, os festejos chegavam ao auge. Em cada terraço e diante de cada porta, em Saís, assim como em todas as aglomerações egípcias, lampiões tinham sido acesos. Tanta luz faria com que Ísis encontrasse as partes dispersas do corpo de Osíris, assassinado por seu irmão Seth. No final da busca, a barca sagrada transportaria o corpo de ressurreição até o santuário de Neit, onde as últimas fórmulas de transmutação provocariam o despertar do deus reconstituído, vencedor da morte.

Nitis veio.

Como não se apaixonar por mulher tão sublime?

— Bébon! Kel está vivo?

— Fique tranquila.

— Não podemos permanecer aqui.

Ela o conduziu até uma pequena capela dedicada à leoa Sekhmet.

— Kel está incólume e em Saís — confirmou Bébon. — Gostaria de vê-la.

— Durante o período dos festejos, não tenho como me ausentar. Estão em lugar seguro?

— Nós nos passamos por vendedores e atravessamos sem dificuldade os controles da polícia.

— Não correm risco de serem identificados?

— Mudei a aparência de Kel e nos comportamos como perfeitos comerciantes.

— Têm vinho para vender?

— De excelente qualidade!

— Venham amanhã, à primeira hora do dia, pelo portão dos fornecedores. Recepcionarei eu mesma as mercadorias.

**

Surpreso, Menk se aproximou da fila de vendedores que se dirigiam ao portão do templo, em que os esperavam controladores e escribas. Examinavam os víveres, recusavam os de qualidade inferior e anotavam a remuneração que se devia aos demais.

Por que Nitis se preocupava pessoalmente com aquelas formalidades?

— Problemas? — perguntou a ela.

— Não, não, está tudo bem!

— Suas assistentes não poderiam se encarregar dessa tarefa?

— No período dos festejos, prefiro ver por conta própria.

Menk balançou a cabeça.

— É como faço! Delegar um pouco mais me aliviaria, mas reparar os erros cometidos me daria ainda mais trabalho! Está contente com o andamento dos rituais?

— Ótimo trabalho, como sempre. Está à altura da reputação que tem, Menk.

O dignitário se inflou de satisfação.

— Se eu puder ajudar...

— Já estou quase acabando. Poderia verificar o número de jarras destinadas às purificações?

— Farei isso agora mesmo.

Menk finalmente se foi.

Nitis tratava com um negociante de frutas, encantado de vender sua produção ao templo.

Depois dele, restavam apenas dois vendedores com um burrico bonito e extraordinariamente calmo.

A jovem reconheceu Kel e seu coração disparou. Como gostaria de contar o quanto teve medo de nunca mais vê-lo e da profunda alegria que sentia naquele momento.

— Temos um vinho de primeira qualidade — declarou Bébon. — Gostaria de provar o perfume e o gosto?

Nitis aceitou.

— Tenho importantes revelações a fazer — murmurou Kel.

— Deve falar com o sumo sacerdote.

— Como chegar até ele sem perigo?

— O controlador vai registrar a sua entrega de vinho. Depois, sigam com os outros fornecedores, até o depósito principal. Bébon poderá esperar ali com o asno e lhe levarei uma túnica branca de sacerdote puro. Vá em seguida à sala dos arquivos de Wahibré.

Os dois amigos seguiram essas indicações.

Preocupado, Bébon se mantinha de sobreaviso. Não desconfiava da sinceridade de Nitis, mas temia que estivesse sob vigilância e, contra a própria vontade, acabasse fazendo com que caíssem numa armadilha.

No depósito, foi servida uma refeição ligeira aos fornecedores confirmados pelo templo. Bébon ficou conversando com um mercador de legumes, enquanto Kel desaparecia.

E se o sumo sacerdote estivesse de combinação com o inimigo? Se obedecesse ao rei e à polícia, dando prioridade à carreira e entregando ao poder um criminoso foragido?

48.

Nitis confirmou que ninguém os observava e empurrou a porta, normalmente trancada, dando acesso à reserva de papiros da sala de arquivos do sumo sacerdote Wahibré.

O local estava mergulhado em escuridão e silêncio.

Kel entrou e ficou imóvel.

Se fosse uma cilada, seria impossível escapar. Mas Nitis não o trairia!

— O que tem a dizer? — perguntou o sumo sacerdote com a voz severa.

— Os dois homens capazes de me inocentar estão mortos. Le Buté foi vítima de um acidente com os mercenários de Náucratis e cortaram a garganta do meu colega Demos. Encontrei o seu cadáver no meu quarto. É claro, serei acusado de mais esse assassinato. Graças a meu amigo Bébon, consegui escapar.

— São péssimas notícias — disse o sumo sacerdote.

— Mas agora vejo as coisas com mais clareza. É verdade que não encontrei o capacete do rei Amásis, mas disponho de elementos seguros. Uma mulher de negócios grega, chamada Zekê, pretende abalar profundamente a economia egípcia, introduzindo a escravidão e a circulação de moedas.

— São loucuras que contrariam a lei de Maat. O faraó não vai permitir.

— Não as estaria incentivando disfarçadamente? — questionou Kel. — Como admirador da cultura grega, não consideraria isso um progresso a impor às Duas Terras?

A pergunta perturbou o sumo sacerdote.

— Nesse caso, a vingança dos deuses seria terrível!

— O serviço de intérpretes provavelmente interceptou documentos relativos a esse complô — sugeriu Kel. — Por isso foi eliminado. E o papiro em código contém informações devastadoras destinadas aos conspiradores.

— São apenas hipóteses, Kel, nada mais do que hipóteses!

— Esses novos assassinatos são fatos! E a Senhora Zekê não esconde suas intenções. Ou seja, ela tem cúmplices no governo.

— Não consegui decifrar o código — lamentou Nitis. — Somente um escriba de altíssimo nível pode ter articulado um sistema tão complexo.

— Seria preciso interrogar o médico-chefe Horkheb — propôs Kel.

— Ele morreu — revelou o sumo sacerdote.

— De morte... natural?

— Não se sabe.

— É muita coincidência! Mais do que nunca, sou o culpado ideal. Ninguém mais pode me inocentar, todas as pistas foram eliminadas.

— Escrevi ao chefe do serviço de intérpretes — declarou a jovem — e sua alma respondeu: *Os Ancestrais têm o código*.

— É um socorro de pouca valia — estimou o sumo sacerdote. — À falta de maiores precisões, será impossível utilizar a indicação.

— Quem sabe podemos consegui-las!

— Mas serão suficientes? — preocupou-se Kel.

— Precisamos aceitar a evidência — disse Wahibré. — Somente o juiz Gem pode salvar Kel. Você precisa se entregar e revelar o que descobriu. Gem é um homem íntegro e nem o faraó fica acima das leis. Uma investigação profunda será levada adiante e a sua inocência vai se impor.

— Não tenho a menor confiança nesse magistrado — protestou o jovem escriba.

— Gem é o chefe da justiça egípcia — lembrou o sumo sacerdote. — Caso traísse a lei de Maat, nossa civilização não demoraria a afundar. Pelo ponto de vista dele, considerando o acúmulo de provas, você aparece como o pior dos criminosos. Quando ele o vir e ouvir, mudará de opinião.

— Não está me enviando à morte certa?

— Anunciarei pessoalmente a sua intenção ao juiz e pedirei uma garantia maior: sem prisão antes das suas explicações. Se ele não concordar, o encontro não acontecerá. Saberei convencê-lo, tenho certeza.

* * *

Trancado na sala de arquivos do sumo sacerdote, Kel tentava, uma vez mais, entender o código do papiro que havia causado toda a sua desgraça. Estariam invertidos os hieróglifos ou misturadas as palavras? Variaria o sentido da leitura em função de uma ideia ou de um agrupamento de sinais?

Todas as tentativas fracassaram.

O texto fazia pouco do seu saber, indecifrável.

Cansado, à beira do desespero, ele pensou em Nitis. Revê-la havia proporcionado um momento de felicidade indescritível.

E Kel se sentia idiota, incapaz de confessar a força dos seus sentimentos. Era isso então o amor, que tornava a principal razão da nossa vida um ser tão diferente, tão distante e inacessível!

A porta se abriu.

Lentamente, Nitis avançou.

— Trouxe água e um pão ázimo com favas e queijo.

Kel se pôs de pé.

— O sumo sacerdote vai conseguir negociar?

— O juiz o ouvirá. E você vai enfim poder se defender. Seu amigo Bébon deixou o templo e está com o burrico num estábulo perto do portão dos fornecedores.

— Nitis...

— Preciso voltar ao ateliê de tecelagem.

Inatingível, ela escapou.

Não tinha como retê-la. Ela, uma sacerdotisa de Neit com uma carreira excepcional pela frente; ele, um assassino em fuga! Eram destinos que só brevemente podiam se cruzar.

Kel saboreou a sumária refeição e tentou voltar ao papiro, mas o rosto de Nitis impedia qualquer concentração.

Desistir dela causava uma dor insuportável. Entrever a felicidade e deixá-la tão cedo era uma tortura. Pedir mais do que uma ajuda específica parecia impossível. Já estava assumindo riscos enormes!

Ao cair da noite, ela voltou.

— Por que o sumo sacerdote não vem? — preocupou-se ele.

— A negociação deve estar sendo difícil.

— E se o juiz o prender?

— Gem não fará isso. Ele quer a verdade e somente você pode revelá-la.

— Desculpe-me, Nitis, por perturbar a paz da sua existência. Sinto-me culpado e...

— Só o que conta é a lei de Maat — interrompeu ela. — Sabendo que você está sendo injustamente acusado, não poderia ficar inativa.

— Sinto-me profundamente tocado por sua confiança; gostaria tanto de dizer...

A penumbra escondia o rosto da jovem.

— Estou ouvindo — murmurou ela.

Os passos de Wahibré ressoaram no piso.

— O juiz Gem aceita encontrá-lo — anunciou ele. — Trata-se de um favor excepcional, que não se renovará. Vai precisar ser muito convincente, Kel.

49.

Com a barba malfeita, vestindo uma túnica surrada de vendedor ambulante e calçando sandálias baratas, Kel não parecia um distinto escriba do escritório de intérpretes.

Vento do Norte ficou feliz de reencontrá-lo e zurrou de satisfação. O jovem fez um longo afago no jumento, enquanto explicava a Bébon que ia encontrar o juiz Gem.

— É uma maluquice! — reagiu o ator. — Uma evidente cilada! Como, por um só segundo, pode acreditar que ele irá sozinho? Assim que começarem a conversar, um bando de policiais irá cair em cima de você.

— É a única possibilidade de convencê-lo da minha inocência.

— Ele nem vai ouvir!

— O sumo sacerdote prometeu o contrário.

— Vai ver que ele também está participando do complô!

— É impossível!

— Ser acusado de assassinatos também não era impossível? Wahibré quer se livrar de você e manter a reputação intacta. Por isso ele vai entregá-lo à justiça. Justiça essa que já o condenou!

— Posso reverter a situação.
— É completa loucura!
— Não ganhou nos dados acreditando na sorte?
— Pelo menos tinha uma chance de dar certo! Não fique sonhando, Kel. Se aceitar essa conversa, vai estar se enfiando na goela do chacal.
— Não vejo outra solução. O juiz Gem prometeu me encontrar em particular, num lugar escolhido pelo sumo sacerdote, sem qualquer presença policial e sem me prender antes de ouvir meus argumentos e revelações. E posso impressioná-lo a ponto de fazer com que mude de opinião. Ele vai ter que abrir uma nova investigação. Uma vez estabelecida, a verdade me salvará.

Bébon estava horrorizado.

— Sua ingenuidade me deixa até sem graça!
— Quando o sol estiver no ponto mais alto, o juiz Gem vai me esperar num ateliê de cerâmica ligado ao templo de Neit. Os artesãos saem nessa hora para almoçar.
— Não faça isso, meu amigo.
— Não tenho como desistir.

Bébon suspirou.

— Vou inspecionar o lugar. Se vir policiais, cantarolo uns versos indecentes e chamo em voz alta uns colegas imaginários, esperando que Vento do Norte me acompanhe com zurros. Se tudo isso acontecer, saia correndo e nos vemos na saída norte da cidade.
— Mas não havendo todo esse escarcéu, encontro o juiz Gem.

**

Os artesãos almoçavam juntos à sombra de um sicômoro. Comentavam a última encomenda do templo, casos de família, a política do rei, sempre mais favorável aos gregos. Pelo menos o Egito estava bem protegido e vivia-se em segurança, sem perigo de invasão.

Bébon e Vento do Norte perambularam por muito tempo pelos arredores. O ator percorreu cada ruela, sem deixar de levantar a cabeça para averiguar telhados e terraços. Habituado a pressentir eventuais presenças policiais, nada notou de anormal.

Foi com espanto que viu surgir um homem de idade respeitável, com expressão grave e postura autoritária.

O juiz Gem atravessou a entrada do ateliê dos oleiros. Bébon redobrou o cuidado. Os policiais não deviam estar longe.

Vários minutos se passaram e o local continuava tranquilo.

Kel se aproximou. Como Bébon não dera o alarme, nada havia a temer.

O jovem escriba se viu diante do juiz Gem.

Olharam-se demoradamente.

— Sem a insistência do sumo sacerdote Wahibré, de reconhecida probidade, jamais teria aceitado esse encontro extravagante — declarou o magistrado com voz irritada.

— Não sou um assassino — afirmou Kel —, e sim vítima de um complô.

— Muitas vezes ouvi esse tipo de argumento. Você conseguiu iludir o sumo sacerdote, mas belas declarações não me impressionarão.

— Trata-se da verdade!

— Já a conheço.

— Tentam enganá-lo!

— Quem? — perguntou o juiz em tom irônico.

— Não sei o nome do chefe dos conspiradores, mas sei que querem destronar Amásis e tomar o poder.

— Seu delírio não me interessa nem um pouco, rapaz. Você matou seus colegas intérpretes e fugiu. Um inocente teria procurado a polícia.

— As circunstâncias me impediram e...

— Seu percurso assassino não se limitou a Saís — interrompeu Gem. — Foi a Náucratis e eliminou dois cúmplices que poderiam denunciá-lo.

— Sou inocente! — protestou Kel. — Essas mortes fazem parte da tramoia!

— É dever do juiz não se deixar influenciar pelas negativas dos culpados e julgar a partir de provas irrefutáveis. Disponho de testemunhos devidamente registrados em seu processo. Empregados o viram degolar seu colega Demos.

— Mentiram!

— Contra a realidade implacável dos fatos, tudo que me apresenta é uma história de complô, sem a menor prova e sem citar o nome de um eventual culpado! Pare de se comportar infantilmente.

— Juro...

— Não acrescente mais essa culpa! Inventar tolices para minimizar a sua responsabilidade só agrava o seu caso. Confesse os crimes e conte os motivos.

— Não matei ninguém e o senhor precisa procurar os verdadeiros assassinos! Os gregos...

— Deixe de lado esse tipo de defesa, que é ridícula e inútil. Acompanhe-me à prisão. Tem direito a um julgamento em boa e devida forma.

— Juiz Gem, o senhor prometeu me ouvir!

— As provas são esmagadoras, meu filho. Só aceitei esse encontro para convencê-lo a se mostrar sensato. Já tivemos vítimas demais e não quero arriscar a vida de policiais. Entregando-se, talvez angarie alguma indulgência. E poderá se explicar à vontade.

— O senhor se engana, o senhor...

— Chega de brincadeira e vamos embora.

Com o rosto escondido por uma echarpe de linho, Bébon irrompeu no ateliê.

— Os policiais estão chegando em grande número!

Kel olhou enojado para o juiz.

— Traiu a palavra dada!

— Chega de conversa. Considerem-se presos, você e o seu cúmplice!

Com o antebraço esquerdo, Bébon prendeu o magistrado pela garganta.

— Pegue a primeira ruela à direita e corra o mais rápido que puder! — ordenou o ator a Kel.

— E você?

— Depois o alcanço.

O escriba fez o que foi dito e Bébon enfrentou os primeiros policiais que chegavam.

— Para trás, ou quebro o pescoço do juiz!

Pelo tom da voz, viu-se que a ameaça era séria.

— Desapareçam! — berrou o ator, aumentando a pressão no refém.

O policial mais graduado obedeceu e todos se dispersaram.

Confirmando que tinham de fato se distanciado, Bébon largou o juiz e fugiu.

Para Gem, não havia mais dúvida: Kel era um assassino da pior espécie.

50.

— Sinto muito — disse Pitágoras a Nitis —, mas o rei ordena que eu vá a Náucratis para encontrar os sacerdotes de Apolo e Afrodite, fazendo-os aproveitar os ensinamentos que recebi nos templos egípcios. Amásis espera contatos profundos entre nossas formas de pensamento e me encarregou dessa delicada missão, antes do meu retorno à Grécia. Preferiria ouvir ainda a voz da deusa Neit, cujas palavras me fascinaram. Ela, que é Pai dos pais e Mãe das mães, Macho que criou a fêmea, Fêmea que criou o macho, misteriosa inventora dos seres, soberana das estrelas divinas, permanecendo eternamente oculta aos profanos e da qual mortal nenhum erguerá o véu.

Nitis bem que gostaria de poder confiar em Pitágoras e ver se o grego não podia ajudar a decifrar o papiro codificado. Com sua origem diferente, não o abordaria partindo de um pensamento particular?

Mas a sacerdotisa guardou o silêncio.

Amigo e protegido do rei Amásis, Pitágoras não seria antes um adversário, e não um aliado?

— Espero poder voltar a vê-la, Nitis. A estadia em Saís foi uma das etapas marcantes da minha viagem.

— O templo sempre estará aberto para você.

— Agradeço. Até breve, se a grande deusa assim permitir.

A Superiora das cantoras e tecelãs encontrou o sumo sacerdote à entrada do santuário. De aparência abatida, Wahibré havia subitamente envelhecido.

— O encontro foi um desastre — revelou. — Policiais vieram com o juiz Gem e tentaram prender Kel.

Nitis ficou aflita.

— Ele foi ferido?

— Não. Conseguiu escapar graças à intervenção do amigo Bébon, que tomou o juiz como refém, antes de também fugir. Pode-se imaginar a fúria de Gem! A partir de agora, os arqueiros terão ordem para atirar assim que o virem.

— O juiz o traiu!

— Não é o que ele acha. Como considera apenas os processos, acredita ter feito um favor vindo prender Kel vivo. Vamos cumprir nossas obrigações ritualísticas, Nitis. Nada podemos fazer por agora.

A jovem se dirigiu à capela que abrigava uma vaca de madeira, em tamanho real, que era a encarnação da deusa Neit, "a grande nadadora". Sob essa forma ela havia percorrido, na aurora dos tempos, o oceano primordial, formando o universo em que nascem e se regeneram as almas-estrelas.

De ambos os lados, viam-se lamparinas acesas e queimadores de perfume. À exceção do pescoço e da cabeça dourados, um véu púrpura cobria a vaca, que ostentava o disco solar entre os chifres.

Nitis apresentou os sete óleos santos e depois derramou água na mesa de oferendas, com pão fresco, cebolas e figos. A cada dia esses alimentos eram renovados, dos quais a deusa absorvia o *Ka*, a força vital.

— Nitis... Estou aqui!

Era a voz de Kel!

Endireitando-se, ele saiu da penumbra,

— Não pude encontrar outro esconderijo.

— Venha, vamos até o sumo sacerdote!

— Não vou colocá-lo em perigo?

— Ele decidirá. E Bébon?

— Está hospedado perto do mercado, com os ambulantes. O juiz Gem não pôde identificá-lo. Antes de irmos embora, quis vê-la.

— Uma vez que está livre e inteiro, não vamos desistir!

— Se soubesse...

— Temos que ir rápido, os ritualistas vão trazer as oferendas.

O sumo sacerdote recebeu da melhor forma o rapaz, abraçando-o como se fosse um filho.

— Peço desculpa pela armadilha em que o fiz cair! O juiz caiu completamente em descrédito. Mesmo assim, continua sendo o principal responsável pela investigação e agora só pensa em liquidá-lo.

— Não pude dizer nada — lamentou Kel.

— Precisamos de provas tão contundentes que até mesmo esse magistrado teimoso seja obrigado a aceitar!

— Teimoso ou manipulado — sugeriu Nitis. — Se o juiz estiver com os conspiradores, sua atitude está explicada.

— Com quem posso entrar em contato na corte? — perguntou Kel. — Preciso falar com uma pessoa digna de confiança e influente o bastante para alertar o rei de forma segura.

— A rainha — declarou o sumo sacerdote. — Ela o ouvirá·

Sobriamente vestidos e tendo na cabeça uma peruca digna do Antigo Império, Wahibré e seu assistente se apresentaram à entrada do palácio reservada aos dignitários. Um mercenário grego avisou ao encarregado do cerimonial, depois de constatar que não estavam armados.

— O sumo sacerdote de Neit deseja ver Sua Majestade, a rainha, com toda a urgência — declarou Wahibré. — Esperarei o tempo que for necessário.

Ele temia ver o chefe do serviço secreto, Henat, ou o chanceler Udja, provavelmente informados das últimas ocorrências no caso Kel.

Felizmente, a espera foi curta.

Apesar dos agravos da idade, a rainha Tanit se mantinha sedutora e sempre perfeitamente maquiada. Com um colar de ouro, brincos de cornalina e pulseiras de prata, estava sentada num trono de ébano.

— Qual é a urgência? — perguntou ela com voz pausada.

— Majestade, provavelmente ouviu falar do assassinato dos intérpretes.

— O criminoso foi identificado, mas continua solto.

— Aqui está ele.

Kel fez uma reverência.

Tanit se assustou.

— É uma brincadeira?

— O escriba Kel é inocente — continuou o sumo sacerdote — e ninguém quer ouvi-lo. O juiz Gem, encarregado da investigação, já o condenou. Para que se evite um grave erro judiciário e cheguemos enfim à verdade, aceitaria ouvir esse jovem?

A rainha se levantou, mantendo boa distância dos visitantes.

— Deveria chamar a guarda e mandar prender o criminoso!

— Não sou culpado, Majestade — afirmou Kel.

— As provas são esmagadoras, ao que dizem.

— Um complô está sendo tramado contra o faraó e o chefe do serviço de intérpretes descobriu. Eliminaram meus colegas para conseguir silêncio total e fui apontado como autor dos crimes. Estão tentando ludibriar a justiça.

A rainha olhou fixamente para Kel.

— Parece sincero. Quem são os conspiradores?

— A Senhora Zekê, uma mulher de negócios de Náucratis, quer introduzir o uso de moedas e modificar completamente a organização econômica. Certamente segue as ordens de um alto dignitário que furtou o lendário capacete do rei, para usá-lo na própria cabeça, quando for a hora, proclamando-se faraó.

Tanit parecia impressionada.

— O roubo do capacete... Então estão sabendo!

— Um documento em meu poder provavelmente contém informações essenciais, mas não consegui decifrá-lo. Pelo nome do rei, Majestade, juro que não cometi crime nenhum!

Pensativa, a rainha voltou a se sentar.

— Aceitaria transmitir a informação ao faraó — perguntou o sumo sacerdote — e submeter a ele o caso desse jovem escriba?

Tanit refletiu demoradamente.

— Aceito.

— Permite que eu o tenha sob a minha proteção, sem enviá-lo à prisão, pois temo um desfecho funesto?

— Permito.

Wahibré e Kel se curvaram.

A esperança renascia.

51.

Amásis esvaziou de uma só vez a taça de vinho verde, um tanto ácido, e soltou uma gargalhada, pensando na maneira como havia tratado os sacerdotes crédulos ou hipócritas que piamente aceitavam o que diziam os oráculos.

Antes de ser rei, o então general Amásis usufruía bastante dos prazeres da vida, atraindo com isso muitas críticas moralistas. Com o intuito de arruinar sua reputação para que fosse deposto da função que ocupava, acusaram-no de roubo.

Diante da sua veemente negativa e da falta de provas, a única solução que surgiu foi a de consultar o oráculo.

Amásis foi levado a se apresentar diante de diversas estátuas divinas, em diferentes santuários.

As suas cabeças ora se inclinavam para condenar, ora para inocentar!

Como a dúvida favorecia o acusado, ele foi inocentado. Ao se tornar rei, para se divertir, convocou os sacerdotes e anunciou uma decisão: enriqueceria os santuários dos oráculos que o tinham condenado e empobreceria os que o absolveram, pois os primeiros disseram a verdade e os demais mentiram! Os verdadeiros deuses sabiam do seu desvio e mereciam ser homenageados, os falsos deviam ser desprezados.

Ainda se divertia ao recordar. Oráculo nenhum o incomodou mais e ele pôde dirigir o reino com punho de ferro, afastando os beatos. O futuro viria de pensadores como Pitágoras, que era capaz de apreender o essencial da velha sabedoria egípcia, alimentando-a com filosofia grega. Outros filósofos viriam a Saís e modelariam o mundo de amanhã.

Longe do Delta, a Divina Adoradora continuava a preservar as tradições antigas. Sua área de domínio, Tebas, a cidade sagrada do deus Amon, tinha apenas um papel secundário, sem importância econômica. A velha dama celebrava rituais que a assemelhavam a um faraó, felizmente privado de real poder. Dedicava-se ao serviço das divindades, tendo rejeitado o casamento e os prazeres, abstendo-se de qualquer ambição política. E Amásis permitia o prosseguimento daquela instituição ultrapassada e tão afastada das realidades!

Grande reformador dos sistemas jurídico e fiscal, adepto de uma economia de resultados, criador de um poderio militar dissuasivo e aliado da maioria dos reinos gregos, o rei abria ao Egito o caminho para uma nova sociedade. Os progressos aconteciam ali, no norte, na proximidade do mar Mediterrâneo. Mais cedo ou mais tarde, tudo aquilo acabaria sacudindo a letargia do sul.

— O conselho de ministros transcorreu bem? — perguntou a rainha.

— Tanit! Que vestido maravilhoso... As tecelãs de Saís se superam cada vez mais.

— Seguindo as suas instruções, é a primeira roupa profana a sair dos ateliês do templo.

— Então eu estava certo! Por que limitar aos rituais tanto talento?

— Pelo que dizem — revelou a soberana —, os deuses estão irritados.

Amásis deu uma gargalhada.

— Os sacerdotes os fazem agir na defesa dos seus interesses! Saiba que não parei ainda de refrear os privilégios que eles têm.

— Acabo de deixar o sumo sacerdote da deusa Neit.

— Wahibré?

— O próprio, acompanhado de um estranho visitante, o escriba Kel.

O monarca deu um pulo.

— Kel... do serviço de intérpretes? O assassino foragido?

— Exatamente.

Amásis afundou numa almofada.

— Minha cabeça está rodando... É sério o que disse?

— O escriba insiste em se dizer inocente. Para ele, um complô procura derrubar o trono. Um usurpador, ajudado por uma tal Senhora Zekê, mulher de negócios em Náucratis, que pretende introduzir o uso da moeda no Egito, em breve se apresentará com o seu capacete. Os intérpretes, tendo percebido documentos comprometedores, foram eliminados. E Kel seria o bode expiatório.

— Quais provas ele tem?

— A própria boa-fé e um papiro em código que ele considera determinante.

— Com qual conteúdo?

— Ele não conseguiu decifrar.

Amásis explodiu de raiva:

— E você não chamou a guarda!

— O rapaz pareceu sincero. E o aval do sumo sacerdote...

— Wahibré perdeu a cabeça! Você desconhece a última façanha desse seu "inocente": depois de cometer dois novos assassinatos em Náucratis, um deles na presença de testemunhas, ele tomou o juiz Gem como refém.

— A rainha ficou lívida.

— Ele está bem?

— Kel e o cúmplice que o ajudou felizmente o soltaram.

— Essa Senhora Zekê...

— O assassino a iludiu. E foram precisamente os empregados dessa grega, conhecida e respeitável cidadã de Náucratis, que viram Kel degolar seu colega Demos, também foragido. Estamos na presença de um monstro da pior espécie. Inclusive dei autorização ao juiz de matá-lo se, no momento da prisão, ele pusesse outras vidas em risco.

— Não... não consigo entender! Ele não me pareceu criminoso nem inumano...

— Você tem a alma boa demais, querida esposa. Esse Kel parece ter grande capacidade de sedução.

— Ele sabia do roubo do capacete. E o complô...

— Esse criminoso certamente também está envolvido nisso! Ganhando o seu apoio, esperava ser recebido por mim e me degolar.

Trêmula, Tanit abraçou o marido.

— Eu teria sido a causa dessa desgraça!

— Fique tranquila. O perigo está longe. Sabe onde ele está se escondendo?

— Não, mas o sumo sacerdote pediu o meu consentimento para guardá-lo sob a sua proteção.

— Wahibré... Ingênuo ou cúmplice?

— Ele sempre foi fiel!

— Hoje trouxe um assassino que tentou manipulá-la. Surpreendente maneira de servir o próprio rei!

— O sumo sacerdote envolvido num complô contra você... Não consigo acreditar.

— Você tem alma boa demais, repito. Tratando-se de poder, os homens se tornam capazes das piores coisas.

— É preciso encontrar o capacete e castigar os culpados — exclamou Tanit.

— Atacando a mim e a um dos serviços do Estado, cometeram um erro — afirmou Amásis. — Mas irão pagar caro por isso.

52.

— A rainha Tanit nos ouviu com atenção — disse Kel a Nitis.
— A presença do sumo sacerdote, com seu peso moral, foi determinante. Espero tê-la convencido da minha inocência. Ela prometeu falar com o rei.
— A investigação então deverá recomeçar a partir de novas bases! Amanhã você vai estar inocentado e livre.
O entusiasmo da jovem deixou alegre o escriba.
— Não me atrevo muito a acreditar nisso, Nitis.
— A força da verdade acaba sempre por vencer e seu futuro irá se abrir. Gostaria... de trabalhar no templo?
— Tenho muito que aprender!
— Um dia, quem sabe, vai ter acesso aos arquivos da Casa de Vida. Guardam tantas riquezas que uma existência inteira não basta para descobri-las.
— Poderia contar com a sua ajuda, para progredir?
A entrada do sumo sacerdote interrompeu os jovens.
— Acabo de ser informado da vinda de Henat, que quer me ver imediatamente.
— O rei está agindo rápido! — constatou Kel.

— Não da maneira que se esperava. Deveria me convocar, e não enviar o chefe do serviço secreto. A reação me parece preocupante, é melhor tomarmos certas precauções. Nitis, esconda Kel na terceira cripta.

A Superiora levou o escriba até o santuário principal, imerso em penumbra. Umas poucas lamparinas iluminavam a sala com colunas, onde se encontrava a barca sagrada, assim como um misterioso corredor que servia às capelas dispostas ao redor do naos com as portas fechadas.

Várias criptas se ocultavam dentro das enormes paredes e do lajeamento. Apenas o sumo sacerdote e seus assistentes conheciam sua localização e vias de acesso. E somente a Nitis ele havia revelado o segredo da terceira, no momento da sua iniciação aos mistérios da Casa de Vida.

A jovem averiguou que nenhum ritualista depositava oferendas. Colocando as mãos em dois pontos precisos das lajes, fez girar uma pesada pedra, dando abertura a uma estreita passagem.

— Pegue uma lamparina e desça — aconselhou ela ao escriba. — Fique tranquilo, terá ar suficiente. Assim que for possível, virei buscá-lo.

Kel descobriu um cômodo estreito e comprido. Guardava vasos de ouro, usados nos rituais em homenagem a Neit. As paredes estavam cobertas de hieróglifos e cenas estranhas, que evocavam a criação do mundo a partir das águas primordiais que a deusa havia animado graças à energia luminosa do Verbo. Entusiasmado, o rapaz esqueceu as aflições e tentou compreender aqueles textos extraordinários, capazes de viver por si só e transmitir sua força ao coração do silêncio e do segredo, longe do olhar humano.

Era uma incrível prerrogativa que o sumo sacerdote concedia, e Kel devia se mostrar digno, abrindo o coração às palavras dos deuses.

※

Em comparação com os amplos apartamentos dos altos dignitários do palácio real, a moradia de Wahibré parecia modesta e bem austera. A mobília imitava a do Antigo Império, com formas sóbrias e simples.

Henat escolheu uma poltrona reta e sem estofamento para se sentar.

— Em consideração à sua função e reputação — declarou o chefe do serviço secreto com voz pausada —, o rei quer evitar escândalos, apesar da falta grave que acaba de cometer.

— De que estou sendo acusado? — perguntou o sumo sacerdote.

— De dar apoio às divagações de um criminoso, protegendo-o e dificultando a ação da justiça. Só por indulgência de Sua Majestade você escapa de um castigo severo.

— Parece lamentar isso, não?

— Apenas executo ordens.

— Engana-se, Henat. O escriba Kel não cometeu crime algum e, de, fato, existe um complô para derrubar Amásis. Apontando Kel como culpado, os verdadeiros assassinos desviam a sua atenção, assim como a do juiz Gem.

— As provas acumuladas contra Kel são pesadas e seu comportamento confirma isso ainda mais, caso fosse necessário. Já o senhor parte de impressões e sensações. Conheço minha profissão, como o juiz Gem a dele. Já desarticulamos vários complôs, e esse há de fracassar, como os demais. O escriba assassino e rebelde será preso, condenado e executado.

— Os arqueiros não o abaterão antes de qualquer possibilidade de defesa?

— Tudo vai depender da atitude dele. Já temos muitos mortos e Sua Majestade não quer pôr em risco a vida de nossos policiais.

— Ou seja, vamos abafar o caso!

— Deveria mudar de tom e de atitude — recomendou Henat.

Wahibré se levantou.

— Retire-se! — exigiu ele, em tom glacial.

— O cúmplice de um assassino não está em posição de dar ordens. Considere-se em prisão domiciliar, sem poder deixar o templo.

— Irei agora mesmo ao palácio.

— Está avaliando mal a situação, sumo sacerdote. Estou falando em nome do rei.

— Quando ele me receber...

— Não o receberá. Se sair dos limites do templo de Neit, será preso. Sua Majestade ordena que se restrinja às atividades ritualísticas, exclusivamente. É um insigne favor, volto a repetir. Que a celebração do culto da deusa Neit seja a sua única preocupação. Em caso de insubordinação, não espere a menor clemência.

Wahibré se tornava prisioneiro do templo.

— Onde escondeu o assassino? — perguntou Henat com olhar subitamente penetrante.

— Kel não aceitou se esconder no recinto sagrado.

— Nova busca será feita amanhã, de forma mais profunda.

— Esteja à vontade.

— Já que o protege, deve saber onde encontrá-lo!

— Kel não indicou seu local de refúgio. Ele próprio tomará a iniciativa de fazer contato amanhã, ao meio-dia, na pequena porta do norte.

Henat esboçou um ligeiro sorriso.

— Começa a cooperar... Melhor assim! Sabemos que o assassino tem a ajuda de um cúmplice. Sabe a sua identidade?

— Nunca o encontrei.

— Não cometa mais imprudências — recomendou o chefe do serviço secreto — e limite-se às funções religiosas.

Os dois homens não se cumprimentaram.

Diante de um inimigo tão poderoso e sem o apoio do rei, Wahibré estava de pés e mãos atados.

Por que continuar a sustentar um condenado à morte?

Por acreditar na inocência de Kel e não suportar a injustiça. Tolerá-la traria o caos e a destruição a uma civilização milenar.

Mesmo amordaçado, o sumo sacerdote não abdicaria. Mas como Kel poderia evitar o pior?

53.

Bébon era um perfeito vendedor ambulante e ninguém o incomodava. Apreciado pelos novos colegas, o ator precisava manter a atividade. Assim, no final de um dia de trocas bastante lucrativas, ele foi às vizinhanças do quartel em que seu amigo Nédi, o único policial honesto de Saís, trabalhava.

Ao pôr do sol, Nédi saiu do escritório e tranquilamente tomou a direção de casa.

Bébon e Vento do Norte foram até ele.

— Não me perturbe — disse rispidamente o policial. — Não quero comprar coisa alguma.

— Não está me reconhecendo?

Nédi olhou para o vendedor.

— Não é possível... Bébon! Mudou de profissão?

— Mais ou menos. O caso Kel não para de ganhar importância e preciso da sua ajuda.

— Não se meta nisso. É área do juiz Gem. Foi dada ordem para matar o assassino assim que for reconhecido.

— Estranha justiça, não acha?

— Prefiro nem pensar.

— Não fique igual aos outros, Nédi! É um caso nojento. E sei que Kel não matou ninguém.

— Pode apresentar provas?

— Ainda não.

— Então, esqueça e viaje em turnê!

— Abandonar um amigo injustamente acusado? Nem pensar.

— Não está alimentando ilusões?

— Há um complô na corte, contra o rei. E Kel é o bode expiatório.

— Caso tenha razão, ele não tem a menor chance de escapar. Que se entregue à justiça e apresente seus argumentos.

— O juiz Gem não quis ouvi-lo. Só pensa em eliminá-lo com seus arqueiros. Procure seus chefes, Nédi, e avise que o poder está prestes a executar um inocente.

— Não vão me dar ouvidos e será o fim da minha carreira. Já sou criticado por tomar a defesa de certos suspeitos; esse então...

Bébon insistiu:

— Pelo menos consiga algumas informações para mim. Gostaria de saber do dispositivo policial e do plano em andamento para prender Kel.

— É possível...

— Tente ter acesso ao processo. Pode ser que contenha outras pistas, até agora inexploradas.

— É difícil, bem difícil...

— Desprezam a justiça e a verdade, Nédi. Ajude a defendê-las.

*
* *

Ao meio-dia, um jovem se apresentou diante da porta norte do templo de Neit.

Uma dezena de policiais imediatamente se lançou em cima dele e o imobilizou no chão. Como o rapaz se debatia, recebeu uma pancada de cassetete que o desacordou.

Henat ordenou que os arqueiros baixassem as armas.

Graças à colaboração do sumo sacerdote, a prisão ocorreu da melhor maneira. Após um forte interrogatório, o chefe do serviço secreto entregaria o assassino ao juiz Gem, que leria a acusação antes de encarcerá-lo.

— Bom trabalho — disse Henat a seus homens. — Terão uma recompensa.

Os policiais deram passagem.

O rosto da vítima nada se parecia com o do retrato distribuído às forças públicas.

— Acorde — ordenou Henat, nervoso.

Uma jarra de água fria reanimou o rapaz.

— Minha cabeça... — gemeu ele.

— Quem é você?

— Um dos escribas do serviço de Menk, o organizador dos festejos de Saís.

— Por que estava aqui?

— Vim verificar uma lista de objetos ritualísticos... O que significa essa agressão?

— Um lamentável erro.

O escriba esfregou a cabeça à altura do occipital, que apresentava um bom calo.

— Um erro... Está brincando! Vou prestar uma queixa.

— Tenho plenos poderes no âmbito de um caso criminal — disse Henat. — Aceite minhas desculpas e caia fora!

Temendo mais violência, o rapaz preferiu obedecer.

Henat, por sua vez, atravessou a soleira da pequena porta do norte.

À beira de uma colunata, estava o sumo sacerdote Wahibré.
— Prisão bem-sucedida? — perguntou ele.
O chefe do serviço secreto fechou os punhos.
— Não devia abusar da ironia.
— Não estou entendendo.
— Pelo contrário, entende muito bem! Não foi Kel que se apresentou, e sim um assistente de Menk!
— Seus homens então não foram suficientemente discretos — sugeriu o sumo sacerdote. — Um assassino em fuga deve estar sempre atento. Provavelmente notou os policiais e fugiu.
— E quer que eu acredite nessa fábula! Na verdade, Kel se esconde dentro da área do templo. Exijo vistoria total dessa vez, inclusive na Casa de Vida!
— Não é possível — opôs-se Wahibré.
— Disponho de mandado real. Será preso, caso tente impedir.
— Nesse caso, entre apenas o senhor comigo nos locais secretos do templo.
— Aceito.
— Não teme a brutalidade do assassino?
— Então, está confessando!
— De forma alguma, Henat. Mas quem sabe ele conseguiu se esconder ali sem que eu saiba.
— Estou armado e meus homens se manterão postados à entrada de cada prédio. Virão correndo se eu os chamar. Além disso, somos dois... pois o senhor vai estar do meu lado, não é?
— Lutar com um criminoso não me assusta, apesar da minha idade.

A busca metódica dos domínios de Neit teve início. Uma centena de policiais vasculhou os menores recantos.

Henat descobriu o santuário secreto da Casa de Vida, onde se preparava a ressurreição de Osíris, e a vasta biblioteca, em que trabalhavam os iniciados nos mistérios.

Esboçou certa hesitação ao entrar no santuário, pois ali tinham acesso apenas o faraó e seu representante, o sumo sacerdote.

— Wahibré, jura solenemente que Kel não se esconde aqui?

— Juro. Mesmo assim, percorra o corredor misterioso e olhe o interior de cada capela.

Pouco à vontade, temendo a cólera dos deuses, Henat aceitou o desafio.

Sem encontrar o menor traço de Kel.

54.

Acompanhado de uma dezena de almirantes, o chanceler Udja encontrou o general do exército egípcio, Fanés de Halicarnasso, ao norte de Saís. O grego comandava grandes exercícios com a cavalaria e a infantaria.

A reunião tinha como finalidade o acerto de uma estratégia eficaz em caso de invasão.

Um dos oficiais se espantou:

— General, por que essa exibição de força? O embaixador Creso não garantiu oficialmente a paz com os persas?

— Embaixadores não me inspiram confiança. E sou pago para defender o Egito. Vamos então nos exercitar, até que cada mercenário seja capaz de executar com perfeição as ordens. Quero homens rápidos, fortes e eficazes.

— Dois novos navios de guerra acabaram de sair de nosso estaleiro — revelou Udja — e três outros logo estarão terminados.

— Excelente — aprovou Fanés de Halicarnasso. — Fiquei observando Creso durante a visita: estava surpreso e admirado. Provavelmente achava que nosso sistema de defesa ainda pudesse apresentar pontos fracos. Agora está convencido do contrário! Apesar disso, prefiro não relaxar os esforços.

— E não é mesmo a intenção de Sua Majestade — declarou Udja. — Ele exige aumento dos efetivos e melhora do armamento.

— Novos recrutas serão bem-vindos! E esteja certo, chanceler, de que terão a formação adequada. Não temos molengas nem preguiçosos entre os mercenários gregos. Mas há um problema delicado...

— Qual?

— A estagnação dos salários. Um pequeno gesto me parece necessário.

O chanceler se sentiu tranquilizado.

— O rei me autorizou a aumentar os impostos dos civis, que foram todos cadastrados e estão sendo severamente controlados. Os mercenários serão então mais bem-tratados e os oficiais receberão terrenos isentos de taxas.

— O moral do exército se manterá em alta! — prometeu Fanés de Halicarnasso. — Mas examinemos agora o dispositivo de defesa.

Dois escribas estenderam no chão um grande mapa do Delta e do corredor sírio-palestino.

— São duas as vias possíveis de ataque: o mar e a terra. O litoral mediterrâneo é perigoso e apresenta inúmeras armadilhas para uma frota que não o conheça. Se alguns navios persas conseguirem superá-las, a superioridade da nossa marinha não lhes dará a menor possibilidade de desembarque. Mas se extraordinariamente alguns abordarem nossos portos, vão cair numa rede e serão rapidamente destruídos.

Udja e os almirantes concordaram.

— Tendo em vista a experiência que tem, Creso não deixou de perceber isso. Qualquer tentativa de invasão marítima seria suicida.

— Não baixaremos a guarda — exigiu o chanceler — e ainda iremos melhorar nossas posições.

— A via terrestre me traz ainda mais preocupação — revelou Fanés de Halicarnasso. — Diariamente me dedico a tapar os buracos que restam. Nossa infantaria e linhas fortificadas estarão de tal maneira dispostas que apenas um corredor se manterá aberto ao inimigo. E a nossa cavalaria o estará esperando na saída, com todas as possibilidades de retirada cortadas.

Alguns oficiais insistiram quanto a um ou outro detalhe podendo ainda melhorar aquele plano que garantia a salvação do Egito. O general ouviu atentamente as sugestões e prometeu verificar se tinham fundamento.

Era evidente que mesmo um exército duas vezes superior em número não conseguiria invadir o Delta.

✱
✱ ✱

Depois de se purificar no lago sagrado, Nitis se dirigiu ao templo coberto, onde apresentou leite, vinho e água em oferenda às estátuas da deusa Neit, tendo sua coroa vermelha na cabeça e os cetros Vida e Força nas mãos. Em seguida, venerou o conjunto das divindades presentes no coro das capelas e atravessou a porta do céu, dando acesso à parte mais secreta do templo.

Iniciada nos mistérios de Ísis e Osíris pelos ritualistas da Casa da Vida, a jovem Superiora das cantoras e tecelãs podia representar o sumo sacerdote e animar os textos sagrados, eternamente vivos e para além do tempo.

Abriu a porta secreta da terceira cripta.

— Sou eu, Kel. Você pode sair.

Muito lentamente, o escriba deixou o universo em que passara por profunda mutação. Assimilando cada um daqueles hieróglifos, com o coração repleto das palavras de criação da deusa Neit e o espírito aberto para o universo das energias em perpétua recriação, ele em poucas horas havia atravessado territórios da alma que a poucos são acessíveis.

— Nitis... Estou vivo ainda?

— Mais do que antes.

— Não foi um esconderijo, foi uma prova! Agora tem confiança em mim?

— Nunca tive dúvida quanto à sua inocência.

— Um escriba-intérprete, por mais técnico que seja, será capaz de sentir a força das palavras divinas e sair ileso da caverna das metamorfoses? Não foi a pergunta que você e o sumo sacerdote se fizeram?

Nitis sorriu.

— Era também um bom esconderijo, Kel. Os policiais de Henat revistaram o recinto de Neit e nada encontraram. Em contrapartida, você se descobriu.

Os olhares dos dois se cruzaram com nova intensidade.

— Sei que estou condenado, Nitis. Mesmo assim, lutarei até o fim. E você me abriu os olhos, partindo as amarras da ignorância que me cegavam. Ainda que indigno, vejo melhor a importância da sua função.

Ela estendeu as mãos e ele ousou tocá-las.

— O seu amigo Bébon quer falar com você.

55.

Kel saiu do templo na companhia dos jardineiros encarregados das árvores de Neit. Afastando-se do grupo, esperou algum sinal de Bébon misturando-se aos que deambulavam por ali.

O focinho do burrico bateu na sua mão.

— Vento do Norte!

De orelhas em pé, o asno se dirigiu a uma pracinha da qual partiam várias ruelas.

Kel seguiu-o até um estábulo. Vento do Norte bebeu água fresca e se deleitou com uma saborosa mistura de feno, legumes e alfafa.

— Até que você parece estar inteiro — observou Bébon. — Neit o protege, ao que tudo indica!

— O sumo sacerdote está em prisão domiciliar, o rei se nega a recebê-lo. Henat deu busca nos domínios da deusa e somente a ajuda de Nitis me fez escapar.

— Notei a presença de boa quantidade de olheiros nos arredores do templo. Felizmente se baseiam no seu retrato! E consegui um aliado valioso, meu velho amigo Nédi, a quem prestei bons serviços no passado.

— Em que ele pode nos ajudar?

— Dando informações sobre o que realmente consta do seu processo. Deve estar cheio de detalhes truncados, falsos depoimentos e testemunhos forjados. Gostaria de saber quem os assina. Além disso, o bom Nédi vai nos detalhar o dispositivo policial preparado para nos prender. Ou seja, estaremos um passo adiante!

— Quando vamos encontrá-lo?

— Hoje à noite, na frente do ateliê do principal negociante de jarras de Saís.

*
* *

A luz prateada da lua cheia inundava a cidade em constante expansão. Gatos vagabundos procuravam presas, jovens casais falavam de amor, artesãos e escribas trabalhavam à luz de lampiões.

Vento do Norte caminhava à frente, em bom ritmo.

— Acredita que ele me reconheceu e me trouxe até aqui? — disse Kel.

— A inteligência desse jumento ultrapassa a compreensão! Não somos dois, e sim três. E só temos a ganhar se o seguirmos.

O lugar parecia tranquilo.

Duas enormes jarras demarcavam a entrada do ateliê, no centro do bairro dos ceramistas.

Vento do Norte parou.

— Cuidado! — recomendou Bébon, automaticamente atento.

Olhou para trás.

Não estavam sendo seguidos.

O asno foi até uma das jarras e, tomando bom impulso, derrubou-a. Dando um grito de dor, um policial tentava se livrar dos cacos que o feriram.

A segunda jarra sofreu o mesmo ataque e o segundo cérbero foi eliminado.

— Siga o Vento do Norte! — gritou Bébon no momento em que três homens armados com porretes saíram do ateliê.

Um pontapé no rosto de um dos agressores deixou-o no chão. Em seguida, com muita agilidade, o ator evitou um golpe desferido e violentamente acertou a nuca do adversário.

Ao se virar tarde demais, não viu a paulada que se abatia sobre ele.

Jorrou sangue do seu nariz.

Furioso, ele partiu para cima do adversário e com uma cutelada na garganta cortou sua respiração.

Ninguém mais impedia sua fuga.

* * *

Nitis examinou o ferimento de Bébon.

— Fratura do nariz — diagnosticou. — Posso fazer um curativo.

Depois de limpar o local com dois chumaços de linho, introduziu nas narinas outros dois, com uma mistura de gordura, mel e substâncias vegetais.

— Assim que o inchaço for assimilado — explicou —, colocarei duas talas cobertas de linho para apertar o nariz. Diariamente, até a cura definitiva, trocarei o curativo. Não vai haver sequela alguma e, graças às virtudes anestésicas das plantas utilizadas, também não sentirá dor. Dieta alimentar normal, repouso obrigatório.

— Não está se arriscando demais nos escondendo no seu alojamento funcional? — preocupou-se Kel.

— Toda a área de Neit foi completamente revistada — lembrou a sacerdotisa — e os vigias de Henat controlam sobretudo o sumo sacerdote. Se ele tentar sair do recinto sagrado, será preso.

— Tome todo o cuidado — recomendou o jovem escriba.

— Fique tranquilo, mantenho a vigilância.

— O seu suposto amigo nos vendeu à polícia — disse Kel a Bébon.

— Tenho certeza que não.

— E como explica a emboscada?

— Conheço bem Nédi, sei que não nos traiu. Procurando as informações que devia nos transmitir, deve ter sido descoberto. Como se ainda precisasse, temos mais uma prova da gravidade da situação! A hierarquia prende um dos seus próprios policiais e o reduz ao silêncio.

— Henat não ousaria...

— Não veremos mais Nédi — afirmou o ator com um tom grave. — Pode ser que tenha tido tempo de nos deixar uma mensagem.

— De que maneira?

— Escondendo algum documento em casa. Irei até lá assim que puder.

— Não saia daqui sem a minha permissão — exigiu Nitis.

Bébon se deitou numa esteira. Assim como os amigos, ele se dava conta da extensão do complô. Otimista inveterado, perguntava-se se Kel e ele conseguiriam escapar daquela arapuca.

— Enviei Nédi à morte certa — lamentou.

— Ele aceitou ajudar — lembrou Kel.

— Não imaginava a dimensão do perigo. Sou responsável por sua morte.

— Está piorando a situação.

— Pela armadilha que montaram para nós, Nédi revelou o lugar do encontro. E somente a tortura pode tê-lo feito contar.

56.

Enfrentar a fúria do chefe do serviço secreto não era coisa fácil. O responsável pela operação fracassada se sentia arrasado.

— Meus homens sofreram um duro revés — confessou.

— Cinco policiais experientes contra um sujeito sozinho! — exclamou Henat. — Como pode?

— Kel não estava só. Segundo os relatórios, que são meio confusos, vários cúmplices o protegiam.

— Quantos?

— Dois, três ou quatro. Indivíduos particularmente agressivos e bons na arte da luta.

— E entre eles nem um arranhão?

— Talvez um levemente ferido.

— E toda essa gente conseguiu fugir, mesmo nossa emboscada tendo sido cuidadosamente preparada!

— Não esperávamos tamanha resistência. Além disso, seguindo suas indicações, devíamos deixar o assassino entrar no ateliê e capturá-lo sem maiores dificuldades. Mas ele e seu bando nos atacaram com terrível violência, como se soubessem da nossa presença!

Henat fez uma careta.

Como o policial Nédi poderia ter prevenido Kel? Preso por causa das investigações anormais que fazia, foi submetido a interrogatório aprofundado. Para evitar o sofrimento, havia revelado o local de um misterioso encontro ligado ao caso Kel, mas sucumbiu em seguida a um ataque cardíaco.

Aquele simples escriba se revelava persistente.

Dispunha de uma verdadeira quadrilha que o ajudava a se esconder e escapar das forças policiais. Paciente e metódico, o chefe do serviço secreto não aceitou aquela derrota momentânea. E podia tirar uma lição dos repetidos fracassos e deixar que o fugitivo acreditasse que poderia escapar. Ganhando confiança, Kel cometeria o erro fatal.

* * *

— Você não deveria ter vindo — disse o sumo sacerdote a Pefy, o ministro das Finanças.

— Quis ouvir a verdade da sua própria boca! Realmente está em prisão domiciliar?

— O rei me proibiu de sair do recinto do templo, sob risco de ser posto na cadeia.

— Qual delito cometeu?

— Levei o escriba Kel até a rainha, para que ela o defendesse junto a Amásis.

— Você ficou louco, sumo sacerdote da deusa Neit?

— O rapaz é inocente.

— Tem provas irrefutáveis disso?

— Sua sinceridade me convenceu.

— Mas que pesadelo! Um dignitário da sua idade e experiência se mostrar tão crédulo!

— E se a minha idade e experiência me ajudarem, justamente, a perceber a verdade?

O argumento, por um instante, perturbou o ministro.

— Gem é um juiz ponderado e escrupuloso. Afirma ter em mãos um processo indiscutível.

— A primeira iniciativa do verdadeiro assassino não seria a de procurar iludir o magistrado responsável?

Pefy resmungou:

— Além da intuição, o que tem de tangível?

— Em Náucratis, Kel fez incômodas descobertas que não parecem interessar a ninguém. Ao contrário daquilo que você afirma com tanta certeza e tranquilidade, os comerciantes e financistas gregos não pretendem limitar suas atividades exclusivamente a essa cidade.

O ministro estranhou:

— Seja mais preciso.

— Querem implantar a escravidão e impor o sistema monetário com circulação de moedas de metal por todo o país.

— Não há a menor possibilidade!

— As transações com moedas já começaram e o palácio real não parece se preocupar. Não estaria aceitando uma evolução vista como inevitável? E você, o principal responsável pelas finanças públicas, não parece estar informado.

Pefy manteve um longo silêncio.

— Não vejo o que isso tem a ver com o assassinato dos intérpretes.

— Não estaria alguém prestes a vender o nosso país?

— Está perdendo a cabeça, Wahibré! Não cometa uma imprudência e mantenha-se afastado desse caso. Estou de partida para Abidos, pois quero verificar se os trabalhos de manutenção do templo estão sendo feitos corretamente.

— Ou seja, não vai tentar nada junto ao rei.

— É perda de tempo. Ele só ouve a si mesmo e a Pitágoras, um filósofo grego que o impressiona muito. Por favor, amigo. Esqueça aqueles horríveis crimes, deixe passar a tempestade e o poder perdoará o seu passo em falso.

※※

Apesar de novas tentativas, nem Kel nem Nitis conseguiram decifrar o papiro codificado. Não viam onde encontrar ancestrais capazes de dar uma ajuda decisiva.

Satisfeito com a qualidade do vinho e com a alimentação, no entanto frugal, Bébon ensaiava o texto dos mistérios de Hórus, durante os quais o deus com cabeça de falcão, inspirado pela mãe, Ísis, arpoa o hipopótamo de Seth, reduzindo o mal à impotência.

— Que essa magia divina possa nos proteger! — desejava o ator.

A chegada de Nitis renovou a esperança. Bastava a presença da sacerdotisa para dissipar a angústia.

— Segundo o sumo sacerdote — afirmou ela —, uma única pessoa poderia falar mais demoradamente com o rei a favor de Kel.

— E como se chama esse salvador? — perguntou Bébon.

— Pitágoras, um pensador grego em busca de sabedoria no Egito. Frequentou inúmeros templos e nós mesmos o recebemos aqui, confiando-lhe tarefas ritualísticas que ele rigorosamente cumpriu. Encontra-se agora em Náucratis, com a Senhora Zekê.

— Os empregados de Zekê deram falsos depoimentos ao juiz Gem, me acusando de haver degolado Demos — lembrou Kel. — Mesmo assim, preciso ver Pitágoras e convencê-lo da minha inocência. Parto imediatamente a Náucratis.

— Vou com você — apressou-se a dizer Bébon.

— De forma alguma — decretou Nitis. — Ainda não está restabelecido e a polícia certamente procura um homem de nariz quebrado.

— A Superiora tem razão — interveio Kel. — Fique tranquilo, conheço bem Náucratis e passarei despercebido.

— Leve esse documento que servirá de pretexto para consultar Pitágoras, por recomendação do sumo sacerdote de Neit, sobre a sua visão dos planetas. Vai se apresentar como um grego de Samos.

— Pitágoras e Zekê — resmungou Bébon, preocupado. — E se estiverem agindo juntos? Se for mais um conspirador? Kel deixa um refúgio e cai na bocarra escancarada do crocodilo! Por que o sumo sacerdote está propondo esse plano?

— Por uma confidência que lhe fez seu amigo Pefy, ministro das Finanças.

— Um dignitário de primeiro plano, talvez envolvido no complô!

— É um risco que preciso correr — achou Kel. — Não posso ficar sem fazer nada.

"Nem eu", pensou Bébon.

57.

A curta viagem se passou sem problemas. Os policiais presentes no embarcadouro abordaram um jovem parecido com Kel e, enquanto isso, o escriba subiu a bordo do navio que partia para Náucratis.

No desembarque, novo controle.

Um soldado consultava o retrato de Kel, que conversava em grego com um vendedor de túnicas coloridas que eram muito apreciadas pelos mercenários, tendo o rapaz comprado uma bem ampla.

As forças policiais não os incomodaram e os dois almoçaram num albergue barulhento, onde se faziam negócios à base de muito regateio.

Em seguida, Kel foi ao templo de Apolo, situado entre o dos Dióscoros* e o de Hera, no norte da cidade.

Na esplanada à frente do edifício, sacerdotes conversavam.

— Queiram desculpar a interrupção. Procuro um filósofo chamado Pitágoras, tenho uma carta para ele.

---

* Castor e Pólux.

— Esteve aqui ontem — indicou um dos ritualistas. — Não deve voltar hoje.

— Onde posso encontrá-lo?

— Mora na casa da Senhora Zekê, a mulher mais rica de Náucratis e nossa principal benfeitora.

O ritualista deu a Kel as informações necessárias para chegar à moradia de Zekê. O escriba tinha esperado entrar em contato com Pitágoras longe dali, mas devia aceitar a evidência: teria que atravessar a porta da suntuosa residência, mesmo correndo o risco de ser reconhecido e preso.

Muitos mercenários andavam pelas ruas e se voltavam para olhar as mulheres livres que passavam, de cabelos descobertos. Os que haviam chegado da Grécia recentemente se espantavam com tanto despudor e independência. Chocados, prefeririam ver aquelas fêmeas enclausuradas e sempre disponíveis à satisfação dos seus desejos. Graças à crescente presença grega em Náucratis e outras cidades do Delta, esperavam repor os costumes em sua normalidade.

Kel se apresentou ao porteiro da Senhora Zekê, um sujeito atarracado, de testa estreita e olhar duro.

Se fosse reconhecido, fugiria rápido, correndo.

— Venho de Saís — disse. — O sumo sacerdote do templo de Neit me mandou entregar pessoalmente uma carta a Pitágoras.

— Aguarde aqui.

Primeira etapa cumprida.

A segunda talvez fosse fácil: Kel pediria a Pitágoras para que dessem uma caminhada, tendo algo confidencial a dizer.

A terceira, em contrapartida, se anunciava mais complicada: convencer o filósofo da sua inocência e pedir que interviesse junto ao faraó Amásis.

O porteiro voltou.

— Entre. Um mordomo o conduzirá à sala de recepção, onde Pitágoras vai recebê-lo.

Era impossível recuar.

— Siga-me — ordenou o mordomo, tão desagradável quanto o porteiro.

Também não reconheceu Kel.

— Sente-se e espere.

Pouco à vontade, Kel andou de um lado para outro.

A luxuriante decoração pintada, evocando paisagens gregas, não o distraía. Intermináveis minutos se passaram.

A porta da sala de recepção finalmente se abriu.

E deu passagem à Senhora Zekê.

Nunca esteve tão bonita. Um diadema de ouro ornava os cabelos negros e brilhantes; um colar com três fiadas de pérolas, braceletes de prata e vestido vermelho decotado compunham o aparato. Além de tudo isso, um perfume inebriante, à base de jasmim.

— Tinha certeza de que voltaria — murmurou ela.

— Tenho uma mensagem para Pitágoras e...

— Ele deixou Náucratis pela manhã.

— Para onde foi?

— Ao templo de Ptah, em Mênfis, por ordem do rei.

— Então preciso ir. Tenho que falar com ele.

— Esqueça, Kel. Você agora me pertence.

— A senhora assassinou Demos e tentou me eliminar!

— Já que o destino o poupou e trouxe-o de volta, você irá se casar comigo.

— Nunca!

— Prefere morrer?

— Não a amo, Zekê, e sou incapaz de hipocrisia.

A tristeza invadiu o olhar da mulher de negócios.

— A beleza e o encanto da minha rival são maiores do que pode o bom senso, não é? E as piores ameaças não quebrariam sua fidelidade.

— Exatamente.

— Pela primeira vez na vida, Kel, sou obrigada a desistir de um desejo. E me humilhar assim deveria me deixar furiosa. No entanto, apenas fico admirada. Você tem uma pureza e retidão que achei serem ilusórias. Aceito poupá-lo e deixá-lo livre, mas ouça bem, pois não nos veremos mais. De maneira alguma estou envolvida em qualquer negócio de Estado, do qual você parece estar no centro. Espero modificar a economia deste país, introduzindo a escravidão e a circulação da moeda, unicamente em benefício próprio! A riqueza me fascina e, até o meu último suspiro, não deixarei de fazer crescer a minha fortuna.

— Não tem um ou vários cúmplices no palácio?

— Para que eles me serviriam? Meu reino se situa aqui em Náucratis. Comprei altos funcionários, militares e até sacerdotes. Comem na minha mão para terem uma parte do bolo que não para de crescer. E as inovações que promovo naturalmente ganharão as mentalidades, para além das fronteiras desta cidade. Nós, gregos, chamamos isso de progresso. Vocês, egípcios, voltados para os deuses e o passado, são incapazes disso.

— E o capacete de Amásis?

— Você me deu uma boa lição. Por causa dessa história, sonhei com o poder político. Que erro! Apenas o poder da economia é que conta. Ela varrerá todos os regimes e fará imperadores, reis e príncipes inclinarem a cabeça. Deixo-os entregues a seus passatempos derrisórios e me interesso apenas por comércio e negócios.

— Desconhece então o nome de quem roubou o capacete, o nome do futuro usurpador?

— Não sei nada sobre esse complô e sobre os crimes de que o acusam. Nem quero saber. Deixe Náucratis, Kel, e não tente atrapalhar a minha existência de novo. Ou me sentirei agredida e não terei piedade.

58.

Graças a um navio rápido, Kel percorreu em menos de quatro dias a distância que separa Náucratis da maior cidade do Egito, a antiga Mênfis. Mesmo não sendo oficialmente a capital, permanecia o centro econômico do país, na junção do Delta com o vale do Nilo.

O escriba pagou a passagem redigindo para o capitão e seu imediato cartas administrativas. O principal era a boa utilização das fórmulas certas, deixando claro que as leis não estavam sendo ignoradas. Preocupando-se com essas minúcias, não se arriscavam a sanções e davam satisfação aos queixosos, protegendo-se por trás dos textos em vigor.

O navio acostou no porto Boa Viagem, com impressionante precisão. A cosmopolita Mênfis recebia cotidianamente uma grande quantidade de mercadorias provenientes tanto do sul quanto do norte.

Anônimo no meio da multidão colorida, Kel indagou o caminho a um velho, divertindo-se com o espetáculo constantemente renovado. Encontrou então com facilidade o templo de Ptah, o deus do Verbo e da criação artesanal, próximo da cidadela de muros brancos, construída por Djéser, cujo genial arquiteto Imhotep havia erguido a pirâmide em degraus de Saqqara.

Uma alameda de esfinges conduzia ao monumental pilono de entrada, ornado por mastros com auriflamas proclamando a presença divina.

Kel seguiu um sacerdote puro que se apresentou numa porta lateral, onde os controladores anotaram seu nome no registro de visitantes.

— Tenho esse salvo-conduto — disse o escriba, mostrando a missiva assinada pelo sumo sacerdote de Saís. — Quero encontrar um filósofo grego, Pitágoras, que chegou recentemente.

Um funcionário da segurança examinou o documento.

— Pode entrar. Vou procurar me informar.

O amplo pátio recebia procissões e pessoas importantes nos festejos. Na companhia de outros visitantes ele aguardou, junto a uma colunata.

Os sons do mundo exterior não atravessavam a grossa muralha em volta. Carregando uma bandeja cheia de frutas frescas, um ritualista atravessou o pátio rumo ao templo coberto.

O vigia voltou na companhia de um homem de altura mediana, expressão altiva.

— Sou Pitágoras, quem está me procurando?

— Wahibré me encarregou de trazer um documento confidencial. E preciso acrescentar comentários, longe de ouvidos indiscretos.

Pitágoras controlou a surpresa.

— Vamos ao alojamento que me reservou o clero de Ptah. Poderemos falar com toda tranquilidade.

Pitágoras dispunha de um quarto austero, com um pequeno gabinete de trabalho e sala de águas.

— Aprendi aqui a venerar os ancestrais e a respeitar Maat — revelou ao convidado. — A tradição iniciática não pertence ao passado. Pelo contrário, é a única que leva a um futuro harmonioso. Em Saís, apreciei muito o ensinamento do sumo sacerdote Wahibré e a prática dos rituais a que Nitis me deu acesso, a Superiora das tecelãs.

— Neit teceu o Verbo — lembrou Kel — e suas sete palavras criaram o mundo.

Pitágoras reconsiderou o mensageiro.

— É um iniciado em seus mistérios!

— Nitis e o sumo sacerdote não me negam confiança. Aqui está o documento que me encarregaram de lhe mostrar.

Kel desenrolou o papiro em código.

Examinando-o com atenção, Pitágoras pareceu desolado.

— Minha prática dos hieróglifos não me permite ler esse texto — lamentou ele. — Reconheço os sinais, mas poderia jurar que não formam palavras!

— Exatamente, e não conseguimos dar conta do código. Esperava me beneficiar dos seus conhecimentos. A chave não seria algum dialeto grego?

— Vamos tentar...

— Esse papiro vem do escritório de intérpretes do qual fui um dos escribas — revelou Kel. — Sou injustamente acusado de tê-los assassinado, mas trata-se de um complô contra Amásis. Não sei quem é o culpado, provavelmente um dos principais personagens do Estado que, tendo roubado o capacete do faraó, o colocará na cabeça para se proclamar rei do Egito. Infelizmente, o monarca não quer me ouvir, pois o juiz encarregado da investigação tem um processo cheio de provas esmagadoras, todas falsas.

Pitágoras pareceu em dúvida:

— E por que eu acreditaria?

— Disse a verdade e acrescento ter descoberto que os gregos de Náucratis querem tumultuar a economia do país, com a introdução da escravidão e da moeda. Ignoro se tais fatos estão ligados ao assassinato de meus colegas, mas temo um desastre. Por ter me ajudado, levando-me até a rainha, o sumo sacerdote Wahibré se encontra atualmente em prisão domiciliar. Este documento indecifrável é a única prova da minha inocência, pois provavelmente contém o plano dos conjurados.

— Está dizendo, então, que o Egito se encontra em perigo — murmurou Pitágoras, olhando fixamente o interlocutor.

— Temos alguém que não hesita em eliminar os que o incomodam — lembrou Kel. — Uma violência como essa aponta para alguém extremamente violento e cruel.

— O que espera de mim?

— O faraó o aprecia e ouve. É o único a poder fazê-lo tomar consciência do perigo. Meu destino propriamente pouco importa. É preciso retomar a investigação partindo de novas bases para identificar o monstro oculto nas trevas.

— Amásis e eu conversamos bastante — admitiu Pitágoras. — Ele deseja manter uma paz durável e toma as medidas necessárias para evitar qualquer conflito. Por minha vez, resolvi adaptar o ensinamento egípcio à mentalidade grega e fundar uma escola de pensamento que nos afastará do racionalismo destruidor, aproximando-nos do mistério da vida. No final dessa breve estadia em Mênfis, irei me despedir do faraó em Saís e voltarei à Grécia.

— Aceitaria transmitir meus argumentos e tentar convencê-lo de sua falta de lucidez?

— Não prometo conseguir.

— Esteja certo da minha profunda gratidão. Sua intervenção talvez salve o Egito de um destino funesto.

— Enquanto aguardar o resultado da minha tentativa, proteja-se. Não há crime pior do que o assassinato de um inocente. Que tal passarmos o resto do dia tentando decriptar o papiro?

Os dois estudiosos então se empenharam com virtuosidade, aplicando múltiplas chaves de leitura a partir de dialetos gregos.

Apesar do fracasso, Kel se manteve esperançoso. Amásis daria ouvidos à palavra de Pitágoras.

59.

Estimando-se curado, Bébon arrancou os últimos curativos e implorou que Nitis o deixasse sair. Não aguentando mais ficar parado, queria ter certeza de que o amigo policial Nédi não morrera em vão.

Reticente, a sacerdotisa o fez prometer não se expor a nenhum risco. Surpreendendo a si próprio, o ator honestamente prometeu que seria prudente.

Assim que escureceu, Nitis guiou Bébon até a pequena porta do norte, fechada a partir do pôr do sol. Ela possuía a chave e emprestou-a. Quando voltasse, devia fazer o mesmo caminho, procurando não chamar atenção de nenhum guarda.

Como o ar da noite pareceu agradável! Realmente, viver numa gaiola dourada não era para ele. A precariedade e o perigo lhe excitavam e o tornavam experiente! Deixava para os pequenos burgueses a segurança do aconchego e o tédio da existência uniforme.

Envolver-se num caso de Estado? Nada contra! Os conspiradores que se cuidassem. Atacando Kel, incapaz de cometer um ato vil, tinham atropelado valores vitais. E isso Bébon, que no entanto não era tão intransigente quanto à moral, não tolerava. Afinal, a justiça não era, a base para qualquer civilização digna desse nome?

Dirigiu-se aos subúrbios do sul de Saís, nas vizinhanças de um campo irrigado por inúmeros canais. O lugar contava com algumas belas residências e também moradias modestas, misturadas a quitandas e ateliês.

Nédi era vizinho de um rico agricultor, que tinha orgulho da sua propriedade, cercada por um jardim com palmeiras e jujubeiras.

O local parecia tranquilo.

Temendo nova armadilha, o ator cuidou de olhar bem as redondezas.

Nenhum vigia a postos.

Várias vezes Bébon passou diante da casa do policial.

Perfeita calma.

Deu a volta no imóvel, forçou a janela que dava para o quintal e entrou.

Uma boa sala de estar, um quarto de dormir, um depósito e uma sala de águas. Viúvo, Nédi vivia com folga. Grande amador de bons vinhos, cuidava bem da cave que tinha.

Bébon desceu até ela.

Filtrada por uma lucarna gradeada, a luz da lua deixou que examinasse as jarras, cada uma com indicação da proveniência e do ano.

Não demorou a perceber uma anomalia: uma delas tinha sido aberta e novamente fechada. Bébon retirou a tampa de linho e palha.

Lá dentro, um papiro enrolado e lacrado.

A escrita era fina e a mensagem, surpreendente:

Velho bandido, uma primeira descoberta: a polícia acaba de prender um traficante de armas de ferro armazenadas em Náucratis. Graças a apoios importantes, o sujeito se safou com uma multa. Continuarei a investigação. Se me acontecer alguma desgraça, você com certeza descobrirá este documento. E não se esqueça de beber à minha eterna saúde. A jarra de Imaú, do ano 3 de Amásis, contém um verdadeiro néctar.

Bébon não deixou de prestar a homenagem ao policial. Encorpado, o vinho tinto o fez mergulhar em profundo sono, do qual saiu apenas em plena manhã.

Limitando-se a um pedaço de peixe seco, o ator aguardou a penumbra para sair da casa.

Tudo ainda estava em perfeita calma.

Percebendo o guarda da residência do agricultor, foi até ele.

— Meu primo Nédi não está — disse. — Quando devo voltar?

— Não... não soube?

— O que aconteceu?

— Um ataque cardíaco o matou.

— Em casa?

— Não, no posto da polícia. Já foi enterrado e a casa em breve será ocupada por um colega.

— Pobre primo! Ele parecia, no entanto, ter ótima saúde.

— Ninguém sabe o dia e a hora. Era um bom sujeito!

* * *

— A situação me parece clara — disse Bébon a Nitis e ao sumo sacerdote Wahibré. — Uma facção grega de Náucratis tenta se armar para atacar o rei! É preciso avisá-lo o quanto antes.

— Estou em prisão domiciliar — lembrou o sumo sacerdote.
— E mesmo que conseguisse encontrar Amásis, ele não acreditaria em mim.
— Talvez haja uma solução — arriscou Nitis.

* * *

— Preciso da sua ajuda — disse a sacerdotisa a Menk.
O organizador dos festejos de Saís mal conteve a satisfação. Ela finalmente dava um passo em sua direção!
— O senhor sabe que o rei se nega a receber o sacerdote.
— O que deploro muito, querida Nitis, e espero que haja uma rápida melhora nessa lamentável situação.
— Wahibré tem uma informação capital para a segurança do reino. Sem poder sair do templo, ele busca um mensageiro digno de confiança.
A satisfação de Menk bruscamente declinou:
— Negócios de Estado não são o meu forte e...
— O rei o ouve, pois considera a sua probidade e rigor. Todos nós estamos envolvidos, pois é do futuro do Egito que se trata. Não transmitir essa informação seria um erro grave.
— É uma iniciativa extremamente delicada! Não sei se...
— O sumo sacerdote confia no senhor. Eu também. Nada podemos fazer. O senhor sim pode salvar as Duas Terras.
Por um lado, aceitar o pedido e desagradar ao rei seria o fim da sua carreira; por outro, recusá-lo representava o término das relações com Nitis.
— A tal informação... como a conseguiu?
— Permanece anônima, confidência de um mercenário. Mesmo sem acreditar muito, o senhor achou necessário alertar Sua Majestade.

— Está me pedindo muito!

A jovem sorriu.

— Não tinha a menor dúvida quanto à sua coragem, Menk. A intervenção mostrará ao rei a sua absoluta lealdade. Ele não é ingrato.

Essa perspectiva tranquilizou o organizador dos festejos.

— Devo estar com Sua Majestade em audiência privada em quatro dias. Pode ser?

— Maravilha! Desse modo, não chamará atenção.

— Não me diga que dignitários do palácio estariam envolvidos!

— A informação tem a ver com um tráfico de armas.

Preocupado, Menk ouviu Nitis atentamente.

60.

Já considerado um personagem oficial, Pitágoras gozava da generosidade real. De forma que dispunha de uma embarcação privada, a bordo da qual subiu seu secretário, que passara a acompanhá-lo em Mênfis. Evitando qualquer controle militar ou policial, Kel pôde apreciar uma agradável viagem em direção a Saís.

Não tardaria a rever Nitis.

E se Pitágoras conseguisse convencer o rei, o jovem escriba voltaria a ser um homem livre, com um futuro pela frente.

Sentados à popa, sob uma lona branca estendida entre quatro postes que os protegia do sol, os dois homens saboreavam a calma da paisagem de palmeirais e campos bem-irrigados. Um íbis negro voou por cima deles.

— O pássaro de Thot, depositário das ciências sagradas e padroeiro dos escribas — lembrou Pitágoras. — Na Grécia, o chamamos Hermes. Graças a seu ensinamento, entendi que nosso mundo é apenas uma ilha surgida no centro do oceano de energia primordial. Quando o Criador contemplou sua própria luz, fez nascer a vida que saía da Vida. E a iniciação nos mistérios de Ísis e Osíris torna a Vida consciente. Pois o verdadeiro nascimento não é a nossa medíocre vida profana, e sim o acesso à luz.

— O chefe do serviço de intérpretes me falou do *Ka* do universo que simboliza precisamente essa luz tão generosa! A cada manhã venero o sol nascente, portador da ressurreição.

— Fie-se à deusa Neit, jovem escriba. Masculino que fez o feminino, Feminino que fez o masculino, extensão de água criadora de eternidade, ancestral vivo, estrela flamejante, pai e mãe, ela abrirá as portas do céu para você.

O navio aportou no cais principal de Saís. Pitágoras se dirigiu ao palácio, Kel permaneceu a bordo.

O dia transcorreu interminável.

Pouco antes do pôr do sol, o pensador grego subiu lentamente a passarela.

— Completo fracasso — declarou ele. — Amásis estima que estou sendo vítima de um boato infundado.

— Insistiu?

— A ponto de provocar a ira do rei!

— Ele, então, não quer ouvir!

— Apenas ele governa. Ordenou-me que retorne à Grécia.

— Sinto muito tê-lo colocado em má situação!

— Minha partida já estava decidida. Não seria melhor que me acompanhasse, Kel? Suas perspectivas aqui parecem bem comprometidas. Juntos, fundaremos uma confraria e tentaremos tornar os gregos menos materialistas.

— Deixar o Egito me aniquilaria. E quero provar a minha inocência.

— Que os deuses possam protegê-lo.

* * *

O chefe do serviço secreto, Henat, se curvou diante do rei, que estava visivelmente furioso.

— Exijo explicações.

— A respeito de que, Majestade?

— Não tem ideia?

— Ainda não prendemos o maldito escriba e sou o primeiro a lamentar. Mas o juiz Gem e eu não diminuímos os esforços. O assassino se revela mais difícil do que o previsto.

Amásis fez um gesto de desprezo.

— Estou me referindo a outro escândalo, tão grave quanto!

Henat pareceu surpreso.

— Esclareça-me um pouco, Majestade!

— Pitágoras ouviu falar de um complô armado por gregos de Náucratis e Menk trouxe uma informação suplementar: negociantes de Náucratis teriam importado, fraudulentamente, armas de ferro! Se você, chefe do serviço secreto, não sabe disso, para onde vai este país? Amanhã um usurpador põe na cabeça o meu capacete e as Duas Terras ficam expostas ao caos!

— Estou informado.

O rei olhou Henat fixamente.

— O que disse?

— Eu é que organizei a importação.

Estupefato, Amásis esvaziou uma taça de vinho branco de um delicado buquê.

— Então, não apenas mente, mas me atraiçoa.

— De forma alguma, Majestade.

— Explique-se!

— Há meses o general comandante, Fanés de Halicarnasso, tem pedido a melhora do material militar, para o armamento das tropas de elite principalmente. Quando Cambises subiu ao poder, ele sublinhou a ameaça de invasão persa. Por isso organizei um novo circuito comercial entre a Grécia e o Egito, com a importação de armas de ferro de grande qualidade. Nosso equipamento em breve será muito superior ao dos persas. Como concerne à nossa defesa, a operação se manteve confidencial.

— Eu, o faraó, devia ser informado!

Henat pareceu surpreso.

— E foi, Majestade.

— De que maneira?

— Em dois relatórios, dei detalhes sobre o tipo de transação e sobre a necessidade de mantê-la secreta.

— Relatórios, só relatórios! Não tenho tempo de ler todos, essa papelada me irrita. Na minha idade, é contraindicado o excesso de trabalho. Se não tiver tempo livre, penso errado.

Amásis bebeu outra taça de vinho branco.

— Melhor assim, Henat. Por um momento, temi que uma facção dos gregos de Náucratis conspirasse contra mim. Logo eles, que têm tantos privilégios, já que encarnam o futuro!

— As entregas de armas estão sob alto controle, Majestade — insistiu Henat. — Nem uma única espada será desviada do seu destino.

— Sei quem é o autor dessa boataria! O sumo sacerdote de Neit, é claro! O poderoso Wahibré não suporta a humilhação e quer continuar tendo um papel político, semeando a desordem. Não perde por esperar!

— Sua estatura moral, Majestade...

— Sei o que tenho a fazer, Henat. Continue a redigir relatórios precisos e detalhados.

61.

— Parece contrariado — observou a rainha Tanit. — Não lhe agradam a carne de boi assada com molho e o vinho dos oásis?

— Estou sem apetite — respondeu Amásis.

— Problemas graves?

— Um só, Wahibré, aquele maldito sumo sacerdote! Agora passou dos limites. Resolvi me livrar dele. Será preso e deportado por alta traição.

A rainha delicadamente enxugou os lábios com um guardanapo de linho.

— Processo turbulento em perspectiva! Tem as provas necessárias?

— Não haverá processo.

— Wahibré é uma autoridade espiritual e moral respeitada — observou Tanit. — Se a condenação não se justificar plenamente, não será bem-vista. Ter contra você todos os templos do Egito pode enfraquecê-lo.

— Não representam o futuro!

— Também acho, mas os egípcios são muito apegados e os templos ligam os homens aos deuses. Os próprios gregos não reconhecem que as Duas Terras são a pátria das divindades e o centro espiritual do mundo?

— Wahibré me detesta!

— E daí?

— Conspira contra mim.

— Tem certeza e pode sustentar a acusação diante de um tribunal?

Amásis hesitou.

— Eliminar o sumo sacerdote de Neit vai provocar graves perturbações — continuou a rainha. — Os rituais e as festas deixarão de ser celebrados em Saís e o movimento se espalhará por todo o Egito.

O rei colocou a mão sobre a da esposa.

— Não quero chegar a esse ponto. Evitou-me um erro fatal, querida.

— Aprendi a amar e compreender este país. Se o alto dignitário o combate, controle-o e impeça o prejuízo, sem abalar suas funções religiosas. A idade devia levá-lo à prudência. E se sair do seu território, aí sim a lei permitirá que você intervenha.

O camareiro interrompeu o almoço:

— Majestade, o chanceler Henat deseja vê-lo com urgência.

— Mais trabalho, mais trabalho!

Tanit sorriu.

— Vai, meu amigo. O dever o chama.

Contrariado, o rei recebeu o chefe do serviço secreto.

— Excelentes notícias, Majestade! Acabamos de receber uma longa carta assinada pelo imperador dos persas, Cambises. Usei o serviço de três tradutores para não perder nuança alguma. Nossa estratégia é um total sucesso! Declarando-se impressionado com nosso poderio militar, o imperador se apresenta como homem de paz, esperando desenvolver as relações diplomáticas e comerciais entre os dois países.

— Dito de maneira mais clara, desiste de nos atacar.

— Exatamente! Mesmo assim, recomendo não abaixar a guarda e dar continuidade ao esforço militar. Um persa será sempre um persa, sonhando com conquistas. Ao nosso primeiro sinal de fragilidade, Cambises pode mudar de atitude.

— Fique tranquilo, não é a minha intenção diminuir o orçamento militar. Um aumento dos impostos vai garantir o desenvolvimento do exército.

* * *

O rei havia escutado Menk com toda a atenção e agradeceu-o pela iniciativa. Como fiel servidor do Estado, ele trazia ao monarca uma informação importante. Excelente organizador dos festejos de Saís, logo estaria merecendo outras responsabilidades.

De forma que, satisfeito, ele atendeu a convocação do administrador do palácio. Henat lhe daria novas funções, de ainda maior prestígio.

A atitude e o olhar do poderoso personagem o deixaram pouco à vontade. Ele sempre causava nos interlocutores a impressão de serem delinquentes!

— Sua Majestade falou-me a respeito das suas declarações — declarou o chefe do serviço secreto com voz calma.

— Apenas cumpri o meu dever.

— Espalhar boatos e falsas notícias parece-me um delito.

O sangue de Menk gelou.

— Eu... Eu não estou entendendo!

— Deixou-se manipular. E quero saber por quem.

— Foi um simples boato anônimo! Achei...

— Não me tome por imbecil, Menk. Até acredito que imaginasse estar servindo ao rei, mas mergulhou numa engrenagem que pode lhe custar muito caro. Quem foi o seu informante?

Menk se apavorou.

Como resistir àquele predador implacável?

Era evidente que Nitis também tinha sido manipulada! Acusar o sumo sacerdote agravaria a situação daquele tão íntegro personagem. Restava apenas uma solução.

— O escriba Kel

Henat ficou paralisado.

— Onde o encontrou?

— Ele me esperava nas proximidades da minha residência. Ameaçou-me com uma faca. Obrigado a ouvi-lo, achei-o convincente. Ele alega ser inocente e vítima de traficantes de armas. Suplicou-me que alertasse Sua Majestade.

Durante o longo silêncio do chefe do serviço secreto, as costas de Menk se alagaram de suor.

— Não existe tráfico de armas nenhum — revelou Henat — As entregas confidenciais que chegam a Náucratis são destinadas a nossos mercenários, para a dissuasão de eventuais agressores. O escriba assassino mentiu para você. Dirige uma quadrilha de conspiradores e criminosos decididos a derrubar o faraó do trono. Já está sabendo de coisa demais, Menk. Vai conseguir conter a língua?

— Juro que sim!

— Sabe onde Kel se esconde?

— Não!

— Cometeu um erro grave, confiando nele. Precisa repará-lo.

Menk se sentiu à beira de um colapso.

— O sumo sacerdote Wahibré cometeu o mesmo erro — disse o chefe do serviço secreto — e perdeu a estima de Sua Majestade.

Não posso imaginar que continue a ajudar, de uma maneira ou de outra, um assassino foragido. Mesmo assim, é melhor ter certeza. Não é o que acha?

— Com certeza, é claro!

— Nesse caso, uma vez que frequentemente vai ao templo, se tornará meus olhos e ouvidos. Quero ser avisado imediatamente sobre o menor incidente ou frase a respeito de Kel. E denuncie seus eventuais cúmplices.

— É uma tarefa delicada e...

— Será preenchida com perfeição. A ponto de me fazer esquecer do seu passo em falso.

62.

O humor do juiz Gem piorava.

Apesar de todo o desdobramento das forças policiais e do considerável trabalho empregado, a investigação estagnava, e o escriba assassino continuava a desafiá-lo!

Mas algumas certezas o juiz havia conseguido.

Não tinha a menor dúvida quanto à culpa de Kel. Nem quanto à sua participação num complô para a derrubada do rei. Talvez inclusive o escriba dirigisse uma quadrilha de sediciosos, com o mais fanático deles dando ajuda, sempre que necessário, para escapar das autoridades.

A dignidade e credibilidade do juiz estavam em jogo. Aquele fracasso não demoraria a deixar Amásis furioso, apontando a ineficácia do chefe da magistratura. E seria merecida a acusação.

Por que tanta dificuldade, senão pela própria gravidade do caso? Kel não era um assassino comum, e sim um temível líder, disposto a matar qualquer um que se pusesse no seu caminho. Tal ferocidade surpreendia o velho magistrado, no entanto habituado às torpezas humanas.

Às vezes, Gem pensava nas últimas palavras do defunto chefe do serviço de intérpretes: *Decifre o documento codificado e...*

Um documento impossível de ser encontrado.

Será que o escriba Kel se apoderara dele contra o poder estabelecido?

No momento em que o juiz deixava pensativo o seu escritório, Henat se aproximou.

— Parece apreensivo!

— Teria motivos para estar tranquilo?

— A confiança de Sua Majestade deveria bastar.

— Não vou perdê-la, em pouco tempo?

— De forma alguma! O rei aprecia o seu esforço e não tem intenção alguma de substituí-lo.

— Está me surpreendendo, Henat!

— A ordem impera, a justiça vem sendo respeitada: é o essencial. E você representa um papel de primeiro plano, aplicando a lei.

O juiz Gem não escondeu o desalento:

— Estou parado, sem sair do lugar, é horrível! Esse Kel não é um adversário qualquer.

— Não desanime. Sabe perfeitamente que o pior dos criminosos acaba sempre cometendo um erro. Além disso, dispomos de um novo aliado: Menk, o organizador das festas de Saís.

— Ele tem informações importantes?

— Encarreguei-o de me informar sobre qualquer incidente que possa acontecer nos domínios de Neit.

— Um espião dentro do templo!

— Vai estar prestando um serviço à justiça.

— Acha que o sumo sacerdote ousaria esconder um criminoso procurado?

— A busca aprofundada no local não deu resultado. Dada a situação, Wahibré não correria semelhante risco, mas pode utilizar um dos seus fiéis para ajudar o escriba a escapar.

— Ou seja, o sumo sacerdote está com os conspiradores!

— Não necessariamente. Talvez acredite na inocência de Kel. De qualquer maneira, Menk estará em cima e terá informações úteis. É claro, vou mantê-lo informado.

✦✦✦

O chefe dos conjurados fez um balanço:

— A situação está evoluindo satisfatoriamente. É verdade, não havíamos previsto tanta resistência por parte do escribazinho. Mas no fundo acaba sendo bom, pois o foco está voltado para ele. Continuem, entretanto, a manter extrema prudência, sem a menor tagarelice, pois a vitória ainda está distante.

— O rei não vai descobrir a verdade?

— Não podemos excluir tal desastre. Por isso convém enfraquecer seu *Ka*, o dinamismo criador, para que fique à mercê dos acontecimentos.

— É coisa difícil! Apesar da preguiça e do gosto pela bebida, Amásis mantém seguras as rédeas do poder. Tem o instinto da fera, capaz de farejar o perigo.

— Não vamos atacar diretamente a sua pessoa — decidiu o chefe dos conjurados —, e sim a sua encarnação venerada por todos.

Um dos conspiradores protestou:

— O choque será enorme entre a população!

— É essa a meta.

✦✦✦

A beleza da Superiora das cantoras e tecelãs da deusa Neit maravilhava Menk. Cada vez que a via, sentia-se mais atraído. Ela lhe pertenceria um dia. Devia então protegê-la.

— O rei o ouviu? — perguntou Nitis.

— Com muita atenção! Você se deixou iludir por um boato falso. Na verdade, não há tráfico de armas.

— Está... certo disso?

— Sua Majestade em pessoa me deu a prova — afirmou Menk, alterando um pouco a verdade.

Era impossível falar da delicada missão que lhe confiara o chefe do serviço secreto.

— Seja prudente, Nitis, eu imploro! A fuga do escriba assassino e os problemas militares são do âmbito do Estado e estão acima de você e de mim. Envolver-se nisso, de perto ou de longe, é querer ser triturado.

— Obrigada pelos conselhos, Menk.

— Promete segui-los?

— Prometo.

— Fico mais tranquilo, Nitis! No entanto, uma coisa está me afligindo: a bondade natural do sumo sacerdote não o teria levado a ajudar Kel, recomendando-o a um amigo, por exemplo?

— Como pode imaginar algo assim? Para o sumo sacerdote, só o que conta é a lei de Maat. Ele jamais daria apoio a um assassino.

* *

A abertura de um novo ateliê, com belíssimos teares, provocou o fechamento de um prédio mais antigo, que ficaria desativado por algum tempo. Era um esconderijo ideal para Kel.

Representando perfeitamente seu papel de vendedor ambulante de víveres que, em seu ritmo próprio, o robusto Vento do Norte transportava, Bébon circulava à vontade.

Nitis fez sinal para que ele a seguisse.

A sacerdotisa, o escriba e o ator se encontraram no ateliê desativado.

Em caso de perigo, o asno daria o alerta.

Na penumbra do local silencioso, Kel contemplou Nitis. Assim como a primeira luz da alvorada, ela encarnava a esperança.

Tão próxima, tão inacessível!

— Em que pé estamos? — perguntou Bébon, quebrando aquele momento ao mesmo tempo delicioso e aflitivo.

— Pitágoras não conseguiu convencer o monarca — deplorou Kel. — Viu-se inclusive forçado a voltar à Grécia.

— Menk também fracassou — revelou Nitis. — Segundo o próprio monarca, não há sinal de tráfico de armas.

— Ou seja — completou Bébon —, Amásis é o grande mandante dos crimes cometidos.

— Nego-me a acreditar! — protestou Kel. — Nunca um faraó traiu seu país e seu povo.

— Os tempos mudam.

63.

Como a cada semana, Nitis foi visitar a vaca sagrada, encarnação terrestre da deusa Neit e mãe do touro Ápis, símbolo vivo do *Ka* real, a força criadora do faraó. Normalmente, o animal tão calmo, com olhos tão meigos, vinha lamber a mão da sacerdotisa, e eles passavam juntos um bom momento de felicidade.

Daquela vez, a mãe de Ápis se manteve prostrada.

Preocupada, Nitis chamou o veterinário. O diagnóstico foi pessimista:

— A mãe de Ápis vive suas últimas horas.

A jovem imediatamente procurou o sumo sacerdote.

A aflição de Nitis o abalou.

— Kel está em perigo?

— Não, encontrei um abrigo seguro para ele.

— Por que parece tão atormentada então?

— A vaca da grande deusa agoniza.

A notícia abalou Wahibré:

— Deveria ir imediatamente a Mênfis para verificar o estado de saúde do touro Ápis, seu filho, garantia da vitalidade de Amásis.

— Está em prisão domiciliar — lembrou Nitis. — Se me autorizar, posso substituí-lo.

— Parta imediatamente. Nas atuais circunstâncias, a morte de Ápis seria catastrófica.

* * *

A bordo do navio oficial da Superiora das cantoras e tecelãs de Neit, ninguém prestou atenção à presença de um escriba, um ajudante e um burrico. Kel, Bébon e Vento do Norte viajaram com toda a segurança.

Kel mantinha o diário de bordo, Bébon enchia as taças de cerveja fresca e Vento do Norte, alimentado com cardos, alfafa e tâmaras, saboreava o delicioso périplo pelo Nilo, sem ter que fazer qualquer esforço.

Ao chegarem a Mênfis, a sacerdotisa avisou o comandante de que se contentaria com um séquito reduzido, apenas dois criados e um asno, encarregado de levar as roupas.

Ao norte do bairro fortificado da maior cidade do Egito, o santuário de "Neit que abre os caminhos" ocupava boa área.

A homóloga de Nitis, uma quarentona de aparência severa, recebeu-a com toda cordialidade.

— A visita muito nos honra.

— Encontrá-la é uma alegria. Infelizmente, a preocupação guiou meus passos, pois a mãe de Ápis acaba de morrer, e o sumo sacerdote teme que o seu filho se enfraqueça.

A sacerdotisa menfita ficou paralisada.

— O venerável Wahibré não deveria ter vindo?

— Graves dificuldades o impediram. Ele me delegou poderes para representá-lo.

— Vamos ao cercado do touro.

O culto do touro Ápis datava da primeira dinastia, que assistira à unificação do Alto e do Baixo Egito, no reinado de Menés. Arauto e intérprete do poder real,* o touro abastecia com muitas riquezas a mesa dos deuses e deusas. Encarnação da Criação, da luz e da ressurreição,** o colosso fora parido por uma vaca iluminada por um relâmpago que brotara nas nuvens. Símbolo da deusa-Céu, unida à primeira irradiação da aurora dos tempos, ela não gerou outros nascimentos. Seu filho único, Ápis, garantia a vitalidade do faraó.

O touro sagrado não se assemelhava a nenhum outro. Negro, com um triângulo branco na testa e o escaravelho das metamorfoses gravado na língua, ele ocupava um cercado no lado sul do templo de Ptah, próximo do palácio real. Gozando de cuidados constantes, tinha longos e felizes anos a serviço da prosperidade do reino.

Quando morria, cabia ao templo de Saís fornecer a mortalha osiriana, indispensável à inumação. Mas as autoridades religiosas de Mênfis não haviam transmitido nenhuma mensagem alarmante às de Saís.

A ampla e confortável área reservada a Ápis demonstrava a importância que se atribuía ao touro sagrado.

O cercado estava vazio.

— Onde ele está? — perguntou Nitis.

Surpresa, a sacerdotisa menfita alertou o guardião-chefe.

— Desde a manhã, não saiu do estábulo.

— Está mal?

---

* *Ka*, "poder criador", é sinônimo de *ka*, "touro".

** Ápis renovava (*ouhem*) o ato criador de Ptah, a luz fecundante de Rá e a capacidade de ressurreição de Osíris.

— Limito-me à alimentação.

— Abra a cancela — ordenou Nitis.

Com mulheres assim, mais vale não discutir. Pouco pacientes, podem logo lançar uma maldição.

A sacerdotisa atravessou o cercado e entrou no abrigo de Ápis. O poderoso animal estava deitado de lado, de olhos remelentos.

Nitis se aproximou.

Entre ela e o touro uma imediata confiança se estabeleceu. Tocou a sua testa: escaldante.

— Vamos cuidar de você — prometeu ela.

A jovem saiu às pressas.

— Ápis está gravemente doente — disse à colega. — É preciso prevenir o veterinário imediatamente.

Estando de cama o titular do cargo, um assistente o substituía. Após breve exame, estabeleceu o diagnóstico:

— Nada de tão alarmante. Uma simples febre passageira.

— Não me sinto tão segura assim — contrapôs Nitis.

O especialista se encheu de si:

— Ninguém jamais colocou em dúvida minhas competências!

— Não deveria esfregar o touro com plantas e fazê-lo transpirar para que elimine as toxinas?

— Totalmente desnecessário. Um pouco de repouso basta. Logo terá de volta toda a soberba.

— No entanto...

— Sou eu o especialista!

Lançando em Nitis um olhar de desdém, o veterinário se afastou.

64.

Logo no dia seguinte, Nitis voltou ao cercado. Um guardião impediu que ela entrasse.

— Ninguém pode passar. Ordem do veterinário.

— Nem mesmo a delegada do sumo sacerdote de Neit?

O título da visitante impressionou o funcionário. Ela podia fazê-lo ser transferido para um lugarzinho qualquer no interior.

— Bom... Mas não permaneça por muito tempo.

Ápis ia de mal a pior. Respiração curta, têmporas ardentes, raízes dos dentes inflamadas. Nem havia tocado na ração, cujo odor intrigou a sacerdotisa. Pegou um bocado e levou ao laboratório do templo de Ptah, encarregando um técnico de analisá-la.

O exame foi formal: havia veneno no alimento.

A jovem pediu uma audiência imediatamente ao sumo sacerdote, que a recebeu no final da manhã.

— Estão tentando assassinar Ápis — denunciou ela, dando detalhes do acontecido.

— Impossível! Nosso veterinário é um excelente técnico. Jamais teria permitido que se cometesse algo assim.

— Por motivos de saúde, seu assistente o substitui. E se recusa a tratar do touro.

— Vou chamá-lo agora mesmo.

Após longa demora, avisaram que o assistente havia desaparecido. Muito indisposto, o titular não tinha como intervir. Foi chamado então outro especialista, que apresentou diagnóstico pessimista.

Segundo ele, o touro vivia suas últimas horas.

∗

Alojados com a criadagem, Kel e Bébon se comportavam de maneira bem diferente. O escriba pouco saía e, apesar dos seguidos fracassos, tentava decifrar o código do papiro. Já o ator passeava na companhia de Vento do Norte e ficava de conversa fiada com quem se dispusesse a isso.

Nitis, enfim, reapareceu.

— Ápis está morrendo — disse.

— Não me surpreende — respondeu Bébon.

— Como soube? Por enquanto ainda é segredo de Estado!

— Depende para quem! Segundo um ritualista, há mais de uma semana preparam a sepultura no Serapeum.

— A morte de Ápis foi programada então — concluiu Kel.

— Dito claramente, trata-se de um assassinato.

— O desaparecimento do touro sagrado enfraquece a força do rei — lembrou Nitis. — Durante o período dos funerais e até a consagração de um novo Ápis, Amásis vai estar em perigo.

— Isso não prova a sua inocência? — perguntou-se o escriba.

— Mantenho-me cético — declarou Bébon. — Sem deduções apressadas.

— E se a chave do enigma estiver no Serapeum, a necrópole dos touros Ápis? Quem sabe são eles os ancestrais que detêm o código!

— Normalmente — observou Nitis — é proibido o acesso.

— Os ritualistas devem preparar os funerais! E Bébon vai encontrar um jeito de driblar a vigilância dos guardas.

— Como assim? Agora sou o salvador da humanidade?

— Comece com nós dois. Depois pensamos no resto.

* * *

O touro Ápis morreu ao amanhecer. O sumo sacerdote de Ptah se recolheu diante do cadáver e o confiou aos embalsamadores encarregados de transformá-lo em corpo osiriano. Em seguida, convocou os ritualistas que participavam da cerimônia. Somente eles estavam autorizados a penetrar no Serapeum.

— Nitis, a Superiora das cantoras e tecelãs de Neit, nos assistirá — decidiu ele. — Nesse instante tem início o luto oficial, que Sua Majestade deseja o mais breve possível. O sarcófago do defunto Ápis já está pronto, e procederemos rapidamente à sua instalação.

A jovem, então, tinha acesso oficialmente ao Serapeum! A pressa do monarca comprovava sua preocupação. Os conjurados não se aproveitariam desse período instável para tomar o poder?

O corpo de Ápis foi transportado para a sala de embalsamamento, situada no ângulo sudoeste do recinto do templo de Ptah, e deitado num leito de alabastro.

Começaram então os velórios fúnebres, acompanhados de jejum de quatro dias, durante o qual só se consumiam água, pão e legumes.

Previdente, Bébon havia escondido duas jarras de bom vinho.

— Tenho toda a simpatia por touros — confessou —, mas prefiro ainda uma boa safra. Vai nos ajudar a suportar as privações.

Kel recusou a taça.

— Não vai bancar o carola!

— Quero respeitar as prescrições ritualísticas.

— Você não é sacerdote de Ápis!

— A força que ele encarna merece veneração.

— Não vamos começar com especulações teológicas! No que me concerne, bebo e agradeço aos deuses por terem criado a vinha.

* * *

O rei Amásis esvaziou mais uma taça.

— Não deveria evitar os excessos? — preocupou-se a rainha Tanit.

— A morte do touro Ápis me fragiliza! Aos olhos do povo, a minha força diminui. E quem roubou o meu capacete se prepara a fim de usurpar o poder.

— A investigação do juiz Gem tem progredido?

— Nem uma polegada! O escriba assassino desapareceu. Pode até ser que esteja morto e enterrado! Do capacete também não há o menor sinal. Já o chefe do serviço secreto igualmente empacou, mas pelo menos não procura desculpas. Acaba de apresentar sua demissão, que rejeitei. Até o presente, sua eficiência sempre foi notável. E a experiência que tem é insubstituível. Estamos na presença de um adversário particularmente competente, Tanit. Assassinando o touro Ápis, abala o meu *Ka*, a minha reserva de energia vital.

— O que fazer?

— De imediato, duas coisas: encontrar o mais rapidamente possível o sucessor de Ápis e reduzir ao mínimo o período de luto. Por isso enviei emissários por todo o país e transmiti diretrizes precisas ao sumo sacerdote de Ptah.

Tanit se colocou entre a jarra de vinho e o marido.

— Mantenha-se lúcido, por favor! Vai precisar, para vencer o combate.

65.

Formada por sacerdotes e sacerdotisas, delegados do faraó e militares, a procissão foi buscar a múmia do touro Ápis e levá-la à tenda de purificação, erguida à beira do lago do rei. O sumo sacerdote de Ptah entornou água fresca proveniente do céu sobre o grande corpo osiriano e pronunciou fórmulas de ressurreição. Em seguida, o morto transfigurado atravessou de barco o lago, símbolo do oceano primordial em que nasciam e renasciam todas as formas de vida.

O caminho que conduzia ao Serapeum apresentava sérias dificuldades. Recentemente coberto de areia por ventos violentos, terminava com um aclive rochoso que exigiu esforço considerável dos soldados que arrastavam o trenó com a pesada múmia.

Encarregado de uma caixa contendo amuletos, Kel seguia Nitis à frente do cortejo. Bébon e Vento do Norte, aparelhado com vasilhas, seguiam mais atrás. Carpideiras profissionais declamavam litanias em homenagem ao defunto.

A viagem fúnebre durou bem uma dezena de horas.

Finalmente, surgiu a alameda de esfinges conduzindo ao interior do Serapeum. A procissão parou.

CAÇA AO HOMEM

— Aqui está o Belo Ocidente aberto ao Ápis de voz exata — declarou o sumo sacerdote de Ptah. — O rei oferece a ele um sarcófago de granito rosa e negro, sua barca de ressurreição inalterável e indestrutível. Nunca, anteriormente, um faraó cumpriu obra igual.

Nitis abriu a caixa que Kel lhe apresentou, tirou os amuletos e arrumou-os em cima da múmia.

Os principais ritualistas e seus assistentes, encarregados das oferendas funerárias, atravessaram a porta da necrópole dos touros.

Duas galerias davam acesso às câmaras de ressurreição dos Ápis. Datando do Novo Império, a primeira tinha um comprimento de 68 metros. Escavada no reinado de Psamético I,* a segunda chegava a quase 200 metros e cortava a anterior em ângulo reto. Os ritualistas que participavam dos funerais ganhavam um grande privilégio: poder deixar ali estelas pessoais, se associando, desse modo, à eternidade de Ápis.

O subterrâneo do defunto impressionou Nitis: 8 metros de pé-direito e um sarcófago colossal de cerca de 60 toneladas!

O sumo sacerdote de Ptah procedeu à cerimônia de abertura da boca de Ápis, novamente dotado da palavra criadora. Ordenou aos soldados que colocassem a múmia no interior do sarcófago e o fechassem com sua tampa de pedra.

Felizmente, tudo se passou dentro do esperado.

Enquanto estava sendo amurada a câmara de eternidade, Kel explorou o lugar. Decifrando apressadamente as estelas votivas, esperava descobrir uma mensagem dos ancestrais. Decepcionado, saiu da grande galeria e quis se aproximar das cavernas mergulhadas na escuridão.

---

* 664-610 a.C.

Um soldado barrou a passagem:
— Alto! Onde está querendo ir?
— Pediram-me que depositasse uma oferenda.
— Entrada proibida.
— Minha oferenda...
— Engana-se de lugar. Volte atrás.
O escriba obedeceu.
No final da cerimônia, estelas com o nome de dignitários foram depositadas diante da porta murada e os ritualistas deixaram em silêncio a necrópole.

⁂

— Um soldado me impediu de ir até o fundo de uma galeria — murmurou Kel ao ouvido de Nitis. — Acabo de vê-lo sair. Não tem mais ninguém agora no interior do Serapeum. Quero continuar as investigações.
— É arriscado demais! Os guardas vão prendê-lo.
— Bébon pode distraí-los. Se não fizer isso agora, não descobriremos a verdade. Amanhã o local já estará inacessível.
— Preciso voltar a Mênfis com o sumo sacerdote. Tenham todo o cuidado, por favor.
— Tenho muita vontade de voltar a vê-la, Nitis.
Um dignitário chamou a jovem, e Kel se afastou.
Bébon mastigava um pão ázimo enquanto Vento do Norte cochilava.
— Pressinto algum projeto maluco — inquietou-se o ator.
— Você afasta os guardas, eu entro no Serapeum e exploro. Depois fugimos.
— Formidável! É besteira discutir, não é?
— Prepare-se.

⁎ ⁎ ⁎

Em plena noite, cinco dos dez guardas estavam em sono profundo, três dormitavam e os dois últimos discutiam seus respectivos problemas conjugais. Frequentemente em missão, começavam a ter dúvidas quanto à fidelidade das esposas.

Num momento em que nuvens esconderam a fraca luz da lua crescente, Kel engatinhou na direção da entrada dos subterrâneos. No dia seguinte, ela seria obstruída até a inumação do sucessor do Ápis defunto.

O escriba entrou de mansinho, se endireitou e correu rumo à zona proibida.

Dispondo de pouco tempo até a intervenção de Bébon, Kel utilizou um dos lampiões deixados acesos para examinar as estelas.

Eram simples textos de veneração ao touro Ápis, sem o menor elemento estranho que os remetesse a uma linguagem codificada.

No fundo da galeria, havia um pequeno recinto aberto e, dentro dele, um sarcófago de madeira, sem tampa.

Estranhando, Kel se atreveu a olhar o interior.

Ficou siderado por bom tempo.

Gritos longínquos o chamaram de volta à realidade. Apossando-se do tesouro, deixou o Serapeum.

A fogueira que Bébon havia acendido fez os guardas irem averiguar. Não demoraram a descobrir um simples amontoado de gravetos e mato seco, sem perigo para a segurança da necrópole.

— Sigamos Vento do Norte — recomendou o ator. — Ele conhece o melhor caminho. Mas... isso parece...

Kel brandia o precioso objeto.

— Encontrei o capacete do faraó Amásis!

66.

Udja, chanceler real, governador de Saís e responsável pela marinha de guerra, estava visivelmente irritado. O cansaço não parecia afetá-lo e sua poderosa compleição se tornava ameaçadora.

— Não são homens que fogem das responsabilidades que têm — disse ele ao juiz Gem e ao chefe do serviço secreto, Henat. — Era outro o balanço que esperava.

— Nenhuma pista do capacete do rei — reconheceu Henat. — O ladrão soube escondê-lo bem e não deu nenhum passo em falso. Por sorte, meus agentes não observaram tentativa alguma de sedição. Os quartéis de mercenários continuam calmos e também não descobrimos discursos feitos contra o faraó Amásis. Pressionado pelo flagrante fracasso, apresentei minha demissão a Sua Majestade.

— E ele teve razão de recusar — devolveu Udja. — Ninguém tem as mesmas competências que você e, além disso, não se abandona o navio em plena tempestade. Suas dificuldades demonstram a amplidão do complô, mas a situação não é desesperadora.

Temendo o fracasso, o inimigo não ousou lançar uma grande ofensiva, preparada à sombra. E ignoramos os mandantes, à exceção do provável chefe: o escriba Kel.

O juiz parecia abatido.

— Esse caso vai além do meu alcance. Nem a polícia nem os informantes conseguem encontrar o fugitivo! Também apresentei minha demissão.

— E mais uma vez o rei teve razão ao mantê-lo no cargo — declarou o chanceler. — Esse Kel não é um criminoso comum. Temos que unir nossas forças, no intuito de proteger o faraó e o Estado. Vamos esquecer as brigas de sempre e lutar juntos.

Henat e Gem concordaram com a cabeça.

— Por que ninguém consegue encontrar o escriba Kel? — perguntou o chanceler. — Morte natural? Seria bom demais! Assassinado pelos cúmplices, querendo se livrar de alguém que se tornou incômodo? É possível. Nesse caso, todos os nossos problemas estariam resolvidos! Ninguém tentaria se proclamar rei, e o capacete permaneceria escondido para sempre. Em pânico, os sediciosos podem até tê-lo destruído.

— Não acredito — manifestou-se Henat. — A dimensão dos crimes cometidos demonstra que Kel é o chefe do bando. Um tirano implacável e esperto, capaz de se livrar dos contestadores. Provavelmente está esperando que baixemos a guarda! Achando que de tanto procurar em vão, cheguemos à conclusão do desaparecimento, interrompendo a investigação. Poderia então tranquilamente sair da toca, com as mãos livres para agir. Não podemos suspender nenhum dos dispositivos de segurança. Temos que dar prosseguimento à caçada.

O chanceler e o juiz concordaram.

— Um detalhe me perturba — confessou Gem. — Considerando o número de retratos distribuídos à polícia e alcaguetes, é impossível que Kel tenha passado entre as malhas da rede. Pode ter se refugiado no sul, na Núbia, por exemplo, e não vai poder, nesse caso, contar com o apoio das tropas de elite. Mas pode também... ter mudado de aparência! Pode estar com outro corte de cabelo, careca, usando peruca, bigode, saiote de operário, túnica de comerciante, roupas coloridas dos líbios e sírios, trajes gregos... Há muitas possibilidades de disfarces!

— Ótima e preocupante hipótese — admitiu Henat. — Infelizmente, parece muito verdadeira. E isso quer dizer que nossos retratos são inúteis e que o assassino não será preso.

— É aqui, e não no sul, que um usurpador poderia tentar tomar o poder — garantiu o chanceler. — Mesmo assim, é melhor deixar sob estrita vigilância a tropa de Elefantina. É claro que qualquer revolta ali fracassaria sem ameaçar o trono, mas sejamos prudentes.

— Reforçarei o atual dispositivo — prometeu Henat.

— É possível que o juiz Gem tenha encontrado uma boa explicação — continuou Udja. — Uma coisa é evidente: o assassino goza de cumplicidades bem eficazes. Sozinho, apesar dos sinistros talentos que tem, não conseguiria escapar.

— Sinto muito pronunciar o nome do sumo sacerdote Wahibré — disse o chefe do serviço secreto sem alterar a voz. — Vejo isso como ingenuidade de um homem generoso e crédulo, mas convencido da inocência do escriba, temível sedutor. Provavelmente o sacerdote o ajudou, com toda boa-fé.

— A inspeção minuciosa nos domínios de Neit não deu em nada — lembrou o juiz. — Devemos insistir?

— É inútil — estimou Henat. — Em prisão domiciliar, sem possibilidade de audiência real, ele não seria louco de esconder o criminoso. E temos um homem lá dentro, Menk.

— Wahibré é teimoso — afirmou o chanceler. — Se ainda acreditar na inocência de Kel, não o abandonará.

— O sumo sacerdote corre risco de prisão! — observou o juiz.

— Ele não intervirá mais pessoalmente e deixará a ação para um ou vários dos seus próximos. Temos que identificá-los.

— Sem frequentar muito a sociedade e sendo bastante recluso — analisou o magistrado —, Wahibré não tem muitos amigos. É verdade...

Pensativo, Gem hesitou.

Naquele ponto da investigação, nada devia ser deixado de lado.

— Seu único confidente é Pefy, o ministro das Finanças.

— Está evidentemente fora de suspeita — cortou o chanceler.

— Nunca esse fiel servidor do Estado trairia Amásis.

— Pefy demonstra enorme ligação com a cidade santa de Abidos — interveio Henat — e tenta em vão obter fundos para trabalhos de restauração. Sua insistência irrita o faraó e certamente provoca algum rancor no ministro das Finanças.

— Não a ponto de torná-lo um conspirador! — protestou Udja.

— Onde ele se encontra atualmente? — perguntou o juiz.

— Em Abidos — respondeu Henat. — Para a celebração dos mistérios de Osíris.

— Vou interrogá-lo quando voltar — decidiu Gem. — E espero não ter más surpresas.

— Sinto-me tranquilo — avançou o chanceler. — O ministro Pefy não tem ambição pessoal e executa escrupulosamente a política de Sua Majestade. A prosperidade do Egito prova a qualidade do seu trabalho.

— O braço direito do sumo sacerdote é uma jovem — acrescentou o chefe do serviço secreto. — Promovida a Superiora das cantoras e tecelãs de Neit, Nitis deve tudo a ele. Inteligente e determinada, deve ser quem o sucederá. Não ignora os pensamentos de Wahibré e nunca os desaprovaria.

— Chegaria ao ponto de se tornar cúmplice? — preocupou-se o juiz.

— A hipótese não pode ser excluída.

— Uma carreirista não comete esse tipo de erro — objetou o chanceler. — Por que uma futura suprema sacerdotisa defenderia um criminoso sem ligação alguma com ela? O mais provável é que, de maneira útil, aconselhe Wahibré a obedecer ao rei e se limitar às funções religiosas.

— Se Nitis seguir o mau caminho, nosso amigo Menk me informará — afirmou Henat. — Depois do lamentável passo em falso que cometeu, ele está procurando ser perdoado.

— Interrogarei também a sacerdotisa — decretou Gem.

— Ela deixou Saís para participar dos funerais de Ápis — avisou Henat —, mas logo estará de volta.

— Já encontraram um novo touro sagrado? — perguntou o juiz ao chanceler.

— Ainda não. Todos os grandes templos do Egito foram alertados e os ritualistas estão percorrendo os campos para descobri-lo o mais rapidamente possível.

— Que os deuses possam ser favoráveis a nós! O desaparecimento fragiliza o rei e o povo começa a comentar. Sem a proteção da energia vital do touro Ápis, será que ele conseguirá vencer as adversidades e as forças das trevas?

A expressão do chefe do serviço secreto se fechou.

— São circunstâncias favoráveis ao ladrão do capacete!

— E se ele se aproveitar dos funerais e se proclamar rei? — alarmou o chanceler.

— Os mercenários de Mênfis estão de prontidão nos quartéis até a chegada do novo Ápis e soldados de elite estão acompanhando a cerimônia. A princípio, a situação está sob controle.

67.

Nitis, Kel e Bébon contemplavam o capacete.

— Quer dizer que basta que eu o coloque na cabeça para me tornar faraó! — comentou o ator.

— Não aconselho — atalhou a sacerdotisa. — Pelo que disse o sumo sacerdote de Ptah, tropas de elite, fiéis ao rei Amásis, esquadrinham Mênfis. O usurpador seria executado imediatamente.

— E se esses soldados, como já aconteceu, o aclamarem?

— Os mercenários é que alçaram Amásis ao trono. O atual pretendente precisaria ganhar a adesão deles. Mênfis não me parece o lugar ideal.

— No entanto — alegou Kel —, foi onde os conspiradores esconderam o capacete! Com os funerais prestes a terminar, teriam tentado o golpe!

Bébon manipulava o objeto com cuidado.

— Pensando bem, desisto do poder supremo. É perigoso e cansativo demais. Comandar, decidir, ser responsável pela felicidade das pessoas, desfazer intrigas e muito mais! Nem se pode dormir tranquilo.

— No entanto, está em pleno caso de Estado!

— Tentemos esquecê-lo nos livrando desse maldito tesouro. Amásis continuará a reinar e o usurpador vai ficar maluco, até desistir dos seus projetos assassinos. E tudo voltará à boa ordem, graças a nós!

— O capacete é a única prova da inocência de Kel — declarou Nitis.

— Não estou entendendo!

— Destruí-lo, de fato, salva Amásis, mas Kel continuará sendo um criminoso foragido.

— Está aconselhando que ele se proclame rei?

— O que aconselho é que ele leve o capacete ao faraó, afirmando com isso sua total fidelidade. O próprio acusado de complô dando fim a isso de maneira esplendorosa! Quem ainda o incriminaria?

Bébon estava boquiaberto.

— Seria um desastre! Kel nunca conseguiria chegar perto do rei.

— Nitis está certa — resolveu o escriba. — É a minha única chance de provar que sou inocente.

— Está querendo se suicidar?

— Prefiro correr esse risco a continuar fugindo e me escondendo. Mais cedo ou mais tarde os policiais vão me achar e Nitis e você vão ficar mal. Serei condenado à morte e vocês, a pesadas penas de prisão. A sorte nos fez encontrar o capacete de Amásis. Vamos usar essa arma decisiva.

— Repito que será abatido antes de poder entregá-lo ao rei.

— Não temos escolha, Bébon. Vamos voltar a Saís e tentar descobrir uma oportunidade de chegar perto dele.

— Isso é uma verdadeira loucura!

— Entendo suas reticências e não vou censurá-lo se desistir.

O ator ficou vermelho.

— Como?

— Sinto muito tê-lo metido nessa aventura e peço que me desculpe. Não arruíne a sua existência por minha causa.

— Bébon decide sozinho, Bébon não se deixa levar por ninguém e Bébon age como bem entende! Não sou nenhum escriba moralista e não penso no lugar dos outros. Volto a Saís com você e o ajudo a encontrar o rei, mas é unicamente porque tenho vontade! Fui claro?

— Estamos ao seu lado, seja qual for sua decisão — disse Nitis com um sorriso. — Resta, no entanto, um problema delicado a se decidir: encontrar abrigo seguro. Esconder-se no templo é impossível. O sumo sacerdote não vai poder nos ajudar e certamente estarei sendo vigiada.

— Não se preocupe com isso — declarou o ator com orgulho. — A Bébon não faltam relações. E retomamos o papel de vendedores ambulantes para podermos nos deslocar com facilidade. Mas saber da agenda do rei me parece mais difícil.

— Pode ser que eu consiga — disse Nitis.

A serenidade e a determinação da jovem tranquilizaram Kel. Sozinho, há muito tempo estaria perdido. Graças a ela, às vezes, o escriba até conseguia acreditar no sucesso das tentativas doidas que faziam. Nitis parecia capaz de mover montanhas e mudar o curso dos rios.

— O capacete, o capacete — resmungou Bébon. — Não vejo qual ligação pode ter com o assassinato dos intérpretes!

A mesma questão perturbava a mente do escriba e a da sacerdotisa.

— O papiro em código provavelmente tem a resposta — estimou Kel. — Infelizmente ele resiste às nossas investigações e as estelas consagradas aos ancestrais do Ápis morto não me deram nenhuma indicação.

⁎ ⁎
 ⁎

Do seu terraço particular, o rei Amásis contemplava a capital, quando o chanceler Udja solicitou uma audiência.

— Excelente notícia, Majestade! O sucessor do touro Ápis foi identificado nas proximidades de Bubástis. Vários ritualistas o examinaram e são unânimes: tem todas as marcas da predestinação. O novo Ápis já está a caminho de Mênfis, onde será apresentado ao sumo sacerdote de Ptah.

— Exijo a intervenção diária de três veterinários, que assinarão um relatório comum. Em caso de erro, serão imediatamente despedidos.

— Suas instruções serão aplicadas ao pé da letra. O período de luto se encerrará à chegada do touro, cuja vitalidade reforçará o seu *Ka*.

— Algum incidente nos quartéis?

— Nenhum, Majestade. O difícil período está terminando, sem qualquer agitação que perturbasse a tranquilidade pública. Para a população, o faraó continua sendo o protegido dos deuses.

— Por que quem roubou o capacete não se aproveitou de circunstâncias tão favoráveis?

— Provavelmente se encontra muito isolado e sem os suportes necessários. Apesar disso, Henat e o juiz Gem não diminuem os esforços. A derrota definitiva do escriba Kel e de seus aliados vai acabar nos vitimando também!

— Quero esse rebelde vivo ou morto.

— E o terá, Majestade.

— Enquanto isso, chanceler, festejemos! Meu cozinheiro nos preparou um cardápio-surpresa e o copeiro selecionou vinhos excepcionais. Anuncie por todo lugar que o touro Ápis e o faraó Amásis estão bem vivos.

68.

De volta de Abidos, onde participara do ritual dos mistérios de Osíris, Pefy, o ministro das Finanças, se espantou ao ver o juiz Gem penetrar no seu escritório, antes até de poder falar com seu secretário.

— Alguma urgência?
— Interrogá-lo.
— Sobre qual assunto?
— É o melhor amigo do sumo sacerdote Wahibré, não é?
— Pode-se dizer.
— Desagradável... Bem desagradável.
— E por quê?
— Ele é suspeito de ter ajudado o escriba assassino que não conseguimos localizar. Esse criminoso goza de poderosas proteções, indispensáveis à sua sobrevivência. Em prisão domiciliar, o sumo sacerdote não pode mais agir diretamente. Sendo seu amigo, é provável que ele lhe tenha feito confidências.
— Está no caminho errado, juiz Gem!
— Exijo que responda às minhas perguntas. Não gostaria de inculpar um ministro e obrigá-lo a comparecer à alta corte da justiça, mas não hesitarei a dar início ao processo.

Pefy não deixou de dar a devida importância à ameaça. Igual a um cão de caça, Gem não largava suas presas.

— Wahibré talvez tenha acreditado na inocência do escriba Kel — concordou o ministro. — Imaginou uma espécie de complô organizado por gregos de Náucratis, com a intenção de introduzir no Egito a escravidão e a circulação de moedas. Seria uma modificação profunda na nossa sociedade, que a levaria ao desastre, contrariando a regra de Maat. Minha capacidade de averiguação é limitada, pois só o rei trata do assunto grego.

— Estaria acusando Sua Majestade de incompetência e laxismo?

— De forma alguma, juiz Gem. Detentor do testamento dos deuses e garantia da presença de Maat na Terra, ele necessariamente agirá da melhor maneira.

— Está ajudando o escriba assassino a escapar?

— Considero a pergunta um insulto. Se não respeitasse a sua função, teria recebido meu punho no nariz.

— Fui obrigado a isso, Pefy! Caçamos um animal feroz, culpado de horríveis crimes e decidido a tomar o poder, à frente de um bando de facciosos. Chegaram ao ponto de assassinar o touro Ápis para enfraquecer o *Ka* real e semear a insegurança entre os egípcios.

Pefy ficou chocado.

— O novo Ápis foi identificado?

— Em breve já estará em Mênfis, sob rígida proteção. O trono de Sua Majestade será reforçado.

— Louvados sejam os deuses.

— O sumo sacerdote tem outros amigos íntimos? — perguntou o juiz.

— Não que eu saiba. Wahibré é um solitário, que não confia muito na espécie humana.

— No entanto, ele favorece a carreira da sacerdotisa Nitis, sua colaboradora mais próxima.

— Está levando em conta apenas suas qualidades.

— Teria mandado que escondesse o assassino?

— É inconcebível! Como pode imaginar que um sumo sacerdote de Neit aprove a violência e o crime?

— Você não sabe nada, então, a respeito desse Kel e seus cúmplices?

— Nada.

— Tenha um bom dia, Pefy. Se algum detalhe significativo lhe vier à mente, avise-me imediatamente.

— Tem a minha palavra.

O juiz Gem teria resultados bem decepcionantes a dar ao chanceler e ao chefe do serviço secreto sobre o interrogatório.

Um elemento estranho: a maldisfarçada crítica à política grega do rei. O ministro não aprovava o desenvolvimento de Náucratis e os projetos dos seus habitantes. Limitava-se a desaprovar Amásis ou teria decidido intervir, colocando-se à frente de uma facção?

E tal facção faria apelo à violência, utilizando serviços de fanáticos como o escriba Kel?

Um sumo sacerdote conivente, um ministro hostil ao rei, um escriba executor do trabalho sujo... A hipótese começava a tomar forma.

A teoria do complô com isso se reforçava, mas o aniquilamento do serviço de intérpretes permanecia enigmático.

A menos que os colegas de Kel tivessem tido conhecimento das suas intenções ou recusado participar do golpe de Estado... Todos os colegas, inclusive o chefe do serviço, pelo visto!

O juiz não devia formular conclusões apressadas.

Restava somente vigiar de perto as ações do ministro das Finanças. Tarefa delicada, pois, depois do interrogatório, ele estaria desconfiado. Passar oficialmente a missão à polícia seria problemático, já que não teria como justificar aquilo detalhadamente, em documento redigido de maneira formal e do qual o ministro teria conhecimento forçosamente. Pefy não deixaria de contra-atacar e dar queixa.

Apesar das suas reticências, o juiz tinha uma única solução: pedir a Henat que espionasse o ministro. Os agentes do serviço secreto sabiam ser discretos, e Pefy não se daria conta.

Solução bastante desagradável... e arriscada! Henat não tinha o hábito de comunicar as informações obtidas. Caso farejasse uma boa pista, continuaria sozinho, podendo eventualmente agir de maneira brutal, subtraindo os culpados à justiça.

Depois de pensar bem, o melhor seria temporizar.

O usurpador não havia se aproveitado da morte de Ápis para usar o capacete de Amásis e o novo touro sagrado devolvia vigor ao rei. Os conspiradores, então, não se julgavam prontos para agir, e nenhum crime fora cometido.

A se supor que fosse o culpado, o ministro Pefy não desistiria daqueles projetos insensatos? Não ordenaria a eliminação do escriba, que se tornava incômodo demais?

O juiz diria a Henat que o interrogatório do ministro das Finanças não dera em nada. Continuaria as investigações à sua maneira, respeitando estritamente a legislação.

69.

Separar-se de Nitis tinha sido para Kel um verdadeiro dilaceramento. Apesar de não se atrever a declarar seus sentimentos, cada vez mais intensos, acabava de passar horas encantadoras na sua companhia. O olhar, a voz, o sorriso, o perfume, o andar de tão soberana elegância... eram presentes inestimáveis!

— Está sonhando? — perguntou Bébon.

— Um sonho... Tem razão, era só um sonho!

— Agora já é dia claro. Volte à realidade e ande.

Nitis tinha retornado para o templo de Neit e talvez Kel nunca mais a visse.

De novo vestidos como ambulantes, o escriba e o ator seguiam Vento do Norte, para a destinação que Bébon havia indicado. Com passos tranquilos, o asno escolhia o caminho mais curto.

— Aonde vamos? — perguntou Kel.

O ator pareceu ficar sem graça.

— Não tem por que se preocupar! Tenho certeza.

— Voltou a jogar dados!

— Nada disso! Quer dizer, não a esse ponto... Você sabe, os amigos são amigos até o dia em que a gente começa a ter problemas demais!

— Não sabia.

— Você e eu estamos mais para irmãos. Amigos têm suas próprias vidas e...

— Que tal falar mais claramente?

— Por causa da sua moral intransigente e atitude de escriba limpo e ordenado, fico meio constrangido. Enfim, foi preciso! Minha profissão não rende o suficiente e preciso ser criativo. Com o Estado arrecadando um máximo de impostos e taxas, a grande prioridade consiste em escapar dele.

— Refere-se a atividades ilegais?

— Lá vem você com expressões pomposas! Jogo de cintura e certa habilidade, nada mais. Não fosse isso, eu estaria na miséria.

— Que tipo de tráfico você está fazendo?

— O rei aprecia bons vinhos, os depósitos de Saís recebem as melhores safras. Cada jarra é rotulada, inventariada, armazenada. O responsável por isso me deve um favor, pois garanti à sua esposa que eu e ele jantávamos juntos, numa época em que era suspeito de dormir com uma camareira do palácio.

— E não era verdade?

— Não chegava a ser completa mentira. Salvei um casamento e bebemos um tinto encorpado de Bubástis, comemorando a colaboração! Você pode imaginar a minha surpresa: como ele justificaria a subtração da jarra? Muito simples: um erro de rótulo. A ideia era a seguinte: uma só jarra, entre cem outras, não faria falta na mesa do rei. Em contrapartida, podia ajudar à nossa sobrevivência, minha e do meu amigo.

— Desviam vinho do depósito real!

— Muito pouco, pouquíssimo!

— Isso se chama roubo, Bébon.

— É um ponto de vista um tanto rígido, Kel! A meu ver, é uma simples diminuição de impostos. E nossos clientes ficam encantados.

— Desaprovo totalmente esse delito.

— Tenho a impressão de estar ouvindo o juiz Gem! Na sua situação, é melhor que esqueça um pouco as convenções. O depósito dos vinhos reais será nosso melhor abrigo.

— Isso se o seu amigo concordar.

— Ele quer muito manter a esposa. É a dona da casa em que moram e tem também uma pequena propriedade ao sul de Saís.

Policiais observavam o asno e os ambulantes.

Prova decisiva.

Caso fossem interpelados, deviam dialogar ou fugir?

Vento do Norte não diminuiu o ritmo. Em silêncio, os dois amigos o seguiram.

— Conseguimos! — comemorou Bébon. — Eram os melhores dos encarregados da proteção do palácio. Somos perfeitos vendedores!

A respiração de Kel voltou ao normal.

— Esse meu amigo da cave é um sírio mal-humorado. Não se impressione com as suas maneiras.

À entrada do entreposto, havia uma quantidade de fornecedores e uma boa centena de asnos carregando cestos com mercadorias variadas.

Vento do Norte e os dois homens tomaram o caminho conduzindo às adegas reais. À frente do acesso principal, um grandalhão bigodudo e careca examinava diversas jarras.

— Olá, sírio.

— Quem diria, Bébon! Por onde andou?

— Em turnê, pelo sul.

— Contente?

— Nem tanto.

— Querendo voltar ao comércio? — perguntou o sírio, com um sorriso cúmplice.

— É uma possibilidade.

— Ótimo, o momento é bom. Acabo de receber um belo estoque dos oásis, e há demanda.

— Posso fazer a entrega.

O sírio deu uma olhada desconfiada em Kel.

— E quem é ele?

— Meu assistente.

— Um cara sério?

— Um bobo obediente. Não entende grandes coisas de coisa nenhuma, mas não cria problema.

— O asno é dos bons! Parece resistente. Ideal para as entregas.

— Quando quiser, começamos.

— Hoje à noite?

— Combinado.

O sírio bateu no ombro de Bébon.

— É um amigo de verdade!

— Aliás, tenho um pequeno favor a pedir.

A expressão do sírio se fechou.

— Nenhuma complicação, espero.

— Longe disso! Meu assistente e eu gostaríamos de passar algumas noites aqui no entreposto. Como é você que faz a última ronda e também quem abre a porta de manhã, poderíamos dormir em paz.

— Fugindo de alguma namorada?

Bébon baixou a cabeça.

— Mulher casada e da alta! Não é? — insistiu o bigodudo.

O ator murmurou algo incompreensível.

— Grande Bébon! Vai acabar se metendo em alguma enrascada. Bem, não tem problema. Mas só por algumas noites.

— A moça vai me esquecer rápido.

— Vamos lá, entrem.

Incrivelmente limpa, a adega era repleta de prateleiras com total solidez. Em três fileiras, viam-se jarras com alças, impecavelmente em ordem, com tampas de argila e apoiadas em suportes. Um rótulo indicava a origem do vinho, o ano e a qualidade.

Suave, licoroso, branco seco, tinto leve ou capitoso, safras excepcionais, sobretudo o "Rio do Oeste"!... Um autêntico paraíso!

— Posso alimentar o jumento no estábulo ao lado — disse o sírio. — E vocês podem se lavar e comer antes de a porta ser fechada. Depois, silêncio absoluto. E não mexam em nada!

— Fique tranquilo, amigo! Em troca do favor, abro mão de uma parte do lucro.

O sírio deu um forte abraço no ator.

— É bom trabalhar com você, companheiro!

70.

Rever o templo da deusa Neit trouxe a esperança de volta a Nitis.

Ela percorreu lentamente a alameda de esfinges com o nome do faraó Amásis, contemplou o obelisco, passou diante da monumental fachada e se dirigiu ao lago sagrado, sobrevoado por dezenas de andorinhas.

A luz quente do poente a tudo impregnava de serenidade, afastando aflições e angústias.

Como a jovem sacerdotisa gostaria de esquecer o mundo exterior, se dedicando à prática ritualística e à consulta dos arquivos da Casa de Vida! Mas um inocente estava sendo injustamente acusado e ela devia contribuir para que a verdade se restabelecesse, evitando um destino funesto.

Nitis se recolheu, ouvindo a voz dos deuses.

Em pouco tempo, a última forma do sol, o velho Atum, apoiado na bengala de retidão, deixaria a luz morrediça para enfrentar, a bordo da barca das metamorfoses, os demônios das trevas. Guiado pela intuição criadora e pelo Verbo nutriz, atravessaria regiões perigosas, acalmando os aterradores guardiões de porta, cujos nomes ele conhecia.

Novamente estava em jogo o destino do mundo.

Se a gigantesca serpente do vazio conseguisse beber a água do Nilo celeste e impedir a viagem da barca, a terra desapareceria e essa ilhota de existência voltaria ao oceano das origens. Celebrando os rituais, os iniciados nos mistérios ajudavam a luz a atravessar os obstáculos, a traspassar a serpente e a renascer, na aurora, após um violento combate, sob a forma de um escaravelho.

O escriba Kel igualmente atravessava uma noite apavorante. E monstros com rosto humano insistiam na sua perdição.

Nitis se aproximou da morada do sumo sacerdote.

Atravessou a soleira que dava acesso a um pequeno pátio anterior aos aposentos. Um criado acabava de varrer.

— Está de volta, Superiora! A viagem se passou bem?

— Da melhor forma. Posso ver o sumo sacerdote?

— Ele está com a saúde abalada.

Wahibré estava de cama. Mais magro, mantinha ainda impressionante dignidade.

— Ousaram assassinar Ápis? — imediatamente perguntou.

— Infelizmente, sim — respondeu Nitis. — Mas seu sucessor reafirma a força do *Ka* real, e Kel encontrou o capacete do rei Amásis. O usurpador está agora reduzido à impotência.

— A notícia me devolve a energia!

— Kel vai entregar a relíquia ao faraó, proclamando assim sua inocência.

— É assumir um risco enorme!

— Aconselha outra estratégia?

Wahibré pensou.

— Você escolheu a melhor solução.

— Mas é preciso aproveitar uma ocasião favorável.

— Em outros tempos — deplorou o sumo sacerdote — eu poderia me informar da agenda de compromissos de Amásis. Agora estou isolado aqui e nenhum dignitário virá falar comigo.

— Conseguirei o necessário — tranquilizou Nitis. — Preocupe-se apenas com sua saúde.

— Um simples cansaço passageiro. Minha robusta constituição me ajudará a superar isso.

— Consultou o médico do templo?

— Não foi preciso. O repouso vai me curar.

— Posso insistir?

O olhar de Wahibré foi paternal, ao mesmo tempo severo e meigo.

— Quer me obrigar a dar atenção à minha mísera pessoa?

— Precisamos muito do senhor! Sem a sua ajuda, não venceremos essa prova.

— Vá então procurar o médico.

A seguidora da deusa-escorpião Serket e da leoa Sekhmet, distribuidoras das doenças e também dos meios de curá-las, passou mais de uma hora à cabeceira do sumo sacerdote, fazendo diversos exames.

— A voz do coração se mantém clara e as energias circulam por seus canais — concluiu ela. — No entanto, a idade corrói as paredes dos vasos e vários remédios deverão ser tomados diariamente. O sumo sacerdote aceitará essa obrigação?

— Posso convencê-lo — prometeu Nitis —, e o seu servente pessoal vai vigiá-lo de perto.

Mais tranquila, a sacerdotisa se dirigiu enfim a seus aposentos de serviço.

Diante da porta, Menk.

— Estava preocupado — começou ele. — Os funerais de Ápis transcorreram bem?

— Ele foi inumado segundo os rituais e seu *Ka* animará seu sucessor. A transmissão não será interrompida.

— Ótimo! Podemos então preparar o próximo festejo de Saís. Preciso de panos especiais para a estátua da procissão e gostaria de novos cantos em sua homenagem. Apesar do curto prazo, os ateliês e as cantoras conseguiriam me atender?

— Trabalharemos dia e noite.

— Muitíssimo obrigado, Nitis! Sua Majestade gostará muito de ver a população se alegrar, esquecendo os momentos difíceis.

— O rei assistirá aos festejos?

— Com todo o séquito de dignitários, celebrará o início do rito público, deixando a nós o cuidado de organizar, em seguida, o prosseguimento e indo presidir um banquete ao qual serão convidados uns vinte embaixadores gregos. Uma semana cheia de recepções oficiais!

— Quais são as demais obrigações de Sua Majestade?

— Inauguração dos novos estábulos reais, entrega do ouro da valentia ao general comandante Fanés de Halicarnasso, nomeação de oficiais superiores, celebração solene dos tratados de aliança com cidades gregas, sem esquecer a participação no tribunal do juiz Gem. A Suprema Corte se reunirá depois de amanhã diante do templo e o chefe da magistratura lembrará a necessária preeminência da lei de Maat. Nessa ocasião, o faraó deve reafirmar aos juízes ser ele a sua garantia na Terra e que a ninguém permitirá violentá-la.

— Por que "deve"?

Menk falou em tom mais baixo:

— O rei Amásis às vezes se mostra imprevisível. Talvez a formalidade o entedie e pode ser que delegue poderes ao juiz Gem, mandando que pronuncie o discurso no seu lugar. Seus mais próximos, porém, insistirão para que ele esteja presente, pois o respeito por Maat é o fundamento da nossa sociedade.

Pronto, era a ocasião sonhada!

Diante do faraó e dos juízes da Suprema Corte, Kel daria a prova de sua fidelidade e inocência.

— Parece pensativa — observou Menk.

— Apenas algum cansaço. E a saúde do sumo sacerdote me preocupa.

— O que o médico disse?

— Uma doença bem conhecida e que será curada.

— Esse excelente terapeuta não costuma errar. Wahibré viverá ainda por muitos anos, tenho certeza!

— Que os deuses o preservem.

— E a preservem também, Nitis. Mas não se esqueça dos meus conselhos.

— Como poderia?

— Autoriza uma pergunta indiscreta?

— Por favor.

— Realmente esqueceu-se de Kel, o escriba assassino?

— Nem o reconheceria, hoje em dia. Estou exausta, Menk, gostaria de ir dormir.

— Desculpe-me o incômodo. Descanse e a partir de amanhã começamos juntos os preparativos para essa nova festa.

Aliviado, ele se foi.

Ninguém perambulava em volta da casa de Nitis, o sumo sacerdote não tinha mais como agir e os ritualistas preenchiam suas ocupações habituais. Sem ter notado nada de anormal, Menk faria um relatório tranquilizador para o chefe do serviço secreto.

Era evidente que o escriba assassino não se escondia nos domínios de Neit. E nunca o organizador dos festejos de Saís comentaria com Henat as imprudências de Nitis. Ajuizada, a bela sacerdotisa se dedicava exclusivamente a seus deveres.

71.

Bébon e Nitis tinham combinado de se encontrar diariamente à porta dos fornecedores do templo. Caso o ator desconfiasse de alguma presença anormal, não lhe dirigiria a palavra, e ela faria o mesmo.

Alérgico a todo tipo de policiais, Vento do Norte revelava-se de grande ajuda.

A sacerdotisa examinava uma peça tecida.

— Amanhã a Suprema Corte se reúne diante da porta principal dos muros externos do templo. O rei deve estar presente — segredou ela.

— É de excelente qualidade — afirmou Bébon em voz alta. — Não vai encontrar melhor.

— Fico com ela. Vá ao intendente para receber.

Cumprida a formalidade, o ator circulou por um bom tempo pelo local onde se passaria a cerimônia.

Em seguida, voltou ao entreposto real.

Para grande alegria do sírio, Kel havia aceitado arrumar as jarras e varrer, em troca da modesta refeição. Sisudo, o escriba se mantinha calado ao máximo.

— Seu amigo não é muito falante — disse o sírio a Bébon —, mas não custa caro e não trabalha mal.

— Aos bobos é preciso saber amestrar.

Durante a pausa, o ator e o escriba se isolaram.

— Contatou Nitis? — perguntou Kel.

— Amanhã, reunião dos juízes da Suprema Corte, diante do templo de Neit. Amásis a presidirá, provavelmente.

— Formidável! Não se poderia sonhar com melhor ocasião.

— Não me agrada muito.

— Por quê?

— Imagine a quantidade de guardas e policiais! Não vão deixar que se aproxime.

— A não ser que eu tenha um bom motivo jurídico! Vou redigir uma carta para o juiz Gem, em termos apropriados que confirmem a seriedade da minha demanda. Serei chamado a comparecer e entregarei, nesse momento, o capacete ao rei, me explicando.

— Mais uma loucura! Não me cheira bem.

— Pelo contrário, temos muita sorte! Justificar-me diante do rei, do chefe da magistratura e dos juízes da Suprema Corte dará fim a esse pesadelo.

— Quanto a mim, vejo uma perfeita arapuca.

— É impossível, Bébon!

— Precisamos, de qualquer maneira, prever uma possibilidade de fuga, ou seja, algo que distraia a atenção.

Com o focinho, Vento do Norte ergueu o cotovelo de Bébon.

— Pelo visto você tem uma ideia!

No olhar do asno, o ator de fato percebeu uma solução. A tarde bastaria para organizar a estratégia de retirada.

Kel, por sua vez, já redigia sua missiva ao juiz Gem.

**

Nitis estava satisfeita com o trabalho das tecelãs. Menk adoraria, e a próxima festa seria tão suntuosa quanto as precedentes. Oferecendo suas obras-primas aos deuses, os humanos garantiam a harmonia na Terra.

— O juiz Gem quer lhe falar — veio avisar um sacerdote puro.

— Levei-o ao seu aposento funcional.

A Superiora não demonstrou qualquer emoção.

Gem aguardava Nitis na pequena antecâmara.

— Fique sentado, por favor. Como posso ser útil?

— Tenho algumas perguntas a fazer. Aceitaria responder aqui mesmo, sem muita formalidade?

— Sem dúvida!

— Continuamos à procura do escriba Kel, assassino e conspirador. Apesar do empenho das investigações, não obtivemos resultado algum. Seria o caso de nos perguntarmos se não morreu.

— Nesse caso, ele não prejudicaria mais ninguém; e o tribunal divino se encarregará do castigo.

— Seria bom demais! A verdade me parece menos risonha. Não somente o criminoso deve ter mudado de aparência, mas certamente goza de cumplicidades muito eficazes.

— Preocupantes perspectivas.

— É verdade — reconheceu o juiz. — Por esse motivo, dado o interesse superior do nosso país, solicito absoluta sinceridade de sua parte.

Nitis sustentou o olhar desconfiado do magistrado.

— Wahibré confessou sua simpatia pelo assassino — lembrou Gem. — Deixemos esse grave erro por conta da bondade e da ingenuidade. Mas será que ele ainda insiste nisso? A senhora provavelmente sabe.

— Todos esses fatos afligiram de tal forma o sumo sacerdote que a sua saúde foi abalada. Está de cama e precisa seguir um pesado tratamento.

— Realmente sinto muito. Mas volto à minha pergunta.

— Nunca o sumo sacerdote ajudaria um criminoso.

— Não diretamente, é claro. Mas não teria amigos íntimos ou fiéis subordinados aos quais recomendasse esconder o escriba foragido?

— A única preocupação do sumo sacerdote é o pleno exercício da sua função. Primeiro servidor da deusa Neit, ele diariamente transmite sua mensagem graças à prática dos rituais e à animação dos símbolos.

— Não tenho a menor dúvida, Nitis. No entanto, Wahibré assumiu posições que...

— Não vasculhou a fundo os domínios de Neit, correndo o risco de contrariar a deusa e perturbar a paz do santuário? Perseguir de tal forma o sumo sacerdote idoso e doente não o levará a nada, a não ser ofuscar a grandeza da justiça.

— A Superiora das cantoras e tecelãs é o seu braço direito. Por acaso ela não teria recebido ordem de proteger o escriba Kel e conseguir aliados para ele?

O olhar da jovem não demonstrou a menor indecisão.

— De modo algum. E faço-o notar que estive nas últimas semanas em Mênfis, participando dos funerais de Ápis. Muitas testemunhas podem confirmar. Agora devo assumir parte das tarefas do sumo sacerdote, esperando seu pronto restabelecimento.

— Caso tivesse conhecimento de elementos indispensáveis à justiça, você os revelaria?

— Não hesitaria nem um segundo.

A segurança da jovem impressionou o juiz. Interrogá-la por horas e horas seria inútil. E não havia indícios que permitissem inculpá-la. Talvez Menk, observando suas ações, conseguisse algum resultado.

Por que uma mulher tão sublime daria apoio a um temível assassino procurado por toda a polícia do reino?

72.

Na íntegra, os juízes da Suprema Corte se dirigiram à porta do templo, onde, segundo a tradição, eram lidas as reclamações dos queixosos, para distinguir a justiça da iniquidade e proteger os fracos da supremacia dos fortes. Era onde se afirmava a verdade de Maat, com a exclusão da mentira.

Uma tropa de asnos trouxe os rolos da lei, as poltronas dos magistrados e vasilhames com água.

Estando todos em seus lugares, o juiz Gem pendurou uma pequena imagem da deusa Maat na corrente de ouro que carregava no pescoço.

À frente dele, 42 rolos de couro contendo os textos legislativos referentes às províncias do Egito.

Misturado à grande multidão que assistia ao excepcional evento, Kel mordiscava os lábios. O faraó Amásis não prestigiava com a sua presença aquela proclamação do poder da justiça, que, no entanto, era essencial para o povo!

De forma que o seu plano naufragava. Seria preciso encontrar outra ocasião para entregar o capacete a seu legítimo proprietário.

O escriba já ia se afastar quando murmúrios o retiveram:

— O rei — comentou um velho. — O rei está chegando!

Precedido e seguido por soldados da guarda pessoal, Amásis mostrava que o novo Ápis lhe dera força e vigor. Sobriamente vestido, trajando o saiote dos faraós do Antigo Império, tinha na cabeça a coroa azul, que ligava seu pensamento às potências celestes.

Sentou-se num modesto trono de madeira dourada, fora do círculo dos juízes. Nenhuma intervenção do monarca perturbaria as deliberações nem influenciaria as decisões. Visivelmente, ele sequer pretendia pronunciar o discurso inaugural.

O público se sentiu tranquilizado.

O faraó reinava e a justiça era feita, fundamento da prosperidade e da felicidade.

— Em nome de Maat e do rei — anunciou Gem com voz segura —, declaro aberta esta sessão do tribunal dos Trinta. Passo à primeira queixa.

Tratava-se de um sombrio caso de marcas de limites deslocadas, gerando a contestação de um fazendeiro quanto à dimensão do seu terreno e, com isso, quanto ao montante dos impostos pagos. Recusando-se a ouvi-lo, o fisco exigia sua contribuição, agravada por uma multa pelo atraso.

Unanimemente, os Trinta condenaram a administração pública, que deveria ter pedido a intervenção de um topógrafo, fazendo apelo ao serviço de cadastro. Mesmo que o monarca procurasse muito impor suas novas disposições fiscais, os juízes recusavam o arbitrário. E o controlador tirânico foi condenado a indenizar pessoalmente o queixoso.

Gem leu em seguida cartas antagônicas que opunham um artesão à ex-esposa, recém-divorciados. Acusando-a de infidelidade, ele pedia a totalidade dos bens e a guarda dos filhos. A mulher trazia testemunhos escritos provando sua inocência.

O marido havia respondido com insultos e tentativa de agressão física, na presença de dois colegas.

No Egito, bater numa mulher era considerado um grave delito, e o pedido foi rejeitado, sendo o artesão condenado a dois anos de prisão. Não só a esposa ficaria com a guarda das crianças, como ficaria também com os bens do casal.

A terceira queixa surpreendeu o juiz Gem, que hesitou a torná-la pública.

Constatando sua perturbação, um dos Trinta pediu a palavra.

— Não devem todas as vozes serem ouvidas? Se esta nos parecer inconcebível, diremos por quais razões. Excluí-la a priori ofenderia a boa justiça.

— O redator deste documento se estima capaz de resolver um problema grave que pode afetar a segurança do Estado e pede para comparecer pessoalmente diante da corte. Consciente do caráter inabitual do procedimento, ele reafirma a seriedade da sua empreitada e humildemente pede que o ouçamos.

A ocorrência despertou a curiosidade de Amásis. Mesmo assim, evitou intervir. Apenas aos Trinta cabia decidir.

Um debate jurídico teve início entre os formalistas e aqueles mais inclinados ao espírito do que à letra. Após discussões formais, o juiz Gem resolveu: o interesse superior do Estado exigia a audição do redator da alarmante missiva.

Se esse último pretendesse com isso zombar da corte, seria severamente condenado.

— Queira o queixoso se apresentar e se exprimir — pediu Gem.

Houve um pesado silêncio.

Cada qual observava o seu vizinho. Quem se destacaria da multidão?

De peruca à antiga, o lábio superior ornado com fino bigode perfeitamente aparado, um jovem tomou a dianteira. Com os braços erguidos à altura do peito, carregava um objeto envolto num pano de linho.

O juiz Gem não conseguia ver o seu rosto.

— Como se chama aquele que tem algo a declarar?

— Erradamente acusado de crimes abomináveis, trago a prova de minha inocência e absoluta fidelidade ao faraó. Graças à minha intervenção, os conspiradores serão reduzidos ao silêncio.

O juiz Gem e o rei ficaram paralisados. Nem um nem outro se atreviam a compreender o que estava sendo dito.

Gem fez a pergunta terrível:

— Seria... o escriba Kel?

— Eu mesmo.

Os arqueiros tencionaram os arcos, os policiais sacaram os cassetetes.

O juiz ergueu a mão.

— Sem violência no seio do tribunal! Aguardem o julgamento e minhas ordens.

Kel se voltou para o rei.

— Não assassinei ninguém, Majestade, e sou vítima de uma armação que visa derrubar o seu trono e mergulhar o país na desgraça. Os verdadeiros criminosos se revelaram de incrível maldade e realmente temi o pior. Mas fiz fracassarem os sinistros projetos! Posso me aproximar?

O chefe da guarda pessoal de Amásis sacou a espada da bainha.

— Aproxime-se, escriba Kel. Por enquanto não tem o que temer.

Lentamente, o rapaz percorreu a distância que o separava do trono.

Ajoelhou-se e abriu o embrulho de linho.

— Majestade, aqui está o capacete roubado do palácio. Usurpador nenhum poderá colocá-lo na cabeça.

O escriba ofereceu a preciosa relíquia ao monarca.

Amásis contemplou-a demoradamente.

— Escriba Kel, você é um assassino, um mentiroso e um provocador. Este capacete não é o meu.

73.

— Prendam o assassino! — ordenou o juiz Gem.
Uma confusão na multidão atrapalhou os policiais armados de cassetetes.
Ágil, Kel atravessou o tribunal e se misturou à turba.
Aos arqueiros era impossível atirar sem ferir ou matar inocentes.
Bébon escolheu o momento para disparar os asnos, em resposta aos zurros de Vento do Norte, respeitado chefe da tropa. Os quadrúpedes semearam total confusão, e um deles, maltratado com um bastão por um policial irritado, derrubou um juiz. Os protestos indignados dos magistrados se acrescentaram à desordem.
Quando os arqueiros finalmente conseguiram ter campo livre, Kel, Bébon e Vento do Norte haviam desaparecido.

※

— O rei escapou ileso — constatou Henat. — É o essencial.
— Esse escriba assassino ridicularizou a instituição judiciária — deplorou Gem, enraivecido.

— Os cúmplices foram identificados?

— Nem mesmo isso! Ele se aproveitou da situação.

— Pelo menos sabemos que está vivo e mudou de aparência.

— Traçar um retrato fiel será impossível. As numerosas testemunhas diferem de maneira considerável, indo de um homenzinho bochechudo a um colosso barbado! Pessoalmente, sou incapaz de descrevê-lo com precisão, pois escondia o rosto por trás do falso capacete.

— Foi uma estranha iniciativa — estimou o chefe do serviço secreto.

— Pura provocação! Deu prova do absoluto desprezo que tem pela justiça e pela polícia.

— É estranho — repetiu Henat. — Pela qualidade da carta e evidente inteligência, esse escriba não parece nenhum insensato. Quem sabe não acreditou na autenticidade do capacete?

A hipótese deixou o juiz embaraçado.

— Esse Kel é um louco furioso, um assassino capaz das ações mais delirantes! Não é alguém que raciocine como pessoa normal.

— Nem sequer tentou matar o rei — observou Henat.

—Achou que Sua Majestade não examinaria o capacete! Ele se beneficiaria então da generosidade real. Livre dos crimes cometidos, poderia tomar uma existência tranquila.

— Uma hábil estratégia — reconheceu o chanceler Udja. — Poderia ter dado certo.

— Quem está com o verdadeiro capacete de Amásis? — perguntou Henat.

— O próprio Kel! — respondeu o juiz. — Com a esperança de ser inocentado afastando-se para sempre, só lhe resta uma solução:

permitir que um usurpador se levante contra o rei. Temos pela frente um criminoso decidido e feroz! A reputação da sua capacidade vai se espalhar pela população.

— Não tem como triunfar — considerou o chanceler.

— Depois de tal demonstração de força, não tenho tanta certeza!

— O escriba utilizou com perfeição o efeito-surpresa — observou Henat. — Se dispusesse de cúmplices numerosos e armados, teria iniciado uma batalha.

— Foi apenas adiada.

— Nós controlamos o exército e a polícia, juiz Gem. E Sua Majestade continua a dirigir o país sem fraquejar. Esse caso criminal ganha contornos extraordinários, concordo, mas será que realmente ultrapassa o âmbito de uma pequena facção?

— Seja como for — preconizou o chanceler —, vamos manter vigilância extrema.

— Proponho nova busca nos domínios de Neit — adiantou o juiz.

— Não seria o último lugar em que Kel se esconderia?

— Justamente! Como imaginar uma nova incursão das forças policiais? Convencido de sua perfeita tranquilidade, ele não teria melhor refúgio.

— Isso pressupõe que tenha cúmplices — calculou Henat.

— É evidente! Um fato recente me alertou: a súbita doença do sumo sacerdote. Seria preciso muita crueldade para importuná-lo em momento tão doloroso! E a sacerdotisa Nitis, seu braço direito, não perde uma oportunidade de sublinhar o quanto é penosa a situação, sem responder de maneira satisfatória às perguntas que fiz. O escriba assassino não vai ridicularizar eternamente a magistratura. Dessa vez, talvez tenha cometido o erro fatal.

Nitis meditava sobre as sete palavras de Neit que criaram o mundo em sete etapas. Na noite em que se juntavam as partes avulsas do olho divino para recriar a visão divina, as palavras da deusa traziam a balança de ouro do julgamento. O Verbo, assim, libera a morte e devolve a vida, coerência e prosperidade. E os sete argumentos cortam fora a cabeça dos perjuros e dos inimigos da luz.

Uma nova hipótese atravessou a mente da sacerdotisa: e se o setenário fosse a chave do código utilizado pelo redator do papiro indecifrável? Somente o primeiro hieróglifo, depois o sétimo, em seguida o 14º, e assim por diante, teriam sentido!

Isso significaria que o autor era um iniciado ou iniciada nos mistérios de Neit.

Aflita, ela estudou o documento.

Fracasso total.

Fracasso tranquilizador.

Um dos escribas da Casa de Vida ousou interromper seu trabalho:

— Superiora, rápido! À frente de uma centena de policiais, o juiz Gem exige acesso ao templo.

Nitis acorreu.

O juiz parecia irritado.

— O que está acontecendo? — perguntou ela.

— Não sabe?

— Não.

— O escriba Kel acaba de desafiar o poder e a magistratura. Infelizmente, conseguiu fugir, mas tenho boas razões para achar que ele se esconde aqui.

— Está enganado.

— Vou verificar. Dois locais me interessam mais diretamente: seu alojamento funcional e o do sumo sacerdote Wahibré.

— Oponho-me. O sumo sacerdote está mal, ninguém deve incomodá-lo.

— É exigência da justiça. Comecemos pela senhora, enquanto meus homens cercam as habitações dos sacerdotes e das sacerdotisas. Serão todas inspecionadas.

Pela expressão preocupada da bela Nitis, o juiz considerou estar no caminho certo. O escriba tinha se enroscado na própria rede.

Dez policiais irromperam na moradia da Superiora. Temendo a pugnacidade do fugitivo, não poupariam pancadas.

— Ninguém — anunciou um oficial ao juiz.

— Vamos à casa do sumo sacerdote — ordenou Gem.

— Oponho-me — repetiu Nitis.

— Mantenha-se afastada ou prendo-a por obstrução à investigação.

Dois policiais cercaram a jovem.

Um grupo forçou a porta de Wahibré, ainda de cama.

— O que querem? — perguntou o sumo sacerdote ao juiz.

— Kel, o assassino. Entregue-o e terá a seu favor circunstâncias atenuantes.

— Perdeu o tino.

— Em frente!

Nada escapou aos policiais, que reviraram caixas e baús.

Sem graça, o juiz teve que se declarar vencido.

— Queira aceitar minhas desculpas — disse ao doente. — Reconheça a dificuldade do meu trabalho.

O sumo sacerdote não respondeu, apenas virou a cabeça e fechou os olhos.

Do lado de fora, Nitis permanecia imobilizada entre dois policiais.

— A Superiora está livre — anunciou Gem, evitando o olhar da sacerdotisa.

74.

Não era possível voltar ao entreposto real.

E estava fora de cogitação pedir abrigo a Nitis nos domínios de Neit. Kel tinha a convicção de que o juiz Gem mandaria dar novas buscas, principalmente nos alojamentos funcionais.

— As saídas da cidade estarão sendo vigiadas por alguns dias — estimou Bébon — e inclusive os ambulantes serão controlados. Além disso, muitos soldados estarão atentos ao rio e às estradas. Raspar o bigode não basta como garantia. Precisamos nos esconder dentro da cidade, entrar em contato com Nitis e deixar passar a tempestade.

— Tem algum outro amigo de confiança?

— Tenho uma ideia, mas que implica algum risco.

— Ou seja, alguém que pode nos vender à polícia!

— Que eu saiba, não faz o seu gênero.

— Mas não tem tanta certeza assim!

— Trabalhamos juntos há vários anos e nos entendemos bem. Levar comigo um criminoso foragido pode surpreendê-lo. E o caso com o tribunal dos Trinta não melhora em nada a sua reputação! Driblando o rei e o chefe da magistratura, você fechou todas as portas.

— É hora de nos separarmos, Bébon.

— Pode parar com isso! Por acaso você me abandonaria?

— Não, mas...

— Então não me despreze! Não tenho moral alguma, tudo bem! Nem a competência de um escriba. Vai me depreciar por isso o tempo todo?

— Não, eu só...

— Vamos em frente. Tentarei convencer o meu amigo de que você não matou ninguém.

Vento do Norte tomou a dianteira.

— Como esse asno sempre adivinha a direção certa? — perguntou-se o ator.

⋆

Irritado, Amásis dera um chute no capacete falso, caindo numa depressão que o fez se trancar no quarto. O chanceler Udja se contentava em encaminhar as questões mais corriqueiras, alegando que o rei sofria de uma indisposição passageira.

Somente a presença da rainha Tanit se revelou eficaz. Com doçura e firmeza, ela o relembrou dos seus deveres de monarca e conseguiu tirá-lo do torpor.

— Por que esse assassino quis zombar de mim? — perguntou ele, reencontrando a voz.

— Era um estratagema para que reconhecesse a sua inocência, ao que parece.

— Que grande estratégia! Como imaginar que eu não examinaria com todo o cuidado o capacete que me tornou rei?

— Felizmente, o escriba comete erros.

— Mas ainda continua foragido! Convoque o conselho restrito e me dê algo para beber.

— Acha mesmo razoável?

— Indispensável.

A rainha se inclinou.

Amásis tomou-a nos braços.

— Obrigado pela ajuda. Os que acham que estou no fundo do poço se enganam redondamente. Esse incidente me desgastou, reconheço, mas agora retomarei as rédeas. Mande vir o cabeleireiro e o camareiro para me vestir.

* * *

O chanceler Udja, o chefe do serviço secreto Henat e o general Fanés de Halicarnasso cumprimentaram o monarca bem-apresentado e de ânimo combativo.

— Alguma pista de Kel?

— Infelizmente, não — deplorou o chanceler. — Uma vez mais, ele escapou entre os dedos da polícia.

— Os cúmplices foram identificados?

— Também não. Souberam criar tal confusão que nenhum testemunho pôde ser útil. E os interrogatórios dos suspeitos presos foram nulos. O juiz Gem ordenou o estrito controle das saídas da cidade e todos os nossos informantes estão de prontidão. Única certeza: o assassino não se esconde no interior dos domínios de Neit. De cama, o sumo sacerdote não pode minimamente ajudá-lo.

— E por que não conseguem prender o indivíduo? — irritou-se o rei.

— Porque é um solitário — estimou Henat. — Essa fraqueza aparente se torna uma força maior.

— É claro que ele dispõe de um bando que o ajuda! — contrapôs o chanceler.

— Não tenho tanta certeza. Acredito que tenha breves pontos de parada e conta com ingênuos que ele explora da melhor maneira. Perpetuamente atento, esse assassino fora da norma se desloca sem parar. Pouco a pouco vai se esgotar.

— A ineficiência do juiz Gem me irrita — declarou Amásis. — Estou querendo tirá-lo da investigação.

— A meu ver, Majestade — interveio Henat —, seria um erro. Não só é um excelente profissional, insistente e meticuloso, mas também se sente agredido em seu amor-próprio de magistrado. É questão de honra para ele resolver o caso.

Amásis balançou a cabeça.

— Acha que o escriba tem o capacete verdadeiro?

— Nesse caso, um usurpador teria se aproveitado da morte do touro Ápis. Mesmo de posse desse tesouro, Kel parece não ter como utilizá-lo.

— Nenhum sinal de perturbação entre os mercenários gregos? — perguntou o rei a Fanés de Halicarnasso.

— Nada digno de nota, Majestade! Estão muito contentes com o aumento de salário e se mantêm fiéis. As tropas de elite continuam a trabalhar duro, reúno semanalmente os oficiais superiores e inspeciono os principais quartéis para averiguar eventuais queixas. Saís, Mênfis, Bubástis e Dafnae têm notáveis instalações. Os homens estão bem-alojados e bem-nutridos, com armamentos que melhoram a cada dia.

— Nossa marinha de guerra continua a se desenvolver — acrescentou o chanceler Udja —, e o almirantado domina perfeitamente essa arma de dissuasão.

— Algo com que desencorajar eventuais espiões! — completou o chefe do serviço secreto. — Ao transmitirem seus relatórios ao imperador da Pérsia, devem ter certa sensação de vazio. Atacar-nos seria suicídio.

— Está reformando o serviço de intérpretes?

— Passo a passo, Majestade. Funciona ainda em ritmo lento, sob estreita vigilância, mas a correspondência diplomática foi retomada. Isso, consequentemente, frustra por completo o assassino. Ninguém pôde se aproveitar do aniquilamento do serviço e sairemos dessa provação mais fortes e mais vigilantes.

— Tivemos notícia de Creso?

— Hoje mesmo, uma carta oficial. Depois de procurar se informar sobre Sua Majestade e a Grande Esposa real, ele nos informou sobre a excelente saúde do novo imperador dos persas, decidido a construir uma paz sustentável, desenvolvendo relações diplomáticas e comerciais com o Egito. Fórmulas de praxe, é verdade, mas que confirmam a tomada de consciência de Cambises.

— Relatórios dos nossos espiões?

— O imperador é um soberano de pulso forte, preocupado com o desenvolvimento econômico. A diversidade dos súditos e a multiplicidade das facções são seus grandes problemas. O desejo de independência de algumas províncias provavelmente o obrigará a intervenções militares.

— Excelente! — considerou Amásis. — Ocupado com a unidade do império, ele esquecerá os sonhos de conquista.

75.

Vento do Norte parou.

As orelhas apontaram e ele arrastou no chão o casco da pata dianteira esquerda.

— Polícia — murmurou Bébon. — Meia-volta.

O asno se recusou.

Deitou-se de lado e ficou ofegante, com a língua de fora.

Kel se ajoelhou e fez um carinho na sua testa.

Uns dez homens armados cercaram os dois amigos e o animal.

— O que está havendo?

— Nosso jumento está mal — explicou Bébon, apavorado. — Temos mercadoria a entregar no entreposto real e não podemos perder tempo!

— Ergam o burrico e desapareçam! Não queremos ninguém à toa nas ruas.

— Não vê quanto ele pesa? Ajudem, então!

Largando todo o seu peso e fingindo muita dor, Vento do Norte precisou da assistência de quatro policiais.

E continuou o caminho lentamente, mancando.

— Grande atuação — murmurou Bébon ao ouvido do asno.

O trio teve o cuidado de fazer um amplo desvio. Retomando seu andar normal, o jumento não deu novos sinais de perigo e parou diante da porta de um ateliê, no centro do bairro dos artesãos.

Vento do Norte não tinha se enganado de endereço.

Bébon empurrou a porta de madeira.

Kel levou um susto.

À sua frente, a cabeça de Anúbis, o deus encarregado de guiar pelos caminhos do além os mortos justificados!

— Meu amigo é fabricante de máscaras — explicou o ator. — São utilizadas em celebrações dos mistérios e rituais.

Anúbis, Hórus, Hathor, Sekhmet, Thot, Seth... Todos os deuses habitavam aquele obscuro local.

— Pode entrar — mandou Bébon. — Não vão morder você.

Vento do Norte ficou de guarda.

Reverentemente, Kel contemplou cada máscara como se exprimissem uma realidade divina que impusesse respeito.

— Está aí, Lupin? — perguntou o ator.

— Aqui atrás — respondeu uma voz rouca.

O artesão terminava uma máscara da deusa-hipopótamo Tueris, protetora dos nascimentos.

Magro, de testa proeminente e ombros pontudos, buscava a perfeição no trabalho. Sem contar as horas gastas, não deixava de lado detalhe algum.

— Como está a saúde, Lupin?

— Ainda com problemas, Bébon?

— Mais ou menos.

— Mais para mais ou para menos?

— As coisas poderiam estar melhores.

— Polícia?

— Sabe como eles são: sempre com suspeitas.
— Problema com mulher ou roubo?
— Não tem a ver comigo, mas com meu amigo.

O artesão em momento algum havia interrompido o trabalho.

— E trouxe-o para cá?
— Está sendo acusado injustamente.
— De quê?
— Quer a verdade mesmo?
— Prefiro.
— Às vezes, não saber...
— De que está sendo acusado o seu amigo, Bébon?
— De assassinato.

Com infinita delicadeza e sem tremer, o artesão pintava o contorno dos olhos da deusa Tueris.

— Um só assassinato ou vários?
— Todos os membros do serviço de intérpretes.
— Ah!...

A exclamação abafada de Lupin traduzia uma real emoção. Caso sua raiva explodisse, seria preciso uma fuga rápida.

— Ajudar um delinquente assim exige coragem — observou.
— Tenho certeza da sua inocência. O escriba Kel está sendo vítima de um complô.

Deixando finalmente de lado a deusa, o artesão se levantou.

— Vamos ver esse escriba foragido.

Kel deu um passo à frente.

Lupin o encarou.

— Espera dormir aqui, imagino?
— Se não for incômodo.
— Há duas esteiras atrás da banca de trabalho. E devem estar com fome?

— Se tiver sobrando um pedaço de pão...

— Cozinhei uns grãos de tremoços* que estavam de molho há dias, com água renovada a cada seis horas. Perderam todo o amargor. É o meu prato favorito. E a cerveja não é ruim. Quanto tempo estão pensando em ficar?

— Depende de você... e de um outro favor que precisamos pedir.

— Ah!

— Não se preocupe, nada perigoso! — afirmou o ator.

— Estou ouvindo.

— Aceitaria procurar Nitis, a Superiora das cantoras e tecelãs de Neit? Ela também acredita na inocência de Kel e sua ajuda é indispensável. Nesse momento, provavelmente está se perguntando se ele está vivo. Talvez ela encontre um abrigo seguro para nós.

— Não conheço a sacerdotisa.

— Nosso burro, Vento do Norte, o levará até ela. Oficialmente, você vai lhe entregar uma máscara de divindade.

Lupin não reclamou.

— Vamos comer e dormir. Posso ir amanhã ao templo.

Escaparia Kel daquela situação toda? Reveria Nitis? Cercado de tantas figuras divinas, aproveitou aquele momento de paz, preparando-se para novas tempestades.

Depois da partida do artesão, guiado por Vento do Norte, ele não escondeu de Bébon a preocupação:

— Seu amigo não vai nos vender à polícia?

— É possível.

— Conhece realmente bem esse Lupin?

— Creio que sim.

---

* No original, "lupin", como é chamado o fabricante de máscaras. (N. T.)

— Minha captura garantiria boa recompensa.
— Com certeza.
— Então vamos embora!
— Lá fora corremos risco maior. E acho que Lupin acreditou em mim. Se encontrar Nitis, ficará totalmente convencido.
— Mas se for diretamente ao quartel mais perto, logo vamos estar cercados, sem a menor possibilidade de escapar.

76.

Em plena noite, o rei Amásis acordou assustado.
Abriu bruscamente as portas do quarto.
Surpresos, os guardas o cumprimentaram.
— Chamem o chanceler Udja.
O imponente personagem não demorou a chegar. Convocação tão fora do comum seria por algum acontecimento grave.
— Tive um sonho* — revelou o monarca — e devo imediatamente seguir o que foi indicado. Não veneramos suficientemente os ancestrais, chanceler. É claro, nossos artesãos imitam os da idade de ouro das pirâmides, mas esquecemos de restaurar os monumentos daquela época gloriosa. O erro deve ser reparado sem demora. Vamos começar pelo templo da grande pirâmide de Quéops, para onde minha alma foi transportada esta noite e constatou o estado de degradação de algumas capelas. A negligência pode atrair sobre nós a maldição dos faraós mortos. Assim

---

* Segundo o papiro Berlim-Charlottenburgo 23071 verso. Ver *Studien zur altägyptischen Kultur*, 17, 1990, 107-134, e G. Burkard e H.-W. Fischer-Elfert, *Ägyptische Handschriften*, Teil 4, Stuttgart, 1994.

que amanhecer, convoque os melhores ritualistas e talhadores de pedras de Saís, que deverão partir antes do anoitecer para Mênfis. Lá receberão ajuda dos colegas do templo de Ptah. Quero o máximo de homens trabalhando e uma restauração rápida. Depois faremos o mesmo com outros monumentos antigos.

Apesar da surpresa, Udja achou que seria inútil protestar. Tudo que tinha a fazer era acordar seus colaboradores e executar as ordens do rei.

⁎⁎⁎

Kel não conseguiu dormir de tanto que a atitude do fabricante de máscaras o preocupava. Era taciturno e dócil demais. Não deveria ter dado um pulo de surpresa com o que Bébon havia contado?

Pelo que dizia o ator, Lupin jamais reagia de modo brusco. Ganhava tempo para digerir o que acontecia e, em seguida, agia conforme o seu entendimento. Ninguém podia influenciá-lo.

Justamente, o artesão não havia demonstrado qualquer opinião, limitando-se a prestar um favor a Bébon e encarando o fato como uma situação banal!

Diante de um criminoso tão temível quanto o escriba Kel, procurado por toda a polícia do reino, a única solução era fingir que aceitava e ajudava. Uma vez a salvo, Lupin avisaria as autoridades e ganharia uma boa recompensa.

Kel tentou decifrar o papiro em código.

Já que máscaras de deuses olhavam para ele, usou seus nomes. Por exemplo, aplicou uma tabela de leitura a partir de três hieróglifos* compondo "Anúbis", que abria os caminhos do além.

---

* I + N + P = INP = Anúbis. Os hieróglifos não compreendem vogais, vistas como um aspecto efêmero da linguagem, e a vocalização das palavras egípcias depende de diversas tradições.

Fracasso retumbante.
Os nomes dos outros deuses deram o mesmo resultado.
As horas se passaram até o amanhecer.
Lupin não tinha voltado.
Kel sacudiu Bébon.
— Acorde!
O ator reclamou:
— Estou com sono.
— Já amanhece e nada de Lupin!
— Deve ter se atrasado.
— Não está vendo? Ele nos vendeu à polícia!
A horrível hipótese despertou Bébon.
— Não combina muito com ele!
— Não é sempre que você traz criminosos foragidos aqui. Outra possibilidade, ainda mais sinistra: ele e Nitis foram presos e o seu amigo revelou que nos esconde. Ninguém resiste a um intenso interrogatório.
— Nitis deveria então ter sido vigiada o tempo todo... Acho difícil! Vento do Norte pressentiria o perigo.
— Nesse caso, Lupin já estaria de volta.
Um cachorro latiu.
Os cabelos do escriba e do ator ficaram de pé.
— Alguém está vindo — disse Kel, baixinho. — E duvido que seja o seu amigo.
Otimista de nascença, Bébon mesmo assim começava a se sentir na dúvida.
— Resistiremos — decidiu.
— Vai ser inútil — achou Kel. — É claro que vieram em quantidade e não temos a menor possibilidade de escapar.
— Eu é que não vou ser pego como galinha de quintal!

— É só a mim que procuram. Esconda-se no fundo do ateliê. Contentes de me capturar, talvez não vasculhem tudo.

— Nem pensar!

— Por favor, Bébon. Não se sacrifique inutilmente.

— Eu? Morrer como um medroso?

— Apenas sobreviver. E beba por mim.

— Pela última vez, isso está fora de cogitação! Pode me imaginar escondido num canto, vendo você ser preso? Não vamos nos dar por vencidos já de início. Podemos nos aproveitar do efeito-surpresa. Ficamos dos dois lados da porta, deixamos entrar os primeiros e partimos a toda! Com um pouco sorte, chegamos lá fora.

Kel não discutiu. Bébon em momento algum acreditou na possibilidade de sucesso do plano, mas não deixava nunca de lado a ousadia. E era melhor morrer tentando.

— Sinto muito ter causado tanta chateação.

— Deixe disso — minimizou Bébon. — Pelo menos não é monótono como a maioria dos escribas. Tenho muito medo da velhice e graças a você vou escapar desse suplício.

O cachorro parou de latir.

Os policiais acabavam de eliminá-lo e se preparavam para o assalto.

Os dois amigos trocaram um último olhar e tomaram seus lugares.

Houve um pesado silêncio.

Os policiais se questionavam quanto à estratégia que deveriam adotar. Ordenar às presas que abrissem a porta do ateliê ou derrubá-la e invadir o local?

Armado com um pau, Bébon se preparava para bater forte. Kel preferia driblar e fugir.

O silêncio se tornou ainda mais opressor.

Não havia o menor ruído, como se a vida tivesse se interrompido.

Bem lentamente, a porta foi entreaberta.

Desconfiado, o primeiro policial hesitava.

Finalmente, atravessou a soleira.

Um perfume... Um perfume que encantou Kel!

— Nitis! — exclamou ele.

77.

Kel e Bébon se mostraram.

— Estão sãos e salvos! — constatou a jovem com alívio. — Até agora ainda me perguntava se não se tratava de uma armadilha. Só a presença de Vento do Norte me tranquilizava um pouco. Está de vigia lá fora, com o amigo de vocês.

— Os latidos do cachorro... — estranhou Bébon.

— Bom cão de guarda que acusou a minha presença. Mas acalmei-o e ele voltou a dormir. Preparem-se rápido, vamos sair daqui e partimos para Mênfis, a bordo de uma embarcação oficial.

— Você... vai conosco? — espantou-se Kel.

— O faraó resolveu restaurar o templo da pirâmide de Quéops e requisitou ritualistas e artesãos. Bébon pode ser um bom auxiliar de escultor e você, um perfeito sacerdote do *Ka*. Como delegados do templo de Neit, teremos apoio e proteção do exército!

— Novo papel a representar — animou-se o ator. — Por sorte já trabalhei num canteiro de obras.

— Assim que chegarmos a Mênfis — anunciou Kel —, fugimos.

— Pelo contrário — contradisse a sacerdotisa. — Amásis tomou essa decisão por causa de um sonho em que lhe ordenaram venerar os ancestrais e restaurar seus locais de culto.

— Os ancestrais — lembrou-se, intrigado, o escriba. — Seria o sinal que esperamos?

— Os deuses não nos abandonaram — afirmou Nitis. Descobririam enfim a chave do código?

* * *

O dono do ateliê de escultura era um homem rude e desagradável. Graças ao constante bom humor e pela eficácia de Vento do Norte, encarregado de levar comida e bebida aos artesãos, Bébon conseguiu tornar mais suportável o patrão.

— Os seres humanos são paus tortos — explicou ele ao ator. — Só querem descanso e diversão. Se eu não impuser estrita disciplina, o trabalho não avança! E o faraó tem pressa. Exige a criação de dezenas de estátuas à moda antiga, em pedra dura. Voltar ao rigor dos tempos passados não me incomoda. Mas as mãos dos meus escultores às vezes fraquejam e preciso consertar! Basalto, serpentina e brecha exigem muita precisão. E quero um polimento perfeito.

Estátuas de divindades e de grandes iniciados nos mistérios ganharam forma sob as vistas de Bébon, encarregado da manutenção do ateliê, da limpeza das ferramentas e da arrumação no final do dia. Sobrava-lhe tempo para recopiar os textos gravados, à medida que iam sendo compostos, repassando-os a Kel e Nitis.

Mas nenhum deles ofereceu os elementos necessários à decifração do código.

Enquanto Nitis e os iniciados da Casa de Vida reformulavam antiquíssimos rituais para o renascimento da força do faraó

Quéops, Kel cumpria sua modesta tarefa de servidor do *Ka*, sob a direção de um ritualista austero que coordenava as atividades dos que serviam na área das pirâmides.

Restaurando o templo até o seu estado original e modelando estátuas, sacerdotes e artesãos cumpriam uma função essencial: reunir os deuses a seus *Ka*, força criadora inalterável. E ela se encarnava na morada sagrada e em seus corpos de pedra, escapando assim do desgaste do tempo e das vicissitudes humanas.

Remetendo-se aos gigantes do Antigo Império, como Quéops, Amásis reforçava seu próprio poder e afirmava o respeito pelos valores tradicionais. Ele, arauto da cultura grega, que começava a impregnar o Egito às custas de Maat, realmente mudaria de direção?

Kel e Nitis não acreditavam muito.

Com o sonho imperioso a adverti-lo do desvio que o levaria ao desastre, o rei tentava reparar os erros, implorando a proteção dos ilustres ancestrais. Mas será que a manobra bastaria?

O escriba preenchia escrupulosamente suas obrigações carregando vasos e copelas que continham oferendas. A alma do rei ressuscitado absorvia a energia sutil e, em seguida, a restituía, sob a forma de irradiação criadora.

Satisfeito com o comportamento de Kel, o ritualista-chefe do templo da pirâmide delegou-lhe maiores responsabilidades. Ele passou a escolher pessoalmente as oferendas, em função dos imperativos simbólicos, e a cuidar dos objetos, ganhando acesso a algumas capelas da parte secreta do santuário, onde se exprimia a voz dos ancestrais.

O segundo ritualista, subchefe, de forma alguma apreciou a promoção. Um tanto bem-nutrido, de cabelos escuros escorridos na cabeça lunar, mãos e pés gorduchos, ele esperava assumir em breve o lugar do chefe, que sofria de artrose.

Colocando vinho num vaso de alabastro, Kel sentiu um olhar hostil.

Era o segundo ritualista, que o observava.

— Tenha cuidado. Esse objeto data dos tempos antigos. Quebrá-lo implicaria o seu imediato afastamento.

Kel inclinou-se concordando.

— Aqui em Mênfis os sacerdotes do *Ka* gozam de uma longa e brilhante tradição. E você não é daqui.

— É verdade.

— De onde vem?

— Do norte.

— De uma cidade grande?

— Não, um vilarejo.

O homem fez um gesto de desprezo.

— Não crie ilusões, garoto! Não pense que fará carreira em Mênfis. Somente herdeiros de boas famílias chegam aos postos importantes. Como foi recrutado?

— Requisição.

— Ah!... Um temporário! Saiba guardar o seu lugar e não procure se sobressair muito.

— Obedeço às ordens do superior.

— A doença às vezes altera a sua lucidez. É meu papel apontar intrigantes da sua espécie, para evitar que seja vítima de astúcias. Saiba que não terá outra promoção. Contente-se com a que recebeu, pois foi a última.

Certo de ter sido suficientemente claro, o rabugento personagem se afastou.

Kel devia desconfiar dele e não ultrapassar o estrito limite das suas atribuições. Até ali, não conseguira pista alguma que o ajudasse a decifrar o código.

E o escriba evitava encontrar Bébon. Quando um passava pelo outro, um simples sinal negativo com a cabeça indicava que não haviam conseguido nada até então. Era igualmente impossível ter alguns momentos com Nitis. Estar tão perto e não poder falar com ela! Mas pelo menos a sacerdotisa não o abandonara. Continuava, porém, sendo um sonho, algo inacessível.

A cada dia Kel gostava mais das funções de sacerdote do *Ka*. Ter a mente voltada para a oferenda, venerar os ancestrais, tentar perceber o invisível eram tarefas estimulantes. Por que não se contentar com isso e parar de correr atrás de verdades impossíveis?

Mais cedo ou mais tarde, alguém o identificaria. Seria preso, condenado e executado por crimes que não cometera. O destino então não deixava outra escolha: não teria descanso até provar sua inocência.

78.

Kel retomou o serviço ao amanhecer. Com uma bandeja de oferendas de alimentos, penetrou lentamente no templo da pirâmide do faraó Quéops. A força da arquitetura e a expressão do reino dos gigantes o fascinavam. Os blocos imensos, dispostos segundo uma geometria complexa, comprovavam a ciência dos construtores. Incapazes de realizar semelhante obra, os saítas se limitavam a restaurá-la para que a magia da idade de ouro não desaparecesse.

No interior da pirâmide, inacessível aos mortais, o processo de ressurreição era permanente. Em sua modesta escala, um sacerdote do *Ka* contribuía alimentando-o.

Kel deixou as oferendas em cima de uma mesa de pedra na forma do hieróglifo *hotep*, significando "paz, plenitude, realização". Naquele momento, o além e o aqui se interpenetravam. O escriba sentia a presença do *Ka* real, do antepassado fundador, pedra inaugural do edifício.

Dos dois lados da capela axial, dois pequenos cômodos serviam de depósito para objetos rituais. Kel conhecia o primeiro, mas não havia ainda explorado o segundo.

Atravessada a entrada, impôs-se uma estranha sensação.
Não, não se tratava de um simples depósito.
No centro, dois baús de alabastro sem qualquer inscrição. Pela qualidade do polimento e brilho particular do material, datavam do tempo das pirâmides.
Esperavam por ele.
Hesitante, o escriba ergueu a primeira tampa e descobriu quatro amuletos de ouro: o pilar estabilidade, símbolo da ressurreição de Osíris,* o nó mágico da deusa Ísis,** o abutre da deusa Mut, ao mesmo tempo "mãe e morte",*** e o colar largo**** em que se encarnava a Enéada, a confraria das forças criadoras.
Sem tocar nas obras-primas de ourivesaria, Kel ergueu a segunda tampa.
Um papiro tinha o lacre rompido!
Com todo cuidado, ele o desenrolou. Qualidade excepcional, escrita fina e precisa. Porém... texto indecifrável!
Outra vez um documento codificado.
E se os amuletos dessem a chave? Talvez um deles, talvez os quatro ao mesmo tempo.
A última hipótese era a boa. Com incrível complexidade, abriram-se para o escriba as cesuras do texto, as palavras a serem dispensadas, aquelas a inverter ou completar. Sem estabilidade, magia e largura não havia a menor possibilidade de compreensão do escrito!
Kel então leu as palavras de um profeta que descrevia os tempos futuros:

---

* Djed.
** Tit.
*** Mut.
**** Usekh.

O que os ancestrais tinham previsto aconteceu. O crime está por todo lugar, o ladrão ficou rico, houve desvio do espiritual para o acúmulo de bens materiais, a palavra do sábio desapareceu, o país está abandonado à sua fraqueza, o coração de todos os animais chora, os escritos da câmara sagrada foram subtraídos, os segredos foram traídos, as fórmulas mágicas foram divulgadas e circulam sem eficácia desde que profanos as memorizaram. As leis da sala do julgamento foram lançadas ao exterior, as pessoas as pisoteiam nas ruas. Os que fomentam rixas não foram afastados, nenhuma função permanece em seu lugar. Destruir é a transmissão das mensagens.*

Kel estava louco para saber se o código permitiria que enfim se decifrasse o maldito papiro causador de tantas mortes.

Atrás dele soou uma voz agressiva:

— O que está fazendo aqui?

O escriba manteve a calma.

— Estou arrumando os objetos.

— Esta capela está sendo restaurada — declarou o subchefe ritualista. — Ninguém tem autorização para entrar aqui.

— Não sabia

— Afaste-se.

Kel obedeceu.

— Você estava examinando o conteúdo desses baús, imagino.

O escriba ficou em silêncio.

— Amuletos de ouro, um papiro antigo... Nada mal como tesouro! Não estava querendo roubar esses objetos preciosos?

— É claro que não!

---

* Trecho das Admoestações de Ipu-ur. Ver A. Fermat e M. Lapidus, *Les Prophéties de l'Égypte ancienne. Textes traduits et commentés*, Maison de Vie éditeur, 1999, p. 13 *sq*.

— Mentiroso!

— A acusação é injusta.

— Os fatos são evidentes, garoto, e o caso me parece particularmente grave. Farei queixa de você e meu testemunho tem muito peso. Enquanto isso, me acompanhe ao posto de polícia. Depois previno meu superior.

— Está enganado. É verdade que abri os baús e vi o que têm dentro, mas estava colocando de volta as tampas para sair da capela.

— Isso é o que você diz, mas provavelmente os policiais encontrarão no seu quarto objetos roubados. E será condenado a uma pena severa.

— Você não está interessado na verdade, quer apenas se livrar de mim.

— A verdade é evidente!

— Não tenho intenção alguma de tomar o seu lugar — afirmou Kel. — Deixe-me fechar esses baús, sair da capela e cumprir minhas obrigações ritualísticas.

— Chega de conversa! Considere-se preso. Vamos, siga à minha frente!

Apesar de ser contra a violência, o escriba foi obrigado a empurrar com força o subchefe ritualista, que caiu de costas.

Na confusão, o pesado indivíduo precisaria de alguns segundos para se levantar e dar o alarme.

Kel atravessou o templo e o pátio, tomando a direção do bairro dos artesãos.

Seu alojamento era o primeiro lugar em que a polícia o procuraria e interrogaria os colegas. Ninguém sabia das suas relações com Bébon.

Felizmente o ator se encontrava no ateliê e estava só, afiando tesouras de cobre.

— Rápido, preciso fugir!
— Foi identificado?
— Depois explico. Onde posso me esconder?
— Previ algo assim, não está me pegando desprevenido.

Os dois amigos correram até um depósito de tijolos abandonado. Bébon tinha escondido esteiras, roupas grosseiras, jarras com água e comida.

— Pelo que disse meu patrão, este prédio está prestes a ruir e será demolido. Ninguém vem aqui.

— Pode ser que eu tenha descoberto a chave do código — revelou Kel, contando como tudo havia acontecido. — Procure Nitis e peça que venha com a cópia do papiro. A minha ficou no meu quarto, debaixo da paleta. Não temos como pegá-la. A polícia já deve estar revistando tudo.

— Bom, não saia daqui e tenha paciência — recomendou o ator. — Pode ser que contratempos nos atrasem.

79.

Não se preocupar... É fácil falar! Kel estava ansioso para aplicar a chave descoberta no papiro em código. Exprimindo-se no centro de um santuário do tempo das pirâmides, a voz dos ancestrais não havia acabado de lhe indicar a solução?

Vozes altas e risos.

Pessoas se aproximavam.

Não podiam ser Nitis e Bébon!

Kel se escondeu no fundo do prédio, por trás de uns moldes de tijolo desativados. Viu entrar um rapaz forte e uma mocinha bonita.

— Ninguém vai nos incomodar aqui — disse ele.

— É a fábrica antiga — respondeu ela, preocupada.

— Isso mesmo. Não gosta?

— Um operário morreu aqui, num acidente. O lugar ficou mal-assombrado!

— Que bobagem, esqueça isso! Chegue aqui!

Ela o afastou:

— Aqui não, este lugar me dá medo.

— Deixa de ser boba!

Kel sacudiu os moldes.

Um estalo sinistro paralisou os namorados.

— Ouviu? — perguntou ela. — Foi o espectro!

A moça saiu correndo, e o rapaz a seguiu.

Aliviado, Kel torceu para que a notícia se espalhasse.

As horas transcorreram com toda lentidão. Ideias obscuras atormentavam o escriba. Bébon e Nitis presos, fracasso total, vitória dos assassinos... Pouco antes de o sol se pôr, finalmente a voz tão esperada!

— Sou eu, Bébon. Pode sair de onde está, Kel.

E se estivesse sendo forçado por uma horda de policiais? Não, ele teria encontrado um meio de avisar o amigo.

O escriba saiu do esconderijo.

Ao lado de Bébon, Nitis, mais bela e radiante do que nunca.

— A polícia está procurando você por todo lugar — avisou o ator. — É acusado de roubo de objetos sagrados e degradação de um santuário.

— Ninguém seguiu vocês?

— Vento do Norte teria percebido qualquer curioso.

Com expressão séria, Nitis se adiantou.

— A cópia do papiro encriptado.

Sentado em postura de escriba, Kel experimentou o código dos amuletos.

Sucesso!

Decifrou em voz alta:

A situação atual é desastrosa e não pode mais ser tolerada. Por isso decidimos agir e repor o país no bom caminho, levando em conta novas realidades. Afastar-se dos valores passados seria um erro grave. Somente o progresso técnico e uma profunda modificação no exercício do poder vão tirar o país do marasmo. Vocês, a quem esta declaração se dirige, saberão nos apoiar e nos comprometemos a conseguir que tenham a ajuda necessária para o sucesso dos nossos projetos comuns. Mesmo que mínimo, um último obstáculo nos preocupa: a Divina Adoradora. Apesar de reduzidos, seus poderes não devem ser menosprezados. Tenhamos cuidado para que se mantenha afastada dos acontecimentos. Nós, isto é...

Kel interrompeu a leitura.
— Continue! — exigiu Bébon. — Vamos finalmente saber quem são os conspiradores!
— Utilizaram outro código — lamentou o escriba. — A continuação é incompreensível!
— Tente!
Kel esgotou as combinações dadas pelos amuletos.
Sem resultado.
— Os ancestrais esclareceram a primeira parte do papiro — constatou Nitis. — A Divina Adoradora tem a chave da segunda, onde se encontram os nomes dos conjurados e o destinatário da mensagem.
— Pode ser o rei Amásis em pessoa — observou Bébon —, apoiando-se numa parte dos seus conselheiros, esperando eliminar os conservadores e aumentar a influência grega.
— E se for o contrário? — sugeriu Kel. — Desaprovando a política de Amásis, os favoráveis à tradição podem ter resolvido derrubar o governo e voltar a uma verdadeira independência, expulsando os gregos do território.
— Pura utopia! Ficaríamos sem exército.
— Um novo faraó conseguiria talvez as tropas necessárias. No tempo da rainha Liberdade, expulsamos o invasor hicso!*

---

* Ver C. Jacq, A Rainha Liberdade, 3 vols., Bertrand Brasil, 2006.

— Quem seria o mandante? O chanceler Udja, o chefe do serviço secreto Henat ou o juiz Gem?

— Não vamos nos perder em especulações inúteis — recomendou Nitis. — Sabemos apenas que esse texto não devia ter passado pelo serviço de intérpretes. Temendo que pudesse ser decifrado, o autor resolveu eliminar todos os escribas.

— O cúmplice e informante era o meu amigo Demos — lembrou Kel.

— Voltamos à pista grega! — aparteou Bébon.

— Bem pago, Demos pode ter agido por conta de algum figurão egípcio. E, assim que cumpriu a missão, foi eliminado em Náucratis para conduzir as suspeitas na direção dos gregos e desestabilizar Amásis.

— O documento não menciona o capacete do rei — observou a sacerdotisa.

— A parte indecifrável deve conter as principais informações — observou Kel.

— Temos a prova da inocência de Kel — afirmou Nitis.

— Prova que, infelizmente, não podemos utilizar!

— Mas já atravessamos uma primeira etapa! Vamos a Tebas procurar a Divina Adoradora. Sua participação será decisiva.

Bébon coçou a cabeça.

Seria uma viagem muito, muito perigosa... Os conjurados logo irão saber que Kel decifrou o início do papiro e que tentará chegar a Karnak. As vias terrestres e fluviais estarão sendo vigiadas, deixando a Divina Adoradora inacessível.

— Você conhece extremamente bem o vale do Nilo — insistiu Kel.

— Não vamos exagerar!

— É nossa única chance: ver a soberana de Karnak. Ela decifrará o final do papiro e salvará o Egito.

— Seremos mortos antes disso — profetizou o ator.
— Se considera a aventura fadada ao desastre, posso...
— Não vai agora recomeçar com isso! Concordo, é catástrofe certa, e daí? Tenho liberdade de ação e não sou menos corajoso que um escriba moralista e condenadíssimo à morte!
— Vou tentar conseguir uma embarcação que os receba — resolveu Nitis — e saber dos dispositivos de segurança adotados pelas autoridades, entre Mênfis e Tebas.

Kel tomou coragem e pegou com carinho a mão da moça.
— Tenha todo cuidado, por favor.
— Não saiam daqui, volto assim que puder.

80.

O segundo ritualista não parava de praguejar contra o infame indivíduo que o agredira e levara vários amuletos antigos de valor inestimável.

— O juiz Gem quer vê-lo — avisou um policial.
— O chefe da magistratura?
— O próprio.
— Imaginei que ele estivesse em... Saís!
— Acaba de chegar a Mênfis.

Orgulhoso da própria importância, o ritualista correu para o escritório do alto dignitário.

Depois de revistá-lo, um assessor o fez entrar.

— Reconhece este homem? — perguntou Gem brutalmente, mostrando um retrato.

— Sim, creio que sim.
— Crê ou tem certeza?
— Quase certeza!
— É o seu agressor?
— Ele mesmo!
— Como se chama?

— Ah... não sei dizer.

— É surpreendente — resmungou Gem. — Trabalhava sob as suas ordens e o senhor ignora o seu nome!

Vendo-se repentinamente na posição de acusado diante de um magistrado mal-humorado, o ritualista perdeu o sangue-frio:

— O bandido era um mero sacerdote do *Ka*, mas o meu superior gostava muito dele e...

— Já o interroguei — cortou o juiz. — É o seu testemunho que me interessa. Segundo o seu depoimento, o senhor o surpreendeu numa capela do templo funerário de Quéops, roubando amuletos e um papiro.

— Exatamente. Preocupado apenas com o meu dever, tentei impedir e levá-lo a um posto de polícia. O sujeito brutalmente me agrediu e depois fugiu!

— Os dois baús da capela continham ainda o papiro e quatro amuletos de ouro. O que o seu agressor roubou exatamente?

— Muitos outros amuletos!

— Quantos?

— É difícil dizer...

— O que representavam?

— Não sei.

— Tem mesmo certeza de que o rapaz roubou um objeto de culto?

— Pela lógica...

— Então não tem certeza!

A veemência do juiz assustou o ritualista.

— Não completa.

— Obrigado pela ajuda. Pode ir.

Gem dispunha de fatos novos.

Pelo que dissera o superior, o subchefe ritualista era um ambicioso capaz de caluniar qualquer um para conseguir uma promoção. Seu testemunho parecia então duvidoso. Mesmo assim, Kel tentara roubar um tesouro necessário aos conspiradores que pretendiam tomar o poder.

E o juiz tinha sob suas vistas o referido tesouro.

Quatro amuletos tradicionais carregados de magia e, no entanto, abandonados no mesmo lugar. E um papiro em linguagem codificada, indecifrável! Será que aquilo teria ligação com o documento evocado pelo chefe dos intérpretes antes do assassinato?

Se realmente quisesse se apoderar daqueles objetos, por que o escriba Kel não havia eliminado o subchefe ritualista? Um cadáver a mais ou a menos, que diferença faria?

Estaria o assassino querendo apenas sabotar a restauração do templo de Quéops ou teria vindo em busca de um documento indispensável?

Era a segunda hipótese que se impunha.

Kel então havia conseguido decifrar o texto e deixara o documento propriamente, que se tornara desnecessário. O juiz teria que consultar eruditos para descobrir o conteúdo da mensagem enigmática.

✦
✦ ✦

Chamados com urgência pelo chefe, os conjurados não pareciam satisfeitos. As coisas realmente tomavam um rumo incerto!

— Esse maldito escriba continua a nos driblar — declarou um deles. — E agora tem a chave do código!

— Não é bem assim — retorquiu o chefe. — É possível que sequer tenha decifrado o papiro datando do reino de Quéops.

— Mas não se trata mais de um imbecil! A adversidade endureceu esse rapaz. Achamos que podíamos manipular um ingênuo e entregar um culpado ideal à justiça, e agora temos pela frente um adversário decidido a descobrir a verdade, mesmo que isso lhe custe a vida!

— Vamos supor o pior — propôs outro conjurado. — Kel descobriu uma profecia alarmista e compreendeu que perturbações ameaçam o velho Egito. Ignora nossos nomes, verdadeiras intenções e plano de ação. Várias vezes, no passado, videntes anunciaram perigos futuros. O texto antigo não necessariamente concerniria à nossa época. Pelo ponto de vista de um escriba letrado, o documento não se reduz a um simples exercício de estilo? E se o enxerido mesmo assim quiser dar mais atenção ao documento, vai esbarrar num paredão intransponível. Nunca vai conseguir a chave do código.

— A menos que bata na porta certa!

— Você sabe que é inacessível.

— Já não tenho tanta certeza, é esse o problema!

— Somente a Divina Adoradora pode fazer com que Kel decifre o código. Precisaria, antes de tudo, ter essa informação; em seguida, chegar a Tebas e obter uma audiência; e enfim tornar aliada a sacerdotisa já idosa e conseguir que lhe dê assistência! Por mais persistente que seja o escriba e, apesar da incrível sorte que tem tido até agora, é impossível!

— Resta-nos tornar Tebas inacessível — decidiu o chefe.

— Já é. O rio e as vias terrestres estão sendo rigidamente controlados.

— Já ouvimos essa ladainha! — protestou o conspirador mais preocupado. — Nem em Saís nem no Delta a polícia capturou Kel. Que agora se encontra em Mênfis, onde se esconder não é tão difícil!

— Pelas informações que temos, ele não conhece o sul. Se assumir o risco de ir a Tebas, rapidamente será localizado.

— E se tiver cúmplices?

— Kel não é chefe de nenhum grupo de revoltados, é um simples escriba perdido no centro de um caso acima do seu entendimento!

— Só que atualmente constitui uma real ameaça.

— Continuando a imaginar o pior, digamos que se dirija a Tebas. Com certeza o eliminaremos antes que pise no chão da cidade santa. Policiais e militares não receberam ordens para abatê-lo?

— E se conseguir escapar e convencer a Divina Adoradora da sua inocência?

— Não tem como!

— Desde o início, subestimamos esse rapaz. Persistir nesse erro pode nos levar ao desastre.

— E o que propõe?

— Somente a aliança entre a Divina Adoradora e Kel pode nos impedir de alcançar os nossos objetivos. Precisamos eliminá-lo ou...

— Assassinar a esposa do deus Amon, a soberana do seu domínio sagrado? Não pode estar falando sério!

— Se Kel se aproximar dela — concluiu o chefe dos conjurados —, não vejo outra solução.

81.

Mênfis fervilhava. A presença do casal real nada tinha de anormal, mas a vinda, ao mesmo tempo, de toda a corte provocou certa agitação entre os altos funcionários, preocupados em dar plena e total satisfação.

Os ares severos do chanceler Udja, principalmente, assustaram os mais apegados às rotinas, habituados às suas sinecuras. Assistido pelo ministro das Finanças, Pefy, o imponente personagem examinou as contas dos serviços do Estado, verificou a eficiência dos seus encarregados e não deixou de fazer ásperas advertências, prelúdio para dolorosas reformas.

Homem de poucas palavras e igualmente inquietante, Henat observava e tomava notas. Durante a reunião dos oficiais graduados da polícia menfita e dos principais agentes de informação, ele se limitou a ouvir, até finalmente articular um parecer brusco: insuficiência de resultados. Isto é, dito de outra forma: mutações em perspectiva.

E veio a ordem: severa e permanente vigilância em todas as vias de circulação, com descansos suspensos até a prisão do escriba assassino e alta recompensa para quem levasse o fugitivo a Saís.

Já o general-comandante Fanés de Halicarnasso, por sua vez, inspecionou os quartéis, chamou a atenção dos oficiais e dos homens da tropa, relembrando aos mercenários gregos a importância da sua missão. O anúncio de um aumento do soldo fez crescer a sua popularidade.

Apesar de certo desânimo, o juiz Gem ouviu muitas testemunhas certas de terem visto o escriba Kel. Consciencioso, procurou verificar cada pista.

Em vão.

* *
*

A tarefa de Nitis se revelou mais difícil do que previsto. Alugar uma embarcação parecia coisa fácil, mas foi preciso declarar sua destinação, o número e os nomes dos passageiros, bem como ter autorização da polícia, depois de interrogados os interessados.

Evidentemente, o juiz Gem temia que o escriba Kel viajasse para o sul, talvez para a Núbia, tentando atrair algumas tribos à sua causa. As medidas tomadas formavam uma barreira das mais eficazes.

Nitis chegou ao sexto capitão consultado, um barbudo originário de Elefantina, dono de um imponente navio comercial, capaz de transportar pesadas cargas.

— Aceitaria passageiros? — perguntou ela.

— Depende da quantidade e do preço.

— Três pessoas.

— Homens?

— Dois homens, uma mulher e um burro. Diga o senhor mesmo o preço.

O capitão cofiou a barba.

— A mulher... é casada?

— Não, mas inacessível.
— Que pena. Mas a proposta continua tentadora.
— Apesar de estarem perfeitamente em regra, os passageiros desejam escapar dos controles.
— Epa! Isso é impossível!
— Entendo. Então, obrigada.
— Não seja tão apressada, mocinha! A experiência faz com que algumas impossibilidades possam ser superadas. E experiência é o que não me falta. Só que o preço vai ser alto, altíssimo. A polícia fluvial está em polvorosa nesse momento. E não quero ter problemas.

Claramente, o capitão não era um fanático da legalidade.
— Quanto? — perguntou a sacerdotisa.

Um olhar de cobiça se dirigiu ao colo de Nitis.
— Pelo menos três colares como o seu.
— Combinado. O primeiro no embarque e os outros dois ao chegar. E sem mudanças no que se acertou.

Tais ornamentos representavam uma pequena fortuna!
— Está falando sério, bela criatura?
— Quando partimos?
— Depois de amanhã, terminado o carregamento. Mas, antes, traga-me o primeiro colar.
— Quando?
— Amanhã, na quinta hora da noite. Suba a bordo e vá à minha cabine. Os vigias vão estar prevenidos. Se for correta, também serei.
— Até amanhã.

Controlando a satisfação, a sacerdotisa deixou o porto.

Nas proximidades do templo de Ptah, onde participaria dos rituais, uma voz a assustou:
— Nitis! Procurei-a por todo lugar.

— Menk...

— Sua Majestade ordenou que eu viesse a Mênfis para preparar a grande festa de Hathor. Ele acredita que a minha experiência será útil ao clero daqui. Tendo em vista a sua própria reputação, aceitaria me ajudar?

— Certamente.

Menk, executor de trabalhos sujos a mando do rei? A hipótese devia ser levada em conta. A menos que se tratasse de uma mentira. Nesse caso, o organizador dos festejos de Saís tomava a iniciativa, usando um disfarce e tentando levar Nitis a uma armadilha.

— Tenho uma notícia terrível para contar — disse ele em tom mais baixo — e não sei por onde começar para evitar que sofra.

— Pode dizer, Menk.

— O sumo sacerdote Wahibré morreu.

O choque foi extremamente violento.

Perdendo o pai espiritual, o sábio que tudo lhe havia ensinado, a sensação de Nitis foi a de um terrível vazio. Nada, nunca, poderia preenchê-lo.

— Expirou durante o sono — acrescentou Menk. — Dado o momento infeliz que atravessava, a mumificação foi rapidamente organizada, com inumação discreta.

— Os rituais foram celebrados corretamente?

— Pode ficar tranquila, a alma de Wahibré partiu em paz. Entendo a sua tristeza e sinto o mesmo. Mas tenho, infelizmente, outra má notícia. O palácio acaba de nomear um novo sumo sacerdote de Neit, um obscuro ritualista com competências inferiores às suas. A decepção é unânime, mas não se discutem ordens do rei.

Os domínios sagrados de Saís se fechavam então à jovem Superiora das cantoras e tecelãs. O novo sumo sacerdote não demoraria a transferi-la, dando-lhe um papel menor e sem influência.

Teria Wahibré morrido de morte natural, causada pela grande fadiga, ou fora eliminado? Um faraó não podia cometer algo assim sem cair em danação! E havia os conjurados, que pouco se preocupavam com a vingança dos deuses e suprimiam sem piedade os adversários.

— Defenderei a sua causa junto às autoridades — prometeu Menk —, pois a injustiça é flagrante. A meu ver, será apenas passageira e um dia, Nitis, você será a suprema sacerdotisa de Neit, para satisfação geral.

— Minha carreira pouco importa.

— Não ceda espaço à tristeza e aceite me ajudar pelo tempo necessário. Em seguida, retomará seu caminho.

Menk considerou o silêncio da jovem como um assentimento. Ela, na verdade, pensava no mestre desaparecido, em seu ensinamento e exemplo. Do paraíso dos Justos, ele enviava uma mensagem imperiosa: continue a lutar para a irradiação de Maat, não aceite a injustiça, restabeleça a verdade.

82.

O zurro de Vento do Norte acordou Bébon.
— Vem vindo alguém — disse ele, sacudindo Kel.
Como o asno não se manifestou mais, não havia perigo.
Nitis apareceu, de rosto triste.
— Wahibré morreu — contou ela com a voz embargada.
— Foi morto — deduziu o ator.
— E fecham-se as portas do templo de Saís para você — acrescentou o escriba.
— Um novo sumo sacerdote, indicado pelo poder, acaba de ser nomeado.
— Vão poder vasculhar tudo, encontrarão o original do papiro em código!
— Tendo nas mãos o documento manchado por tantos assassinatos — pensou Bébon —, talvez se sintam satisfeitos e parem de persegui-lo.
— Não vejo como, é preciso que eu desapareça! Só então terão campo livre.
— Veneremos juntos a memória de Wahibré — exigiu a sacerdotisa — e peçamos a sua ajuda.

Nitis recitou diversas fórmulas de transformação em luz, pronunciou as sete palavras de Neit e fez um apelo à paz do sol poente para que favorecesse a alma-pássaro do sumo sacerdote. Comunicando-se com todas as formas do sol, ela viajava na companhia das estrelas e dos planetas, à descoberta incessantemente renovada dos paraísos do além.

Depois a Superiora e os dois companheiros compartilharam um modesto banquete em homenagem ao defunto, durante o qual ela evocou os principais momentos do seu ensinamento. Apesar do pouco gosto que tinha pelas grandes especulações teológicas, Bébon ficou impressionado com a clareza e profundidade intelectual da jovem.

— Você é que deve suceder ao mestre — afirmou ele.

Nitis sorriu.

— Wahibré exige mais do que isso de mim. Ele acreditava na inocência de Kel e lutaremos para estabelecer a verdade. Encontrei um navio e tenho com que pagar nosso transporte.

Deu alguns detalhes aos amigos.

— Qual é o nome do navio? — perguntou Bébon.

— *Íbis*.

— Vou com você a esse primeiro encontro.

— De jeito nenhum! Preciso estar certa da perfeita colaboração do capitão. Seus homens vão estar vigiando o cais, você seria visto e nosso acerto, cancelado.

— E se ele a agredir?

— Quando se der conta do valor do colar, só vai estar interessado nos dois outros.

— São suas joias de sacerdotisa — lamentou Bébon.

— É o preço da nossa viagem. Somente a Divina Adoradora pode evitar o pior.

— Será que vai nos receber? — preocupou-se Kel.

— Sejamos otimistas! — preconizou Bébon.

— Dormirei aqui esta noite — avisou Nitis. — Menk está atrás de mim e desconfio que esteja ligado, conscientemente ou não, aos conspiradores. Prefiro evitá-lo.

* * *

Kel não conseguia dormir.

Procurava argumentos que pudessem dissuadir Nitis de se lançar naquela louca aventura fadada ao fracasso. Ele próprio não tinha nada a perder. Ela, pelo contrário, seria chamada a ocupar altas funções, de tanto que se impunha a sua personalidade. Ligar o seu destino ao dele era uma insensatez. Já havia corrido riscos em excesso e não devia se comprometer ainda mais.

É claro, ele a amava de forma incomensurável! Ela, em contrapartida, via nele somente uma vítima. Não havia motivo para sacrificar a sua existência. Falaria com ela de maneira rude, para que evitasse um erro fatal.

Bruscamente, uma aparição.

Ela.

O escriba fechou os olhos e voltou a abri-los.

Ainda ali.

— Nitis...

— Não consegue dormir?

— Estava... pensando em você.

— Quer me convencer a desistir, não é?

— É preciso!

— Vai querer se imiscuir na minha liberdade? Sou egípcia, e não grega.

— Não escaparei de um destino trágico, Nitis. E não tenho o direito de condená-la ao abismo.

Com passos bem lentos, ela se aproximou.

Kel se ergueu, Nitis tomou seu rosto entre as mãos com uma suavidade celestial.

— Desde a origem da nossa civilização, a mulher ama quem ela quer e quando quer. No dia em que essa prerrogativa desaparecer, o mundo se reduzirá à escravidão.

— Nitis...

— Tem mesmo certeza de me amar?

— Nitis!

A jovem deixou cair dos ombros as finas presilhas do vestido de linho. O leve tecido estava a seus pés.

Nua, ela deixou que a abraçasse um desvairado amor, temendo ser inábil, mas incapaz de conter o desejo.

A felicidade de se unir os invadiu.

83.

— Sinto muito acordá-los, mas o sol já se levantou há bastante tempo — disse Bébon. — Preparei um desjejum de amigo ou até mesmo de rei: pão ázimo dormido e água morna!

Kel não acreditava no que via: Nitis abraçada a ele, lânguida, abandonada! Não tinha sido um sonho.

— Não quero ficar fazendo observações — declarou o ator em tom solene —, mas, se continuarem a viver sob o mesmo teto, serão marido e mulher.

— Seja então testemunha da união — brincou Nitis. — De agora em diante nossos destinos estão ligados.

A boca de Kel permanecia muda. Naquele instante de felicidade suprema, desapareciam as misérias. Se preservasse no coração e na consciência a verdade daquele momento, destruição alguma jamais o abateria.

Nitis, Kel e Bébon passaram um dia maravilhoso, fora do tempo.

Nem crime nem complô nem perigo existiam mais. O sol iluminava um céu perfeitamente azul, andorinhas e falcões usufruíam do espaço, com o entusiasmo juvenil anulando a ansiedade com o futuro.

⁂

— Não vá — implorou Kel, estreitando Nitis nos braços.
— Precisamos pedir ajuda à Divina Adoradora — lembrou a sacerdotisa. — Com uma simples viagem de navio, a esperança se tornará realidade.
— Está se arriscando demais.
— O capitão do *Íbis* me considera uma intermediária sem importância. Pensa apenas no lucro e vai nos levar a um bom destino pela remuneração.
— Nitis...
— No Egito, a esposa não se submete ao marido. Não se lembra das máximas do sábio Ani? Em hipótese alguma o homem pode se permitir erguer injustas acusações, pois a dona da casa cuida para que tudo esteja em seu devido lugar.

Beijaram-se com paixão.

Nitis deixou o refúgio, tomando a direção do porto.

⁂

Kel sacudiu Bébon.
— Acorde!

O ator saiu de um sonho maravilhoso, em que o espinho não feria e a serpente não picava.
— Estamos sendo atacados?
— Nitis não voltou!

Bébon abriu os olhos.

Amanhecia.

— Não voltou...
— Aconteceu alguma desgraça!
— Espere um pouco, não vamos nos assustar à toa!
— Aconteceu alguma desgraça — repetiu Kel, abatido.
— Não tire conclusões apressadas.
— Vamos agora mesmo ao porto.

Bébon se aprumou.

— Polícia e exército estão atrás de você.
— Quero falar com o capitão do *Íbis* e saber de Nitis.
— Então vamos!

"Não adianta discutir com alguém apaixonado", pensou o ator.

* * *

— Deixe que eu vou — aconselhou Bébon. — Quanto menos você aparecer, melhor.

Kel ficou para trás e o amigo subiu a passarela do *Íbis*.

Um marinheiro fechou a passagem.

— Onde está indo, camarada?
— Quero falar com o capitão.
— O capitão não pode ser incomodado por qualquer um. Quem é você?
— Fale com ele sobre um colar de sacerdotisa.

Desconfiado, o marinheiro se dirigiu lentamente à cabine e bateu várias vezes na porta.

Ela se abriu.

Após longa conversa, o marinheiro voltou.

— O capitão vai recebê-lo.

Bébon já havia encontrado mal-intencionados daquele tipo diversas vezes. Amarelado, embebido em álcool, capaz de vender pai e mãe, o chefe supremo da equipagem do *Íbis* era um perfeito canalha.

— Trouxe o colar?

— Minha patroa já lhe entregou.

— A primeira parte do pagamento. Exigi a segunda antes do embarque da carga.

— Normalmente paga-se na chegada.

— Mudei as regras do jogo. Nesse momento, o risco é grande.

— Minha patroa aceitou?

— Claro que sim! E então, o pagamento?

— Não recebi ordem para isso — disse Bébon.

A expressão do capitão ficou mais dura.

— E isso significa o quê?

— Não voltei a ver minha patroa.

— Ah!... O problema é seu. Sem o tesouro prometido, não tem transporte.

— Por acaso não a trucidou?

O capitão ficou roxo.

— Está delirando, camarada! Minha ocupação é o comércio. Tendo em vista o risco, quero ser pago à altura. Eliminar os clientes me levaria à ruína.

— Não acho que ela aceitaria uma modificação no acordo.

— Pois está enganado! Diante das circunstâncias, as pessoas se adaptam. De forma que resolveu ir ao templo de Ptah para buscar o que me deve e trazer nesse fim de tarde. A promessa me deixou satisfeito, confesso. Entre pessoas sérias, sempre há entendimento.

— Tem razão, capitão.

O indivíduo sorriu.

— Pagamento à noitinha, partida amanhã. Aperte aqui!

— Combinado — confirmou Bébon.

Kel não conseguia ficar parado. Andando de um lado para outro do cais, estava prestes a subir a bordo do *Íbis* quando o amigo desceu.

O escriba correu para ele.

— E ela?

— Segundo o príncipe dos patifes, foi ao templo de Ptah.

84.

— Você realmente parece um escriba — constatou Bébon. — Exprimindo-se dessa maneira requintada, vai comprovar suas qualidades e todas as portas se abrirão.

Kel estava prestes a derrubar o mais maciço dos pilonos para encontrar Nitis. Se o capitão não tivesse mentido, não demoraria a estar com ela.

O jovem se apresentou à entrada do vasto recinto sagrado de Ptah.

— Venho cumprir uma tarefa mensal — declarou ao verificador.

— Função?

— Sacerdote puro orientado para a oferenda de vinho.

— Inscreva o seu nome no registro.

Kel escreveu *bak*, "servidor", em belos hieróglifos traçados com mão adestrada.

Muito impressionado, o verificador deixou-o passar.

O escriba se dirigiu a um colega:

— Tenho uma mensagem para Nitis, Superiora das cantoras e tecelãs do templo de Saís.

— Consulte o ritualista principal, que poderá informar.

O funcionário indicou o local do alojamento funcional do dignitário.

Vários sacerdotes esperavam para ser recebidos. Controlando a ansiedade, Kel aguardou a sua vez.

Um assistente finalmente disse que entrasse.

O ritualista principal do templo de Ptah era um homem idoso e severo. Olhou desconfiado para o jovem.

— Não o conheço. O que quer?

— Vim de Saís com uma mensagem para Nitis, a...

— Conheço-a. Esteve aqui e deixou o templo há três dias.

— Onde posso encontrá-la?

— Provavelmente voltou a Saís. Próximo!

O capitão do *Íbis* havia mentido! Precisava retornar imediatamente ao porto e obrigá-lo a falar. Era provável que estivesse presa a bordo.

Kel pôs Bébon a par dos fatos. Seguindo à frente, Vento do Norte encontrou o caminho mais curto.

O cais estava um verdadeiro formigueiro. Mercadorias eram embarcadas, outras desembarcadas e uma clientela diversificada animava o mercado, barganhando ruidosamente os preços.

No lugar do *Íbis*, outra embarcação.

— Deve estar se confundindo — achou Kel.

— Infelizmente não.

O ator se informou com um estivador.

O *Íbis* havia deixado Mênfis ao amanhecer, na direção sul.

— Notou alguma mulher a bordo?

— Vi apenas a tripulação de sempre — respondeu o estivador.

Kel estava arrasado.

Bébon tirou-o dali.

— Vamos voltar ao refúgio.

Vento do Norte rapidamente tomou a dianteira, evitando os policiais que, em grupos de três ou quatro, percorriam a cidade.

— Se ela tiver morrido — murmurou o escriba —, não sobreviverei.

— Não vamos nos precipitar — sugeriu Bébon. — É evidente que Nitis foi sequestrada. O capitão do *Íbis* parece ser o responsável.

— Vamos então ao sul procurá-la!

— E se for para nos enganar? Pode ter entregado Nitis aos verdadeiros sequestradores, que a levaram para Saís. O juiz Gem, a polícia e o serviço secreto podem muito bem estar envolvidos nisso. E não é a única hipótese!

— Vamos interrogar mil pessoas, se for preciso, mas descobrir a pista certa!

— Está esquecendo que é procurado por assassinato. O melhor não seria ir a Tebas e pedir ajuda à Divina Adoradora?

— O papiro e o complô já não têm mais a menor importância para mim! Só Nitis me interessa.

— Tudo isso está ligado, amigo.

Febril e louco de aflição, Kel procurava não se desesperar. Sentia a presença da esposa, o calor do seu corpo, a suavidade do seu amor... Não, não podia estar morta!

— Nitis caiu numa armadilha com a participação de várias pessoas — disse ele. — Alguém certamente viu e talvez haja cúmplices aqui mesmo em Mênfis. Se acham que não tenho como agir, estão enganados.

"Nem tanto", pensou Bébon, temendo o retumbante fracasso que os levaria ao abismo.

Mas não abandonaria o amigo naquela situação infeliz diante da injustiça. É verdade que a aventura se torna francamente insensata e as chances de sucesso eram quase inexistentes.

Continuariam os deuses, mesmo assim, a protegê-los? Quem sabe o seu furor finalmente recairia sobre os adversários!

Além disso, Bébon gostava de jogar. Nada pior do que uma existência entediada e acomodada. Graças a Kel, esse risco pelo menos ele não corria!

Vento do Norte colou o corpo ao do escriba, pedindo um afago. Com seu olhar grave, o asno não parecia desesperado e transmitiu ao rapaz seu ânimo e determinação.

Sim, Kel encontraria Nitis e provaria a sua inocência. Sim, usufruiriam juntos de intensos momentos de paz e felicidade, à sombra de uma pérgola, contemplando o sol se pôr, inundados da sua luz.

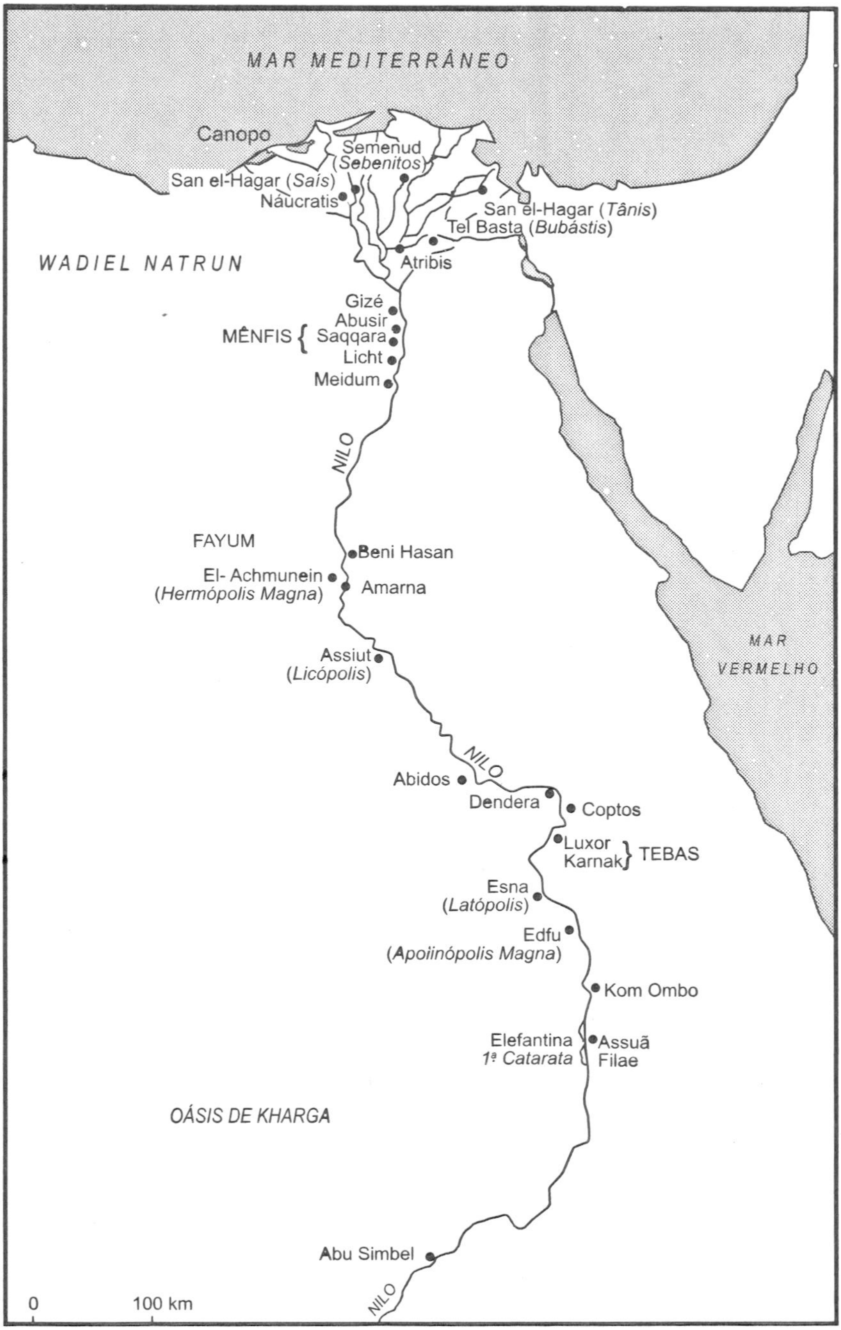
MAR MEDITERRÂNEO
Canopo
Semenud
(Sebenitos)
San el-Hagar (Saís)
Náucratis
San el-Hagar (Tânis)
Tel Basta (Bubástis)
Atribis
WADIEL NATRUN
Gizé
Abusir
MÊNFIS
Saqqara
Licht
Meidum
NILO
FAYUM
Beni Hasan
El- Achmunein
(Hermópolis Magna)
Amarna
Assiut
(Licópolis)
MAR
VERMELHO
NILO
Abidos
Dendera
Coptos
Luxor
Karnak
TEBAS
Esna
(Latópolis)
Edfu
(Apolinópolis Magna)
Kom Ombo
Elefantina
1ª Catarata
Assuã
Filae
OÁSIS DE KHARGA
Abu Simbel
NILO
0
100 km

Impresso no Brasil pelo
Sistema Cameron da Divisão Gráfica da
DISTRIBUIDORA RECORD DE SERVIÇOS DE IMPRENSA S.A.
Rua Argentina 171 – Rio de Janeiro, RJ – 20921-380 – Tel.: 2585-2000